JN012415

アメリカ南部ルネサンスの小説

Novels of the American Southern Renaissance

ポーター／フォークナー／オコナー

加藤良浩
Kato Yoshihiro

Katherine
Anne
Porter

William
Cuthbert
Faulkner

Flannery
O'Connor

松柏社

アメリカ南部ルネサンスの小説　目次
──ポーター、フォークナー、オコナー──

序文

　アメリカ南部は南北戦争（Civil War, 1861-65）によって大きな打撃を受け、経済的にも文化的にも低迷を余儀なくされたことは事実である。敗北で受けた衝撃が強かったことに加えて、南部の地域全体が直接の戦場となったことが精神的な荒廃や経済的な困窮を招いた。

　敗戦により黒人奴隷制度にもとづく大農園は崩壊したが、それは経済的打撃をもたらしただけではない。もとより、南部の伝統的社会や価値観は大農園中心の農業に大きく依存していた。それだけに、その消失に伴う農業の崩壊は、敗戦の衝撃を受けた多くの人々にとって、いっそう南部人としての誇りを傷つけ以後彼らに喪失や挫折を感じさせる出来事であったと言える。屈辱や喪失感を感じた南部の人々は、過去の伝統に対する郷愁の念を抱き、過去に固執したことは想像に難くない。

　実際文学においては、「敗北の大義」（Lost Cause）を扱った歴史ロマンや戦争以前の「牧歌的な文化」（Antebellum South）をテーマにした作品が多く書かれた。だが、当時の主流となったそれらの文学にしても、感傷的な域を越えるものではなかった。こうした南部の文化的知的衰退を指して、H. L. メンケン（H. L. Mencken）は「南部は不毛なサハラ砂漠だ」と揶揄していたほどである。

　しかし、1920 年前後から様相が一変した。文学全般の領域ですぐれた作品が次々と生みだされ、やがて「南部ルネサンス」（Southern Renaissance）と呼ばれる文学の復興が起こったのである。あたかもそれは、人々の意識の中にわだかまりとして残る南北戦争によって傷ついた感情が、表現の場を求めて一気に表面に出てきたかのようであった。過去をノスタルジックに振り返

ろうとするのではなく、奴隷制度や人種の問題も含めた南部の歴史の意味や意義を問いかけるという問題に正面から向き合う傾向が生まれてきた。

　この「南部ルネサンス」が起こった要因は、社会状況の大きな変動であると考えられる。産業資本が安い賃金コストを求めて南部に流れ込み、第一次大戦（World War I, 1914-18）による需要の高まりでその変動の推移は一気に加速した。この変動が、薄れつつあるかつての南部を振り返り、南部固有の魂を意識する必要性を多くの作家たちに感じさせたのである。ジョン・クロウ・ランサム（John Crowe Ransom）やアレン・テイト（Allen Tate）、ロバート・ペン・ウォレン（Robert Penn Warren）が、雑誌 *The Fugitive*（1922-1925）をこの時期に発行したのも、そうした必要性を感じてのことであろう。彼らは急激な産業化を批判し、南部人の意識から薄れつつある南部の文化的伝統を改めて振り返り、今こそ地域に根ざした文学が必要だと主張した。また、ウィリアム・フォークナー（William Faulkner）は、「南北戦争という惨禍が示した人間の忍耐と強靭さ」を記録しておくことの必要性を述べているが、その記録はやはり、南部の過去を振り返り、南部社会のアイデンティティをあらためて見つめ直すことによってこそ可能であるとの思いがそこに込められているにちがいない。

　南部ルネサンスの先駆的な役割を果たした作家は、エレン・グラスゴー（Ellen Glasgow, 1873-1945）である。ヴァージニア州の上層階級に生まれた彼女は、南北戦争後の変動する南部社会を冷静に表現しながら、繁栄していた過去の栄光への執着や逃避的な理想主義の不毛に批判の目を向けた。社会状況や自然環境の描写は、正確な写実のように見えながらも、現実を超えた象徴的な意味をおびている。代表的な作品としては、南部の典型的な良妻賢母教育を受けて育った女性がやがて夫に裏切られ娘たちにも疎外されながらも、従順に、忍耐強く生きる婦人の生涯を描いた『ヴァージニア』（*Virginia*, 1913）、愛の挫折を乗り越え、荒地の開発を独力で成し遂げる女性の物語『不毛の土地』（*Barren Ground*, 1925）。老判事が 40 歳以上も年下の女性と結婚する話で新旧南部を対比させた風俗喜劇『ロマンティックな喜劇役者』（*The Romantic Comedians*, 1926）、南部の古い道徳や伝統を守り続ける婦

人が夫の不貞に衝撃を受け彼を猟銃で射殺した後、自分を保護していたものが見せかけの現実であったことに気がつく『保護された生活』(*The Sheltered life*, 1932) などがあげられる。

本書で論考するキャサリン・アン・ポーター、ウィリアム・フォークナー、フラナリー・オコナーは、いわばエレン・グラスゴーの誠実な後継者たちであると言ってよいだろう。彼女の提起した主題と作品の構成や表現技法を彼らはさらに発展深化させ、20世紀アメリカ文学の金字塔とも呼ぶべき優れた作品群を数多く生みだした。それらの作品を分析し考察することは、アメリカ南部の歴史と風土と文化の本質部分を知ることになるにちがいない。

以下では、本書で取り上げた作品と関わる、この3人の作家たちの独特な主題や目的、創作過程、特徴などついて略述してみることにしたい。

キャサリン・アン・ポーター (Katherine Anne Porter, 1890-1980) は、特異な事件や日常のちょっとした出来事を描く物語で、南部ルネサンスの小説における主導的な役割を果たした作家の一人と言える。彼女の作品の特徴として、微妙なリズムと詩的な緊張が感じられる文体に加えて、的確な言葉や隠喩の使用があげられるが、このような特徴は、ノートに書き留めた題材を何度も推敲を重ねながら仕上げていく誠実な創作手法の結果もたらされたものにちがいない。短期間に完成したように見える作品も、曖昧なまま記憶の中に残っていた題材が彼女の脳裏で反芻され、ある日明確な意味が浮かび上がり言葉に置き換えられている。つまり、あくまで慎重に時間をかけて熟考され、無意識のうちにも推敲のプロセスを経ている。

テキサスで生まれ、母親を早く亡くし祖母に育てられた彼女は、16歳で結婚して離婚、あちこちに移り住み、苦労の多い生活を送りながら、短編小説20編と長編小説1編を書いている。短編作品の多くは、「古い秩序」と彼女が呼ぶ伝統のしがらみからの解放を求める一方で、それへの郷愁と愛着があり、結果屈折した表現となっている。唯一の長編小説『愚か者の船』(*Ships of fools*, 1962) はセバスティアン・ブラント (Sebastian Brant, 1457-1521) の著作にならった風刺的なアレゴリーである。ヒトラーのナチス台頭の時期

に、メキシコからドイツに向かう客船ヴェラ号に乗り合わせたさまざまな人物たちの独善的な言動を描き、「悪はつねに善と共謀して行われる」という認識と発想にもとづく視点から人間性の限界を辛辣に指摘している。

　短編「マリア・コンセプシオン」（"María Concepción", 1922）は、夫の愛人を殺してその赤ん坊をわが子のようにそっと抱いて立ち去るインディオの女性の衝撃的な話である。「盗み」（"Theft", 1924）では、主人公の女性の心の動きがフラッシュバックの手法で描かれている。アパートの管理人にハンドバッグを盗まれたその女性が相手の思いがけない反応から、いつのまにか自分こそが他人に盗みを誘発してしまう困った存在となってしまっているのではないか、と思い始める。

　「昼酒」（"Noon Wine", 1939）は、ポーターの幼少時に経験した記憶にもとづき創作された中編小説である。この作品は1932年の夏スイスのバーゼルで、主人公トンプソンと雇用人を連れ戻しに来た男ハッチが登場する物語の中心的な場面が描かれ、その後1936年11月にペンシルヴァニアの田舎の小さな宿で残りの部分が書き上げられている。善良で平凡な農場主のトンプソンがハッチをうっかり殺してしまい、それが正当防衛で無罪になったものの、近隣の人たちに理解してもらえない疑念に悩まされついには自滅してしまう。

　ポーターは20歳の時に、ドイツ系移民の農家を訪ねている。「あの頃は困難で避けがたい状況に遭遇していた」と彼女は述べているが、それはおそらく最初の結婚生活が原因していたにちがいない。当時の状況を題材として、4年後の1924年に書いた原稿を何度か書き直して1960年に出版されたものが「休日」（"Holiday", 1960）である。気持ちが追いつめられていた主人公の「私」は、心のやすらぎを求めてドイツ系の移民が住むある農家で休日を過ごす。彼女はその農家の人々と交流していく中で、次第に自分の気持ちが安らいでくるのを感じていき、ついには、人間の愚かさとは何であるかということをふと思うに至る。

　「花咲くユダの木」（"Flowering Judas", 1930）は、オブレゴン革命直後のポーターのメキシコでの経験を題材としながらも、その数年後の1929年に、

ニューヨークのブルックリンで書かれている。ポーターは「花咲くユダの木」を12月のとても寒い日に、夜7時頃から書き始め真夜中過ぎには出版社宛に投函していたと述べている。カトリックの影響のもとに育った主人公のローラは、その信仰にも革命思想にも徹底できず、そのアンビヴァレントな悩みを悲劇的に深めてしまう。

　ウィリアム・フォークナー（William Faulkner, 1897-1962）は、ミシシッピー州で生まれ、生涯をその地で過ごしながら、20編近い長編小説と50編を越える短編小説を書いた。その作品群は、ヨクナパトーファ郡として設定された架空の地域に住む人々の波乱に富んだ生涯を描き、一種の神話とも言うべき膨大な年代記を形成している。斬新な話法を駆使し、複雑な人間の内面描写を素朴ながらも豊かに描いた彼は、20世紀の世界文学を代表するすぐれた作家の一人と評価されている。

　フォークナーの描く大きなテーマの一つとして、過去の南部の歴史から影響を受けた人物たちの悲劇や喜劇があげられよう。この歴史を形成する要因となるものが、時には変化をもたらし、また時には起こった出来事を過去のものとして固定し留める「時間」という存在である。『アブサロム・アブサロム』（Absalom, Absalom!, 1936）では、主人公のトマス・サトペンが、無垢な子供の頃、資産家の玄関番の黒人に「裏口へまわれ」と言われた屈辱的な経験を契機に、壮大な農園を建設するとの目的に駆り立てられる。やがて、並外れた努力と画策で彼自身広い農園を築き上げるが、その企てが成功したかのように見えた瞬間もろくも崩れ落ちていく。彼の姿は、あたかも時間の支配を受けない無垢な状態を脱して、時間によって支配される世界に入り込み、破滅させられていく人間の姿を描いているかのようである。

　本書で論じる『響きと怒り』（The Sound and the Fury, 1929）もまた、時間と人間との関係を中心的な主題として書かれた作品と言うことができる。その中では、名門だった一家族が没落していく過程が登場人物によってたどられているが、とりわけ33歳になる白痴のベンジーの意識の流れを介して語られる描写方法は、斬新で大胆な実験的冒険であると言ってよい。知性による

抽象化や偏向を経ないまま提示される彼の独白では、一家の没落の様子がありのままに、過去と現在が錯綜した無秩序な状態で直截的に語られている。事物をとらえたままに表現される彼の意識は、まるで真実を映す鏡のようであり、抽象化がなされないため、かえって豊かで多層的な意味を含む効果をもたらしている。また事物の秩序づけがなされないためその独白は、ちょうど詩人が次元のかけ離れた、時には矛盾した感さえある事物を一つの言葉で結びつけて表現するように、いくつかの事物を結びつけることを可能にしている。

　この作品について、同じ物語を4回書いたとフォークナーが述べている通り、以後の3つのセクションでは、ベンジー・セクションで語った内容を異なる角度から描いている。時間という概念に脅迫観念を感じながら自殺する長男のクエンティン、頑迷なエゴイストのごとく振る舞うジェイソン、家政婦として一家に仕えてきた黒人のディルシー。それぞれ偏った、あるいは時間の幅が限られた独白だが、それをつなぎ合わせ、空白を埋めることで、コンプソン家の歴史が新たに浮かび上がると同時に、意義深く味わいのある物語であることが明らかになる。

　本論考において詳細に分析したように、独自の表現技法を駆使することで、一家の歴史を時間の概念と交錯させ多角的に結びつけることに成功しているこの『響きと怒り』は、作家フォークナーの特徴がきわめて顕著に表れた傑作と思わざるをえない。

　『響きと怒り』の翌年に出版された『死の床に横たわりて』（*As I Lay Dying*, 1930）は、15人もの人物の視点からなされる60編近い短い描写の連鎖で構成されている。貧乏白人の一家が母親の遺言に従い彼女の故郷に埋葬をするために、腐臭を発散し始めた遺骸を馬車に乗せて運ぶ間の出来事や登場人物の内面を描いた、物悲しくも滑稽味を感じさせる物語である。

　『八月の光』（*Light in August*, 1932）では、まさに南部の世界特有とも言うべき人物や事件が描かれている。外見は白人だが黒人の血が混じっているとの疑念からついには殺人まで犯してしまうジョー・クリスマス、南北戦争での輝かしい活躍をした祖父の亡霊を追い求めるあまり牧師の職を失職してしま

うゲイル・ハイタワー、やがて生まれてくる赤ん坊の父親を探してジェファ
ソンまで歩いてやって来るリーナ・グローヴなど、苦難にみちた過去を持つ
人物たちがジェファソンという同じ一つの土地で過ごし過去からの経験を語
り、人種差別の問題と不確かな救いへの望みを希求している。

　フラナリー・オコナー（Flannery O'Connor, 1925-1964）は、25歳から関節
炎の狼瘡を患って以来ジョージア州の農場で母親と暮らし、39歳で亡くな
るまで長編小説2編、短編小説28編、評論文8編を書き残した。彼女はカ
トリシズムの宗教的な立場と直観により、現代に生きる人々の精神的歪みや
現実生活の中で感じた人間の根源的な問題を描写し再創造しようと試みた。
創作にあたって一度書いた作品を何度も書き直した後完成させる姿勢は、何
度も推敲を重ねたポーターの姿勢と通じていると言える。オコナーの文体は
素朴で飾りがない。しかし、彼女の作品が難解な印象を与えるのは、テーマ
が重厚なことに加えて、そのテーマに関わって表現される描写が諷刺や逆説
的な表現で描かれ、意味の多様性がもたらされているからであろう。

　最初の長編『賢い血』（*Wise Blood*, 1952）の宣教師ヘイゼル・モーツはキリ
ストのいないキリスト教という異端の信仰を抱き、キリストのいないキリス
ト教会を設立しようとする提唱をせずにはいられない。自動車であちこち説
教してまわるが、何の効果もないと見るや自分の信仰心の深化を願ってみず
から目をつぶすだけではなく、靴に小石を詰めて履いたり、有刺鉄線を胸に
巻いたりする。凍るような冷たい雨が降る冬の日、家主の女性の引き止めを
振り切って外に出ていき、排水溝に落ちて死ぬ。

　短編「火の中の輪」（"A Circle in the Fire", 1954）は、旧約聖書『ダニエル書』
中の「燃え盛る炉に投げ込まれた三人」をモチーフとした作品である。主人
公のコープ夫人は勤勉によって財産を築きあげたある日、彼女の農場に3人
の少年がやって来る。彼らは彼女を恐怖で精神的に追いつめた後、夫人の所
有する森に火をつけるが、そのとき彼女の恐怖は頂点に達する。

　「つくりものの黒ん坊」（"The Artificial Nigger", 1955）は、ヘッド老人と孫の
ネルソンの和解の物語である。田舎に住むヘッド老人は孫のネルソンを教育

するため、彼を大都会アトランタに連れていく。ふとした出来事から、ヘッド老人はネルソンを裏切ってしまうが、やがて二人はつくりものの黒人像を見ることで、心が共鳴し合い和解するに至る。

「森の景色」("A View of the Woods", 1957) は森の景色をめぐって祖父と孫が対立し、祖父が孫を殺害するという悲劇である。オコナーがアンダルシア農場に暮らし始めて5年後の1956年に、農場を管理していた母のレジーナ (Regina) は、飼育していた牛のミルクでより多くの収入を得るために、農場の松林を売却している。また、この当時電力会社のダムの建設で近くの広大な土地が水没し、以後も電話線の敷設や高速道路の建設が彼女の身近な場所で行われつつあった。「森の景色」は、そうした開発という名のもとに、身近な自然や景色に潜む「神秘」が破壊されていく作者の危機意識をきっかけとして書かれたものにちがいない。

「高く昇って一点へ」("Everything That Rises Must Converge", 1963) は、カトリックの司祭、思想家であり古生物学者であったピエール・テイヤール・ド・シャルダン (Pierre Teilhard de Chardin) が提唱したキリスト教的進化論にオコナーが深く共鳴したことをきっかけとして書かれた作品である。大学を卒業した作家志望の青年ジュリアンは、YWCA が主催する無料の減量クラスに母を送るためバスに乗る。今や経済的には苦しい生活を送っているとはいえ、ジュリアンと母は南部の名門一家の末裔である。とりわけ彼の母は自分たち一家の伝統を保持し今なお誇りを抱いている。その彼女は、途中で乗ってきた黒人の親子に対して、かつての同家の人々が黒人たちに接したと同じように保護的態度で接する。だが、その態度を侮辱と受け止めた黒人の母親は手に持ったハンドバッグで彼女に一撃を与え、倒れこんだ母は、ジュリアンの呼びかけにも反応しなくなってしまう。

「啓示」("Revelation", 1964) の主人公は、上品かつ勤勉で、信仰心も厚い人間であると自認するターピー夫人である。ある日彼女は、自分が抱く人物像を否定されるような衝撃的出来事を経験するが、その否定に対する反論をあれこれ考え過ぎすうちに突然啓示を受ける。この作品についてオコナーは、「めずらしく書いていてとても楽しい作品であった」と友人のA宛ての手紙

に書いている。このように感じたのも、彼女がコミカルな調子で「啓示」を
展開させることに成功していることに加えて、主人公のタービン夫人が気持
ちの上での気負いを捨て去り啓示を得ることを予感していたからにちがいな
い。つまり、夫人が啓示を真摯に受け止め、晴れやかで爽快な気持ちになる
ことを書きながら予感し、そのとき感じた爽快な気持ちを彼女自身が共有し
たからであろう。

参考文献

Blotner, Joseph. Faulkner: *A Biography*. New York: Vintage Books, 1974.

Bradbury, John M. *Renaissance in the South: A Critical History of the Literature, 1920-1960*.
　　Chapel Hill: The U of North Carolina P, 1963.

Fisher, David Hackett. *Albion's Seed*. New York: Oxford UP, 1989.

Givner, Joan. *Katherine Anne Porter: A Life*. London: Jonathan Cape, 1983.

Gooch, Brad. *A life of Flannery O'Connor*. New York: Little, Brown and Company, 2009.

江口裕子、『現代アメリカ文学入門』、評論社、1974 年。

渡辺利雄、『講義アメリカ文学史　第 II 巻』、研究社、2007 年。

キャサリン・アン・ポーター

Katherine
Anne
Porter

★

(1890–1980)

　キャサリン・アン・ポーターは、1890年父ハリソン（Harrison Boone Porter）と母メアリー（Mary Alice Porter）の第4子カリー・ラッセル・ポーター（Callie Russell Porter）として、テキサス州のインディアン・クリーク（Indian Creek）に生まれた。生後2年で母が病気で亡くなると、父方の祖母キャサリン（Catherine Anne Skaggs Porter）が住む同じテキサス州のカイル（Kyle）に一家は移り、そこで11歳まで過ごすこととなる。当時66歳の未亡人となっていた祖母に、息子と4人の孫たちを育てる経済的な余裕はなかった。だが、意志が固く妥協しない性格の彼女は、息子一家を育てることを引き受ける。彼女はプロテスタントの敬虔な信者であり、意気盛んな子供たちをしつけるためには体罰も厭わなかった。当時「早熟で、反抗的で、聞き分けの悪い」少女であったポーターは、時々顔を平手で打たれたという。しかし、厳格であっても、彼女が唯一、家族の中で一定して安心感をもたらすことのできる人物であった。彼女はまた自らの行動を通して、女性が自立し頼れる人となるべき必要性を孫たちに教えた。とりわけポーターにとって幸運だったのは、祖母が物語を語る才にたけていたことであろう。苦境の中で祖母は、物語を創造し、語って聞かせることに慰めを見出しており、ポーターはこの彼女から物語を創作するにあたっての多くの技術を学んだ。また徹底したモラリストの祖母にとって、物語とは単に娯楽のためではなく、すぐれてモラルを投影したものでなければならなかった。このような価値観も、ポーターは祖母から受け継いだと言ってよい。

　家族の生活は、父親のハリソンがこれといった収入のない中で苦しく、子供たちは、同情した近所の人々から着古した衣服を受け取ることもあった。この時の経験をもとに書かれた作品が「彼」（"He"）である。後年ポーターは、貧しい習作時代においても、収入に見合わないほど衣服にお金をかけ友人たちを驚かせることが少なくなかったようである。また妹のアリスに宛てた手紙では、「少しお金があれば、私は服を買わなければならない」とも書いている。こうした彼女の志向は、近所の人々から衣服の施しを受けた際に感じたみじめな気持ちが、いかに生涯忘れることができないほど強いものであったかを物語っている。

　祖母亡き後、一家はテキサス州のサンアントニオ（San Antonio）に移り、そこでポーターと姉のゲイは、父親が知人から借りた資金でメソジスト派の影響を受けたトーマス・スクール（Thomas School）に1年間通う。トーマス・スクールでポーターは決して優秀な生徒ではなかったものの、在学中にシェイクスピアを中心とした古典や音楽、演劇や美術などの芸術に触れる機会を得ることができた。

　サンアントニオに1年間住んだ後、一家は同州のビクトリア（Victoria）に転居し、そこで最初の夫となるヘンリー・クーンツ（Henry Koontz）と出会うことになる。スイス系で、南テキサスの豊かな農場主のもとに育った彼は、当時ルイジアナ州の鉄道に事務員として勤めていた。1906年、16歳の彼女はメソジスト派の牧師のもとでクーンツと結婚し、その4年後彼の信仰していたカトリックに改宗する。彼女は、ミサの雰囲気が厳かで、比較的おおらかな雰囲気が感じられるカトリックに魅力を感じたようである。しかし、もとより二人の結婚は現実性をおびたものではなかった。クーンツは彼女の外見に引きつけられ、ポーターはおもに経済的な安定を求めていたに過ぎなかったと言える。クーンツとの関係が事実上破綻していた1914年に、彼女は女優になることをめざしてシカゴにいくが、その思いも果たせず故郷に戻り、クーンツとの離婚を決意する。そしてこの離婚を機に、祖母の名前にちなんでキャサリン・アン・ポーター（Katherine Anne Porter）と改名する。

　彼女はシカゴでの過労と栄養不足からすでに体調を崩しており、テキサスに戻るとさらに体調は悪化し、1915年には結核と診断される。無一文の彼女は、患者にとっては劣悪と評判のダラス（Dallas）の慈善病院に入院するが、当時海軍に勤務していた弟のポール（Paul）からの金銭的な援助により、翌年入院設備の整った西テキサスのサナトリウムに移る。そこで彼女は、テキサスでの女性新聞記者の先駆的役割を果たした年上のキティ・クロフォード（Kitty Crawford）と出会う。キティは同僚であった夫と共に雑誌『フォート・ワース・クリティック』（Fort Worth Critic）を発行しており、病気の回復後ポーターは同誌で演劇批評や社会のゴシップのレポーターとして働くことになる。1918年になっても肺病の回復が思わしくなかったキティは、夫

の提案で療養により適したコロラド州のデンバー（Denver）に移った。彼女
に同行したポーターは、当地で『ロッキー・マウンテン・ニュース』（*Rocky
Mountain News*）のレポーターの仕事に就く。だが、就任後まもなくしてイン
フルエンザの病に倒れ、危うく一命をとりとめる。この時の経験を描いた作
品が、「蒼ざめた馬、蒼ざめた騎士」（"Pale Horse, Pale Rider"）である。病気
から回復し新聞社に復職すると、彼女は映画や演劇、ミュージカル等の評論
とインタビューを行い、ジャーナリストとして一定の成功を収めた。だが、
かねてよりアーティストとして成功するという野心を抱いていた彼女は、キ
ティがテキサスに帰ることになったのを機に、ニューヨークへ上京すること
を決心する。

　ニューヨークのグリニッジ・ビレッジ（Greenwich Village）で、ポーターは
映画の広報や子供向けの話を書く仕事をしている間に、メキシコの芸術家た
ちと知り合う。メキシコの芸術や文化について深く学び彼らの信頼を得た
彼女は、やがて宣伝雑誌の仕事を紹介され、1920 年にメキシコに赴くこと
になる。ポーターは選挙で誕生したばかりのオブレゴン（Obregón）政権の
下で、安定と平和を感じながら雑誌の仕事をするかたわら、当時のメキシ
コの代表的な芸術家、知識人や革命家たちと交流を持つようになった。だ
が、1921 年にやがてメキシコが政治的混乱状態に陥ると、交友関係からボ
ルシェビキ（bol'sheviki）と見なされるようになった彼女は、逮捕と国外追放
を恐れてテキサスに戻る。このメキシコでの最初の滞在は短期間ではあった
にせよ、彼女は創作においての大きな足掛かりを得たと言える。実際、遺
跡発掘の現場で聞いたメキシコの逸話が後に「マリア・コンセプシオン」
（"María Concepción"）へと発展し、現地のメキシコ女性との交流が後の「花
咲くユダの木」（"Flowering Judas"）の着想のもととなった。

　テキサスを経てニューヨークに再びいった彼女は、1922 年 12 月に雑誌
『センチュリー』（*The Century Magazine*）に「マリア・コンセプシオン」を発
表する。その後数年は、おもにメキシコを舞台にした小説や広範にわたる
文芸批評を書いて過ごし、1926 年室内装飾業者で 10 歳以上年下のアーネ
スト・ストック（Ernest Stock）と結婚するが、まもなく破綻する。この不幸

な結婚生活を題材に書かれた作品が「ロープ」（"Rope"）である。ギヴナー（Givner）によれば、その後の結婚においても、彼女は子供の頃に見た父親に似て、ハンサムで知的だが性格的に弱い印象を与える年下の男性に魅かれては失望するというパターンを繰り返している。1927 年には、冤罪と目されたサッコ＝ヴァンゼッティ（Sacco and Vanzetti）事件の死刑執行の抗議に加わり、数度にわたり逮捕された後保釈されている。

　1930 年に、それまで書いたいくつかの短編をまとめ『花咲くユダの木』（*Flowering Judas and Other Stories*）として出版すると、批評家から高い評価で受け入れられる。その間、それまで書いていたコットン・マザー（Cotton Mather）の伝記を未完のまま、ポーターは 1930 年の春に再びメキシコにいくが、そこで 3 度目の夫となる、13 歳年下のユージン・プレスリー（Eugene Pressly）と出会う。

　1931 年にグッゲンハイム（Guggenheim）奨励金を得た彼女は、プレスリーとともにヴェラ（Vera）号に乗りドイツに向かい、ベルリンに到着する。二人はいさかいがもとで一旦は行動を別にしたものの、やがてパリに落ち着き結婚生活を始める。だが、ポーターにはプレスリーとの結婚生活を続けることは次第に重荷となっていく。将来に対するプレスリーの優柔不断な態度への不満がその一因ではあった。しかし、何よりも、彼女には執筆活動を続けるための孤独な時間が必要であった。

　1936 年にアメリカに帰還した彼女は、まもなく「昼酒」（"Noon Wine"）、「古い秩序」（"Old Mortality"）、「蒼ざめた馬、蒼ざめた騎士」（"Pale Horse, Pale Rider"）を書き上げ、さらに『愚か者の船』（*Ship of Fools*）の草稿となる「約束された土地」（"Promised land"）を書き始める。そして翌 1937 年には、テネシー州のアレン・テイト（Allen Tate）とキャロライン・ゴードン（Caroline Gordon）の家を彼女が訪れた際に、ルイジアナ州立大学の大学院で学ぶアルバート・アースキン（Albert Erskine）と出会う。新しく刊行された『サザン・レビュー』（*Southern Review*）を運営し、彼女の作品の熱烈な支持者であった彼は、彼女自身にも魅かれ結婚を申し出る。年齢が 20 歳以上も離れている彼との結婚はうまくいかないと思った彼女は、初めは彼の申し出

を断ったものの、やがて受け入れ翌年二人は結婚する。しかし、ポーターの予想通り、結婚生活は当初からうまくいかなかった。まもなく彼女はアースキンのもとを去る。

　その後彼女は住まいを転々とする生活を送る。ハリウッドの脚本作家の仕事に一年ほどで嫌気がさすと、多くの大学での講演や、大学在住の作家としての業務をこなしながら、断続的ながらも『愚か者の船』の草稿を書き続ける。1944 年に『斜塔、その他の物語』（The Leaning Tower and Other Stories）を出版した後、1962 年には、ついに念願であった『愚か者の船』を出版する。この作品が大いに商業的な成功を収めたことにより、はじめて彼女は経済的に余裕のある生活を送ることができるようになった。1965 年に『キャサリン・アン・ポーター短編集』（The Collected Stories of Katherine Anne Porter）を出版し、1966 年にはピューリッツァ賞と全米図書賞を受賞。1970 年に批評集、1977 年には、長い間まとめることができなかったサッコ・ヴァンゼッティ事件への自身のささやかな抗議運動についての記録を『終わりなき悪』（The Never-Ending Wrong）としてようやく完成するに至った。

　1980 年 90 歳で亡くなる。彼女の生涯はまさに、作家仲間で友人であったグレンウェイ・ウエスコット（Glenway Wescott）が述べている通り、何よりも、アーティストであることを第一に目指した生涯であったと言えよう。遺灰はインディアン・クリークにある彼女の母の墓の隣に葬られた。

参考文献

Givner, Joan. *Katherine Anne Porter: A Life.* London: Jonathan Cape, 1983.
———. ed. *Katherine Anne Porter Conversations.* Jackson: UP of Mississippi. 1987.

「マリア・コンセプシオン」
──主人公の曖昧な立場──

　1922 年 12 月、『センチュリー』（*Century*）誌に掲載された短編小説「マリア・コンセプシオン」（"María Concepción"）は、キャサリン・アン・ポーターの最初に公刊された作品である。完成までに十数回書き直して、まさに苦闘の産物だったとポーター自身は語っている（Givner 92）。

　ポーターは友人の紹介で年配の考古学者ウィリアム・ニヴェン（William Niven）と知り合いになり、彼の遺跡発掘現場を訪れた。その際に出会ったインディオの女性の話から発展したものが、この「マリア・コンセプシオン」である。その女性は、ポーターに会う 3 か月前に当時 15 歳だった夫の愛人の女性が昼寝しているところを滅多刺しにして殺し、その女性が産んだばかりの子供をわが子のようにそっと腕に抱いて家に帰ったという。しかし、ポーターが見た彼女は、およそそのような行動をしたとは想像できない人物であった。彼女は生来のやさしい物腰と見事に整った目鼻立ちを備え、まるで王族のような高貴な雰囲気すら発していた。

　「マリア・コンセプシオン」では、主人公の行動を通して、個人を支配する社会的・倫理的規範と個人の自由意志の追求という二つの相反する力が引き起こす心理的葛藤がテーマとなっていると言えるだろう。このようなテーマを描くようにポーターを動機づけたのは、インディオの女性が作り出していた外観と実際の行動とのあまりの違いに衝撃を受けた彼女が、その衝撃を小説という芸術の形で残したいと思ったからにちがいない。

　主人公マリア・コンセプシオンは、キリスト教への厚い信仰心を備えたメキシコの先住民族（インディオ）の若い女性である。夫フワーン（Juan）の愛人であるマリア・ローザ（María Rosa）への復讐を誓って彼女を殺害し、

ローザと夫との間に生まれた子供を我が子だと宣言する。村人達もローザの殺害を許容し、彼女の宣言を受け入れる。その後、赤ん坊を抱いたまま眠りに落ちたマリア・コンセプシオン自身も、静かな安らぎで満たされ、「なおも不思議な幸福感をありありと感じる」(21)[1]のである。

　この矛盾に満ちた異常な物語について、これまでさまざまな解釈が試みられてきた。たとえば、キリスト教の罪である殺人による願望の実現は、侵略者としての西洋文明に対する未開で素朴な原始的な力の勝利だといった見解や、かつての支配者の宗教としてのカトリックに対する信仰から土俗のメキシコの信仰への回帰にほかならないといった見解が示されてきている[2]。しかし、そのような解釈に立つ場合、次のような疑問を抱かざるをえない。マリア・ローザの死体を目にしたマリア・コンセプシオンが、やはりキリスト教の罪である姦淫の罪を犯した者への報いとして自分が行った殺害行為を正当化しているのはなぜなのか。カトリックの教会に通い信仰を続けることがむしろ賞賛されるべき行為として村人たちに受け止められている風潮が、かくも短期間のうちに大きく変化してしまったということなのだろうか。

　また、「マリア・コンセプシオンは、その名前がまさに暗示しているように、自らの『自尊心』の犠牲者である」(Hardy 63)という見解も示されている[3]。ハーディは、「マリア・コンセプシオンが、メキシコにもたらされた異質な文明の侵略による混乱に本能的な力で打ち勝つ、純粋に素朴な人物であるとする多くの批評家の解釈は誤解である」と指摘した上で、「彼女がマリア・ローザを殺害するのは、母であると同時に妻であろうとする妄執とも言うべき概念にとらわれているためであり、その概念は、インディオの伝統ではなく、過度に単純化されたカトリシズムを彼女が身につけたことに起因している」と述べている。しかし、こうした解釈に立つ場合、熱心なカトリック教徒であるはずのマリア・コンセプシオンが、その一方で、メキシコ古来の迷信を完全には否定していないのはなぜなのかといった疑問を感じざるをえない。

　さらに考察すべき重要な疑問は、マリア・コンセプシオンによるマリア・ローザの殺害を村人たちが許容するのはなぜか、また彼女が最後に「なおも

不思議な幸福感をありありと感じる」のはなぜなのかということである。

1 敬虔で誇り高いマリア・コンセプシオン

　マリア・コンセプシオンは、「まるで大農園を所有しているかのように見える」(4) ほど誇り高き女性である。彼女はまた、キリスト教への厚い信仰心を備えた働き者であり、近所の人々からは、「元気者で信心深く、取引となればどこまでも粘り抜く女」とほめたたえられていた。彼女の誇りの強さと信心深さは、教会で結婚式をあげたことに象徴的に示されている。当時彼女が住む地域での結婚式は、多額な金銭が必要な教会を避けて行われるのが一般的であった[4]。だが、誇り高く信心深い彼女はどうしても教会で結婚式をあげることを望んだのである。

　芯が強く誇り高き彼女だが、その風貌は温和な印象を与えるものである。アーモンド型の黒い瞳は「生まれつき穏やかな気だて（Instinctive serenity)」(3) のために、柔和な感じを人に与えた。体つきは「ゆったりとして、育ちつつある生命のふくらみも自然な感じで、女と生まれた身に定められた至極当然の姿」であり、歩き方も、未開地の女特有の「用心しながらもゆったりと、のびのびとして、自然な様子」に見えた。実際村の人々はみな、彼女がもの静かな女性であると認めていた。

　キリスト教と密接な関わりを持つ西洋医学に信を置くマリア・コンセプシオンは、まじないで彼女の赤ん坊を守ってやろうとするルーペ（Lupe）の提案を拒否し、彼女に毒舌を吐きさえする。このような行為は、古来より先住民族に伝わる迷信を拒否する彼女の姿勢を示しているかのようである。しかしその一方で、蜜蜂の快い匂いと羽音を聞いた際に、迷信を拒む姿勢に反するかのように、「今それを食べないとお腹の赤ちゃんにあざができるかもしれない」(4) とふと思う。この事実は何を意味するのだろうか。ウンルーは、「この迷信深い結論を下すことによって、彼女は素朴な原始的風習と自分自身との結びつきを感じている」(Unrue 17) と述べている。つまり、教会に通う一方で、メキシコ古来の素朴な原始的風習を手放そうとしない姿勢を保持

していると指摘している。こうした見方に立つ場合、彼女はカトリック教徒
としては、一種異端の徒（pagan）であると言わなければならないが、しか
し、この異端的な姿勢こそが彼女の複雑に見える行動と関わっているのでは
ないか。

　もちろん、彼女の強い誇りはキリスト教への厚い信仰心に支えられており、
その誇りが彼女の行動の指針となっていることは疑いない。夫のフワーンが
ローザと密会している光景を回想した彼女が、「あの罪深い、恥知らずのマ
リア・ローザめ」（6）と思い、「自分の敵」であるマリア・ローザに対して
復讐を誓う。彼女にとって「マリア・ローザとの決定的なちがいは、自分が
フワーンと教会で結婚式をあげたこと」であり、この行為を経ていないロー
ザは単に「生きる資格のない淫売女」でしかない。

　いつも誇りを忘れないマリア・コンセプシオンと、「まだ15歳のかわい
らしく恥ずかしがりやの娘」であるマリア・ローザは、同じ「マリア」とい
う名前であるにもかかわらず、気質や行動の点で対照的である。マリア・コ
ンセプシオンが孤高の姿勢を保つかのように「一人で暮らす」（10）一方で、
マリア・ローザは他の大勢の女たちと行動し、個人のプライドなど捨てたか
のように、なりふり構わず食料を集めては男たちの食べ残しを食べ、戦死者
から遺品を集めて回る。また、マリア・コンセプシオンが、「フワーンに捨
てられたときも、生後4日にもならないうちに子供をなくした時も涙を見せ
なかった」（8）のとは対照的に、マリア・ローザは、道にうつぶせに倒れた
まま泣きわめく。さらに言動においても、マリア・コンセプシオンは「言わ
ずにすむ場合は、一言も口をきこうとはしない」のに対し、マリア・ローザ
は「黙ってはいない、おしゃべりな女」（12）である。こうした二人の対比
は、マリア・コンセプシオンの孤高の姿勢を浮き上がらせる効果をもたらし
ている。

　マリア・コンセプシオンはフワーンがマリア・ローザと出奔した時も、生
まれた子供を亡くした時も涙を見せなかったけれども、彼女の顔つきは一変
し、目がつぶれたかにすら見えるようになる。この様子に驚いた村の人々は、
「もし、彼女があれほど規則正しく教会に通い、聖徒の像の前にろうそくを

ささげ、一度に何時間も十字架の形に両腕を組んでひざまずき、毎月聖体拝
領を受けたりしている女でなければ、悪魔が憑いているのだという噂が立っ
ていたかもしれない」(9)と思う。村人たちから見て、司祭の手で結婚式を
あげたマリア・コンセプシオンは、本来「悪魔に憑かれる道理はない」。そ
れにもかかわらず、災いが起こるのは、仲間の助力を軽視し一人孤高の姿勢
を保とうとする、彼女の「気位の高さ」が原因であり、もし彼女が規則正し
く教会に通って礼拝を捧げたりせず、毎月聖体拝領を受けたりしていなけれ
ば今頃悪魔にとり憑かれているはずだ、と彼らは考える。このように、村人
たちが非難しているのは、あくまでマリア・コンセプシオンの「気位の高
さ」であり、彼女の教会への信仰心の厚さではない。むしろ、教会に絶対的
信頼を置いている彼らは、教会に通い信仰を続けるマリア・コンセプシオン
の行動を積極的に肯定している点は注目すべきであろう[5]。

2　気品と威厳を感じさせるマリア・コンセプシオン

　マリア・ローザが去った後、蜂を育てるのが不得手なルーペは巣箱を増や
すことができなくなる一方で、マリア・コンセプシオンは勤勉な労働によっ
て着実に銀貨の蓄えを増やしていく。まじないで赤ん坊を守ってやろうと
の提案をマリア・コンセプシオンから拒絶されたルーペは、「あの女は、ま
るで石だよ」(9)と言って彼女に否定的な見解を示していた。しかし、そ
のルーペも、やがて駆け落ちしたマリア・ローザを非難し、逆境の中でも、
黙々と努力し着実に成果をあげるマリア・コンセプシオンの行動をほめるよ
うになる。そして、会う人々にマリア・コンセプシオンの深い悲しみは誰に
もわからないと述べ、「これからは万事マリア・コンセプシオンにとって具
合よくいきますようにと、あたしゃ、神様に祈っているよ。あの娘はもう十
分に負うべき苦しみを味わっているのだから」と言うようになる。
　こうしたルーペの言動から読み取れることは、気位に欠け無責任なマリ
ア・ローザとは対照的に、不幸に見舞われても自分のなすべき仕事を果たそ
うとする、マリア・コンセプシオンの姿勢を彼女が認めたことである。つま

り、後のことはおかまいなしにフワーンと一緒に逃げたローザに対し、気位の高さを裏打ちする、一貫した責任感を備えたマリア・コンセプシオンの行動姿勢を認めたことである。

　フワーンが雇い主のギヴンズに向かって、「あっしはマリア・コンセプシオンには危害を加えはしません。なにしろ、あいつとは教会で結婚式をあげたんですから」（12）と述べている通り、彼がマリア・コンセプシオンを殴ったり危害を加えたりしようとしない最大の理由は、二人が教会で結婚式をあげたことによる。教会に畏敬の念を感じるフワーンには、教会で結婚式をあげた信心深い妻と教会の神聖な威厳と尊厳が重なって見える。このため、彼女に危害を加えることは教会の権威を侵すことにひとしい。加えてその行為は、彼女の夫としての誇りある立場を危うくすることにもつながる。甘美な「蜂の蜜」のように魅惑し喜ばせるマリア・ローザとの浮気は抗し難いものとはいえ、彼は社会的に認知され尊重されるマリア・コンセプシオンの夫であるという立場を心の底では強く求めているのである。

　ギヴンズ（Givens）もまた、マリア・コンセプシオンに侵しがたい威厳や尊厳を感じていると言える。食用のために鶏を殺すことが「ぞっとしてできない」（7）ギヴンズは、その作業をマリア・コンセプシオンに依頼する。「鶏の頭を雑作なく、しかも確かな手さばきで切る」様子を見た彼は、マリア・コンセプシオンが勇敢な行動ができる人間であることに感銘を受ける。彼がマリア・コンセプシオンに「堂々として気品ある態度」を認めるのは、信仰心に支えられた彼女の誇りある態度に勇敢な行動姿勢が伴っていると感じるからであろう。彼女の姿を見た彼が、時として「追放された王妃（royalty in exile）」を連想するのも、彼女の誇り高く勇敢な態度の中に、今や追放の身とはいえ本来高貴な身分の王妃にふさわしい、侵してはならないと感じさせるような威厳や尊厳を感じるからにちがいない。

　泥酔し理性を失った状態で、「夫としての立場」（13）を力で誇示しようとしたフワーンに対しマリア・コンセプシオンは、冷静に、断固と構えて抵抗し、逆に夫を殴りさえする。見捨てられた不幸な日々を経験した彼女としては、夫の一方的な行動を許す気になれなかったからである。フワーンがいび

きをたてて眠ると、マリア・コンセプシオンは市場へ向かう。が、途中、自分が向かっている先は市場ではなくマリア・ローザの小屋であることに気がつく。そのとき彼女は正気に戻り、「自分をこれまでひどく苦しめているものの正体が何であるかを悟り、自分が望んでいるものが何であるかをはっきりと理解する」(13)。つまり彼女は、それまでずっと、夫を奪おうとするマリア・ローザに苦しめられてきたことを悟り、彼女を殺してその苦しみから自身を解放することを何より願っているのだと理解する。このとき彼女の気持ちの中で、「それまで長い間、彼女の全身を圧搾して物言えぬ苦悩の固いしこりへと変化させていたものが、激しい衝撃を受けて急に砕け散った」。すなわち彼女は、この先願望を実現させないまま苦悩するよりも、たといいかなる罰を受けようとも、自分の願望を実現させ苦悩から解放されようと決意したのだ。

　短い眠りから目を覚ましたフワーンは、マリア・コンセプシオンがいつもベルトにつけている長包丁を手に持ったまま、戸口に立っている姿を目にする。そのときフワーンは、妻がとうとう自分を殺しに来たとばかり思う。だが彼の予想に反して、彼女は「包丁を投げ捨て、彼女が以前何度もそうするのを彼が見かけたように、グアダルーペ（Guadalupe）の神殿に跪いたままにじり寄るときのような仕草で彼に近づいて来る」(14)[6]。彼女が異教徒であることを象徴的に示しているかのようなこの仕草は、彼が何度も目撃したと述べられている通り、マリア・ローザを殺害する以前から繰り返しなされてきたものである。このことは、彼女のキリスト教に対する信仰の性質がマリア・ローザを殺害した後も変化がないことを示唆している。

　妻の様子から事情を察したフワーンは夫として彼女を守ろうとするが、マリア・コンセプシオンは「いかにも穏やかで、威厳に満ちた、苦悩に重く沈んだ声で」、「あたしの方は、もうすっかり片がついているのよ」(15) と彼に告げる。覚悟を決めたことを告げながらも、それが「苦悩に重く沈んだ声で」発せられ、またこの直後に「敵意を感じさせる暗闇」や「不吉な恐怖」(16) を感じていることから見て、彼女とて将来受ける罰に何らかの不安を感じていないわけではない。だが、この後マリア・ローザが死んでいるこ

とを確かめたとたん「何も恐れることはなかったのだ」(17) と感じている。ここから明らかなように、彼女が何よりも恐れていたことは、マリア・ローザが生き続け彼女自身を苦しめてきた苦悩を今後も感じ続けなければならないことであり、彼女自身が受ける罰ではない。

3　マリア・コンセプシオンの曖昧な姿勢を支える信仰

　尋問に来た憲兵たちと一緒にマリア・ローザの小屋へ向かったマリア・コンセプシオンは、マリア・ローザが死んでいることを確かめると安堵し、身体の筋肉が静かにほぐれていくのを感じる。もはや、彼女の苦悩をもたらす原因となる人間はこの世には存在しないのだ。彼女は「マリア・ローザが多くの蜜を食べすぎ、多くの恋を味わいすぎた」(17) ために、「自分の犯した罪と非業な死を、地獄に座って嘆き悲しまなければならない」と思う。「カトリックの教えに背きマリア・ローザを殺害したことが、マリア・コンセプシオンが土俗のインディオの共同体に再び加わる契機となった」(Brinkmeyer 47) とブリンクマイヤーは述べている。しかし、マリア・コンセプシオンは独白の中で、ローザの殺害の原因は彼女自身の不義にあると表明している。つまり、ウンルーが指摘している通り、皮肉にも彼女はローザは姦淫の罪を犯し報いを受けたという、いわばカトリックの教義によって自身の正当化をはかっているのである (Unrue 20)。このことからも、彼女がキリスト教への依存を捨ててメキシコ古来の土俗の宗教に転向したわけではないことは明らかであろう。

　ポーターは、「グアダルーペの祝祭」("The Fiesta of Guadalupe", 1920) (Porter, *Collected Stories and Other Writings* 879-883) と「ホーチツルの子供たち」("Children of Xochitl", 1921) (Porter, *Collected Stories and Other Writings* 884-892)[7] と題したエッセーの中で、カトリックとメキシコの土着の宗教が渾然一体化している様を描いている。「グアダルーペの祝祭」においては、インディオの群衆が、侵略者の宗教カトリックとインディオの土着の宗教が融合して生まれたグアダルーペの聖母を参拝に来る様子を彼女は述べ、また「ホーチツ

ルの子供たち」では、聖母グアダルーペに加えてアステカ（Azteca）神話の
三人の女神たちが、カトリックの教会の中に守護神として祭られている様子
を報告している。こうした融合は、マリア・コンセプシオンの宗教に対する
姿勢に投影されており、その姿勢が作品の冒頭部の描写に示唆されているよ
うに思われる。

　作品の冒頭部では、マリア・コンセプシオンが、「テキーラのとげも、油
断のならない柱サボテンの曲がったとげも、それほど密集していない」(3)
「埃だらけの道の中央部」(the middle of the white dusty road) を注意深く歩く
場面が描かれている。ブリンクマイヤーは、この描写には、「ホーチツルの
子供たち」の中に見られるのと同様、伝統的なインディオの風習とローマ・
カトリックの信仰の間に存在する緊張を伴ったバランスが表現されていると
指摘した上で、そのバランスは夫のフワーンが愛人のローザと駆け落ちし、
マリア・コンセプシオンの身篭った子供が誕生後まもなく亡くなった時点で
崩れると述べている（Brinkmeyer 44-45）。しかし、マリア・ローザを殺害し
た後もなおカトリックの教義によって自身の正当化をはかっていることから
見ても、この描写には、いわば異端のカトリック信徒としての立場を一貫し
て保持しようとする主人公の姿勢が示唆されているとは言えないか。つまり、
カトリックと土着の宗教の融合に触発されたポーターは、冒頭部分の描写に
より、カトリック教徒でありながらも、純粋なカトリック教徒でもメキシコ
の土俗の信仰の徒でもない姿勢を一貫して保とうとする主人公の生き方を比
喩的に示そうとしたのではないか。

　マリア・ローザの殺害について憲兵に尋ねられたルーペは、それがマリ
ア・コンセプシオンの仕業であるとうすうす気がついていたにもかかわら
ず、知らないふりをし、とぼけてみせる。他の村人たちもマリア・コンセプ
シオンに同情するかのように、彼女をたたえマリア・ローザを非難する。た
とえば、ある歯なしの老人は「この人はわたしらの間で評判のいい人だった
が、マリア・ローザは反対だった」(19) と証言し、子供を抱いたある母親
は「誰一人思ってもいないのに、どうしてこの人に罪をきせることができる
の？」と問い詰める。マリア・コンセプシオンは皆が自分に味方してくれて

いると感じる。マリア・コンセプシオンが犯人だということを確信していた憲兵たちも、村人が結束して彼女を守ろうとしていることがわかると彼女を起訴することを諦めて帰らざるをえない。マリア・ローザの赤ん坊の泣き声を聞いたマリア・コンセプシオンはその子を抱き上げ自分の子であると宣言するが、それに対して異議を唱える村人は誰もいない。ウエストは、こうして「マリア・コンセプシオンによるマリア・ローザの殺害を村人たちが許容しようとするのは、流血を認めるからではなく、愛人関係よりも夫婦関係が勝利を得るべきであると彼らが信じているからである」（West 8）と述べている。たしかに、共同体の秩序を重視しようとする論理が村人たちに働くかぎりこのように解釈することも可能だが、それはあくまで、村人たちの気持ちの中に、マリア・コンセプシオンの行動姿勢を受け入れる準備ができているという前提があってこそ成り立つと言える。

　もちろん、村人たちがマリア・コンセプシオンを擁護しようとする一つの理由は、生まれつき穏やかな気だてや、勤勉で粘り強い性格を備えた彼女の特質を理解しているからであろう。だが、それに加えて、フワーンやギヴンズと同様に、厚い信仰心と責任ある行動に支えられた彼女の気高く、威厳と尊厳を伴った誇りに気づいた彼らが、その誇りを侵しがたいと感じるがゆえに彼女を擁護しようとするのだと考えられる。

　静寂の中で赤ん坊を抱いたマリア・コンセプシオンは、身体のすみずみまで安らいだ気分に満たされ、眠りに落ちた時でさえ「なおも不思議な幸福感をありありと感じる」（21）。彼女がこのように感じるのは、やはり、厚い信仰心を備えた誇り高き彼女が、いかなる罰をも受けることを覚悟した上で、自分の願望を実現させるとの信念を貫き通したことによる充足感を感じているからにちがいない。

4　結び

　キャサリン・アン・ポーターの初期の6つの作品を評したアレン・テイトは、「マリア・コンセプシオン」だけは作品の意図が曖昧であると述べてい

る（Tate 26）。こうして意図が曖昧な印象を与えるのは、おそらくこの作品が、単純に見えながらも多層的で複雑な構造を備えていることに加え、最後の結末が不確定な形で終わることが原因しているのだろう（Unrue 24）。だが、そもそも、結末が不確定なままで終わること自体が作者の意図なのではないか。すなわち、結末が不確定であるのは、カトリックもメキシコの土着の宗教も否定しない姿勢を貫く、不合理で、矛盾しているかのように見える主人公の生き方に、最後まで作者の焦点が当てられているためではないか。言いかえれば、誇り高き姿勢によってこそ支えられている、彼女のいわば危うさを伴う不合理で矛盾した生き方をポーターが最後まで強調しようとするためではないか。

　「マリア・コンセプシオン」では、誇り高き孤高の姿勢を保つマリア・コンセプシオンが、マリア・ローザを殺害した後、幸福感を感じるという物語が描かれている。もちろん、この物語では、殺人という行為が許される場合の例証そのものが試みられているわけではない。むしろ、マリア・コンセプシオンという誇りある姿勢を貫く人物の描写を通して、殺人という一種究極的な大罪を犯した場合においてさえ、咎めを受けない自由な心の状態を保持できる可能性が表現されていると言える。つまり、マリア・コンセプシオンの行動を通して、殺人という大罪を犯し恐怖の圧力に必然的にさらされる場合においてさえ、誇りある姿勢を徹底して貫くかぎり、その恐怖を免れた心の状態を保持できるばかりか、周囲の共感を得ることさえ可能であることが示唆されていると考えられる。

注

　1　テキストは Porter, Katherine Anne. *The Collected stories of Katherine Anne Porter.* San Diego : Harcourt Brace, 1972. を使用。以下括弧内に引用ページ数を示す。訳は「マリア・コンセプシオン」（野崎　孝訳、『花ひらくユダの木・昼酒』、英宝社、1957 年）によるが、一部変更を加えた。

　2　（Alvarez 91-98, Brinkmeyer 44-48, DeMouy 21-27, Unrue 16-25）

　3　マリア・コンセプシオンという名前が持つ象徴性について、ハーディは具体的な説明はしていない。だが、ローザの産んだ子供を我が子だと宣言する物語の展開から見

て、この言及の前提には、男女の交わりなしに子供を受胎（Concepción）する聖母マリアと彼女が重ねられていることは明らかであろう。

4　この作品の背景となっていると思われる 20 世紀初頭のメキシコにおいて、結婚の手続きは教会の管轄下にあり、その手続き費用は庶民の収入の数年分に相当する金額であった。正式な結婚をせずに家庭生活を営む庶民層が非常に多かったのも、手続きに要する費用が高額すぎたためであると言われている（国本 87）。

5　ウォルシュによれば、この作品が書かれた 1920 年の時点において、「村人の大半はマリア・コンセプシオンのようにカトリックの熱心な信者であった」（Walsh 73）という。

6　グアダルーペとは、アステカの豊穣の女神トナツィン（Tonantzin）信仰と聖母マリア信仰が融合した聖母。グアダルーペの肌は褐色である。この聖母信仰が、18 世紀には民族意識とも呼ぶべきメキシコ人のアイデンティティとなるまで発展し、やがて19 世紀初期に勃発する独立運動のシンボルともなった（国本 86）。

7　Xochitl（ホーチツル）はアステカ伝説における大地、果実、花、豊饒の女神を意味する（Porter, *Collected Stories and Other Writings* 884-885）。

引用文献

Alvarez, Ruth M. "'Royalty in Exile': Pre-Hispanic Art and Ritual in 'Maria Conception.'" *Critical Essays on Katherine Anne Porter*. Ed. Darlene Harbour Unrue. New York: G. K. Hall & Co., 1997.

Brinkmeyer, Robert H., Jr. *Katherine Anne Porter's Artistic Development: Primitivism, Traditionalism, and Totalitarianism.* Baton Rouge: Louisiana State UP, c1993.

DeMouy, Jane Krause. *Katherine Anne Porter's Women: The Eye of Her Fiction.* Austin: U of Texas P, 1983.

Givner, Joan, ed. *Katherine Anne Porter Conversations.* Jackson: UP of Mississippi. 1987.

Hardy, John Edward. *Katherine Anne Porter.* New York: Frederick Ungar Publishing, 1973.

Tate, Allen. "A New Star." *Critical Essays on Katherine Anne Porter*. Ed. Darlene Harbour Unrue. New York: G. K. Hall & Co., 1997.

Unrue, Darlene Harbour. *Truth and Vision in Katherine Anne Porter's Fiction.* Athens: U of Georgia P, 1985.

Walsh, Thomas F. *Katherine Anne Porter and Mexico: The Illusion of Eden.* Austin: U of Texas P, 1992.

West, Ray Benedict, Jr. *Katherine Anne Porter.* Minneapolis: U of Minnesota P, 1963.

国本伊代、『概説ラテンアメリカ史』、新評論、2001 年。

「盗み」
——盗みを引き起こすもの——

　1920 年代のニューヨークを背景に、主人公の内面の苦悩を描いた短編「盗み」（"Theft", 1929）は、ウンルーが言うように、複雑微妙な描写と謎めいた結末のために批評家の注目を集めてきた作品である（Unrue 65）。ポーターの伝記や作品中の描写からは、「盗み」は彼女自身が過ごしたニューヨークでの経験を題材としていることがうかがえるが（Givner, *A Life.* 205-206）、主人公の語り手が女性であることのほかは名前や物語の設定場所が直接示されてはいない。それはハーディが指摘している通り、作者ポーターがストーリーのテーマに読者の関心を引き寄せる意図を持っていたからにちがいない（Hardy 63）。

　日々の生活に困窮しながらも、都会に一人で暮らす語り手である主人公の女性は、パーティから帰宅した翌朝ハンドバッグが盗まれたことに気づく。彼女の推測通り盗んだのはアパートの女管理人であり、その管理人は、物を所有することをことさら望んでいないかのように見える語り手の様子に乗じてハンドバッグを盗み、年頃になる姪にあげようとしたのだった。ところが管理人は、語り手の彼女こそがそのハンドバッグを自分の姪から盗んだのだと告げる。すると不思議なことに、その言葉を事実のように受け入れた彼女は、自分を恐るべき盗人と見なし、「自分からすべてを奪う原因を作っているのは自分なのだ」（"I was right not to be afraid of any thief but myself, who will end by leaving me nothing."）（65)[1]と思うのである。この彼女の奇妙な反応は一体何を意味するのだろうか。

　「盗み」をめぐってはこれまで、主人公の消極的で、物を持つことに執着しない姿勢が人を悪に目覚めさせ、悪行に走らせる原因となっている

（Givner 99-102, Tanner 155, Titus 139-144）、あるいは、主人公の意志の弱さが物を失う原因をもたらしている（Unrue 65-69）、といった指摘がなされている。たしかに、物の所有に執着していないかのように見える主人公の態度や、対立を避けるために相手と妥協しようとする彼女の消極的な姿勢、あるいは意志の弱さが、管理人によるハンドバッグの盗みとその正当化に対する彼女の精神的な屈服を導いたことを考慮した場合、以上の解釈は相応の説得力を持つと言えよう。しかし、それでは、主人公のそのような姿勢は何に起因するのだろうか。

　これまでのところ、主人公の内面の描写と登場人物の描写の密接な関係については、具体的な説明はなされてはいないようである。しかし、その関係が明白になれば、彼女が消極的な姿勢や弱い意志を抱く原因が明確になるのではないか。そしてそれにより、彼女が自分を盗人として恐れる理由も明らかになるのではないか。

1　精神的な妥協が導く人間関係の破綻

　語り手に好意を寄せる男性カミロ（Camilo）は、彼女を鉄道の改札まで見送り彼女の電車代をいつも支払っていた。そうすることで、騎士道精神的な礼儀を果たすことになると考えたからである。どしゃぶりの雨が降るある日のパーティからの帰途、カミロはタクシーに乗るよう彼女を執拗に促す。だが、自分と同じぐらい彼が経済的に貧しいことを知っていた彼女は、その申し出を断固として断る。このように、女性に対して自分の経済力には見合わない方法で礼儀を示そうとする彼の姿勢について彼女は、「妥協することによって、少しの手間ですむ礼儀は首尾よく果たしながらも、もっと厄介で手のかかる礼儀を果たそうとはしなかった」（"Camilo by a series of compromises had managed to make effective a fairly complete set of smaller courtesies, ignoring the larger and more troublesome ones."）（59）と述べ、カミロの礼儀の示し方を妥協的な性質を持つ行為として、すなわち自分の本来の意志を曲げて相手に歩み寄る性質を持つ行為として回顧している。このことは何を意味しているのだ

ろうか。

　カミロが経済観念に欠けていることは、彼がそのときかぶっていた帽子に
も表れている。カミロのおろしたての帽子は、雨に濡れて台なしになって
しまう。「実用的な色の帽子」(59) など買うことを思いもしないカミロには、
雨に濡れても色が褪せることのない帽子を買うことなど思いもよらなかった
のであろう。雨に濡れた帽子は彼をみすぼらしく見せたばかりか、彼自身の
気持ちさえ意気消沈させるように見えた。その様子は、まるでわざと雨にさ
らしておいたような帽子をかぶってもさりげなく似合っていたエディ (Eddy)
とは対照的だと彼女には映る。翌日彼女が破り捨てる手紙は、おそらくこの
エディからのものであろう。気さくで実際的な行動を志向する彼は、開放的
で打ち解けた関係を彼女に求め、それを彼女は拒否したと考えられるが、濡
れた帽子をかぶった姿に、彼ら二人の性格の違いを彼女は感じ取ったにちが
いない。

　カミロは彼女から見えない場所まで来たと思ったとき、立ち止まり帽子を
脱いでコートの下に隠す。代わりの帽子を買う経済的な余裕がない彼にとっ
てそれは当然の行為であったであろう。だが、帽子を隠すその行為をカミロ
に気づかれないまま見た彼女は、「彼を裏切った」(60) ように思う。このよ
うに思うのは、電車代の肩代わりという形をとった彼女に対する彼の礼儀と
しての行為が、彼自身の経済力には見合わない点で、体裁だけを整えるもの
にすぎない行為であることを彼女が密かに見破ったと感じたからにちがいな
い。つまり、彼の礼儀的な行為を享受し、経済的にも頼れる男性であるとの
了解を彼に示した彼女が、見栄を張ろうとする彼自身の心の弱さを垣間見た
と思ったことで、彼に示したその了解を無きものにしたと感じたからであろ
う。

　彼女にも問題はあった。カミロのいつもの申し出を彼女が振り切れなかっ
たのは、申し出を断った場合、「カミロがそれを悪くとり」(60)、彼から嫌
われてしまうことを恐れたからである。相手によく思われようとして、現実
の生活レベルとは乖離した行為までもしようとする彼を彼女は心の中で見下
げている。けれども、「とても気品のある若者」(60) のカミロに魅せられて

いる彼女は、いつもの彼の申し出を断ることで、彼を落胆させ、彼の気持ちが自分から離れていくに任せることはできなかった。つまり、相手への気づかいに欠ける人間と彼から思われ、避けられることに彼女は耐えることができなかった。結局彼女は、現実の生活状態を無視した行動をとろうとするカミロを蔑む一方で、彼に気に入られようとしている。すなわち、彼女は彼に対し、現実に強く抱いている感情の直視を避け、矛盾した感情にもとづくまま行動をとろうとしている。

　このように見てみると、彼ら二人は、現実の直視を避けるという手段を用いて相手からよく思われようとする点で類似していると言うことができる。だが、そうした目先のことだけを考えた交際は早晩破綻をきたすことは疑いない。彼女を見送った後、雨の中を駆けていくカミロを見た彼女は、「明日の朝、酔いの醒めた目で、くしゃくしゃになった帽子とずぶ濡れの靴をじっと眺めたら、おそらくみじめな気持ちで私を思いだすことだろう」(60) と想像する。雨に濡れた帽子や靴のみじめな様子と彼女を結びつけたこの描写は、その後の二人の関係の悲しくもみじめな破綻を暗示しているように思われる。

　カミロと違って体裁にはこだわらない人物が、雨の中でカミロと入れ替わりに彼女が出会うロジャー (Roger) である。「面長で、物おじしない顔」(His long, imperturbable face) (60) をした彼は、ボタンを閉めたコートの中の胸のふくらみを指して、そこに帽子を隠していることを彼女に告げる。そして、彼女を誘って乗ったタクシーを降りる際には、率直に不足の 10 セントを彼女に支払ってほしいと言う。また、彼女が展覧会の調子はどうかと尋ねると、まったく売れていないと答える。しかし同時に、彼は今後もそれまでのやり方を変えるつもりのない旨を伝え、あくまで妥協せずがんばり続けるとの意向を示す。自分の作品に対する評判をあくまで冷静に受け止め、主義を貫こうとするロジャーは、ディムイが述べている通り、自身の威厳や清廉な態度を保持し続けようとしている人物であると言えよう (DeMouy 58)。

　主人公とロジャーは、作品が認められるか否かは「まったく頑張りの問題だ」(61) との点で意見が一致している。こうして、自分の関わる作品に関

して決して妥協しようとしない点で、彼ら二人は類似している。しかし、芸術に対する彼らの頑なな姿勢は、見方を変えれば自分からは何も働きかけようとしない消極的、受動的な姿勢であるとも言える。実際、「僕は展覧会場の近くにはいかないことにしている」(61)、「まだ何も売れていないけれども、自分のやり方を貫くつもりだ。だから買うか、買わないか、はっきりしてくれたらいいんだ。もう議論はうんざりだ」(61)といった妥協を拒む彼の発言は、タイタスが指摘しているように、変化に対する徹底的な拒否にもとづく受動的、消極的な姿勢を示していると言ってよい (Titus 140)[2]。

受動的な姿勢を示しながらも、その反面、自身の威厳や清廉な態度を保っていたロジャーとは対照的に、威厳や清廉な態度を持たない人物が脚本家のビル（Bill）である。芝居の原稿料を前金で受け取っていることから見て、彼は脚本家としてすでに一定の成功を収めているはずである。だが、自分の芝居が上演を拒否されたことを知ると、彼は卑屈にも見える態度で嘆き悲しむばかりである。彼は彼女に対して、芝居が選考から外されたことや、別居している妻に、その義務がないにもかかわらず、「人が苦しんでいるのを見るのが耐えられないから」(62)という理由で養育費として毎週10ドルを送り続け、そのためピアノや蓄音機の支払いが遅れているのだと彼女に不満をもらす。彼女は芝居の第三幕を書いた原稿料として50ドルを彼から受け取る約束をしていた。しかし彼は、前金で700ドルのお金を受け取っていたにもかかわらず、自分の置かれた経済的に苦しい状況を理由に、その分のお金を彼女に支払おうとはしない。お金を工面する必要に迫られていた彼女としては、約束通り自分が書いた分の原稿料の50ドルを支払うよう彼に促す。彼女の要求に対して彼は支払いを拒むばかりか、その件は忘れてほしいと涙ながらに彼女に懇願する。彼女はそのことでは断固としてゆずらないつもりでいた。

しかし、やはりカミロの申し出を断りきれなかった場合と同様、このときもビルに悪く思われたくない、品位ある人間と見られたいとの気持ちが働いたのであろう。彼女は思わず口から、「じゃ、いいわ」("Let it go, then.")(63)という相手と対立を避けるための妥協の言葉を発してしまう。この言葉は、

自分の実情を省みないまま相手への配慮をしようとしているという意味において、「妥協することによって、少しの手間ですむ礼儀は首尾よく果たしながらも、もっと厄介で手のかかる礼儀を果たそうとはしなかった」カミロの姿勢と共通している。

ビルは、自分の置かれた経済状況の中で優先順位のバランスをとった上での生活ができないばかりか、支払うべき 50 ドルを踏み倒し彼女を困らせたように、自分の都合を優先しながら生活しようとする人物である。相手に妥協しようとする彼女の対応は、彼女自身の生活の困窮を深める原因を作っただけではなく、そうしたビルの悪い生活習慣の継続に加担し悪の行為を導いたという点で、つまりは消極的な形で悪に加担し彼女自身が 50 ドルを失う事態を呼び込んでしまったという点で問題があったと言える。

妥協しようとする姿勢が彼女自身を追い込むのはそのときだけではない。翌朝ハンドバッグがなくなっていることに彼女は気がつくと、盗んだのは女管理人であると確信する。と同時に、「それを取り戻すには滑稽なほど騒ぎたてなければならなくなってしまう」(63) と思った彼女は、「それじゃ、放っておこう」("Then let it go.") (63) と、相手に妥協しようとする姿勢を一瞬とろうとする。だがその途端、なぜか「彼女の血の中に、猛烈なまでに激しい怒りがこみあげてくる」(63)。このとき彼女が管理人とのいざこざを避けるため、つまりは取り乱した自分の姿をさらすことを避けるために思い浮かべた「それじゃ、放っておこう」("Then let it go.") という妥協の姿勢は、相手を思いやることができる、品位ある人間として受け入れてもらうことを彼女が意図している点で、ビルに「じゃ、いいわ」("Let it go, then.") と妥協した姿勢と共通している。

そしてこのことに着目することにより、彼女が「猛烈なまでに激しい怒り」を感じる原因が明らかになるように思われる。もちろん、直後に彼女がわき目もふらずに女管理人のいる地下室に降りていったことから見て、彼女の怒りは、意識の上では現実にハンドバッグを盗み混乱を引き起こした女管理人に向けられているにちがいない。しかし、彼女が経済的に極めて苦しい状況に置かれている中で、前日にビルからもらうはずであったお金を不本意

ながらも「それじゃ、放っておこう」（"Let it go, then."）といった妥協の姿勢
で放棄し、自らを苦境に陥れ、その状態が現在も続いていることを考慮した
場合、彼女が意識しない精神レベルにおいては、この怒りは女管理人に対し
て向けられているというよりむしろ、ビルの行為を許し、女管理人の行為を
不問に伏そうとする彼女自身の妥協的な姿勢そのものに対して向けられてい
ると考えられる。

　もとより、女管理人がハンドバッグを盗んだのは、「所有していると気持
ちが落ち着かなくなることによって起こる、物に対する拒否主義」(64) に
もとづき、主人公が所有物にまるで関心がないかのような振る舞いをしてい
たからである。ハーディは、物を持つことに執着しないことを示す「ドア
に鍵をかけない彼女の行為は、他人の善意を信じる気持ちを表しているの
ではなく、物を持つことを重視しようとする人への軽蔑の念を表している」
(Hardy 67-68) と述べている。物を拒否しようとする彼女の姿勢は、この指
摘通り、物の所有に重きを置く人に対する軽蔑の気持ちを引き起こす原因と
なっているにちがいない。結局のところ、こうして物を所有することを軽視
し、あるいは物の所有を重視する人を軽蔑しようとする彼女の姿勢は、物の
対立物としての精神的な価値に重きを置こうとする姿勢の表れではないか。
つまり、相手に配慮のできる品位ある人間として見られたいと願う彼女の志
向、精神的価値を求める彼女の志向が、その対立物である物の拒否といった
形で表れているのではないか。

　しかし、精神に比して物を過度に軽視する彼女の姿勢は、当面必要な生活
資金にも不自由している状況の中では、それが相手に気に入られることを意
図した妥協と結びつくとき、体裁だけを重んじる姿勢となってしまうことは
否めない。とりわけ問題なのは、そうした体裁だけを重んじる姿勢が、所有
物の放棄を通して相手の盗みを引き起こし、相互の人間関係の破綻をもたら
してしまうことである。ビルに非情な人間と見られることを恐れた主人公は、
ビルの盗みを誘発することで負担を負わされ、彼との関係の破綻を免れない
ものにしたことは想像に難くない。

　主人公は、相手から悪く思われたくない、あるいは相手に品位ある人間と

見られたいという、その場の実情を無視した気持ちを抱き、相手との対立を避けるための妥協的な行動をとったことにより、言いかえれば、相手との人間関係の持続という長期的な利益よりも、その場の関係を繕おうとする気持ちから相手に妥協する行動をとったことにより、負担を強いられ、相手との関係を破綻させる原因を作るに至った。つまり、「少しの手間ですむ礼儀」を重視しようとする彼女の気持ちが、相手に盗みという行為を許した結果、相互の関係の維持の放棄を導くに至ったのだ。それはとりも直さず、「妥協することによって、少しの手間ですむ礼儀は首尾よく果たしていた」カミロが、彼女との自然で良好な関係の維持に向けての、「もっと厄介で手のかかる礼儀を果たそうとはしなかった」ことと通底していると言えよう。

2　精神的な価値の追求による他者への負担の転嫁

　主人公は、ロジャーとタクシーに乗り信号待ちをしていた際、酔ってよろめきながら歩く三人の若い男性の姿を目にし、その直後に二人の若い女性を見かける。これらの描写は、現実の状況を無視して精神的な価値だけを追い求めようとする結果起こる破綻と、他者への負担の転嫁を示唆しているように思われる。この描写を通してポーターは、現実の生活を直視しないまま、「少しの手間ですむ礼儀」を重視しようとする主人公の姿勢と、その姿勢が人間関係を破綻に導く様を比喩的に描こうとしたのにちがいない。

　　彼女とロジャーは、40丁目の6番街で信号待ちをした。すると三人の男の若者がタクシーの正面を歩いた。電灯の明かりに照らし出された彼らは、陽気なかかしのように見えた。みんなとてもやせていて、スタイルはしゃれているがみすぼらしく見えるスーツと派手なネクタイをそれぞれ身につけていた。彼らも酒に酔っているようであり、車の前でよろめきながらちょっと立ち止まったが、なにやら盛んに議論をたたかわせている。歌いだそうとするかのように互いに寄りかかりながら、最初の若者が言った。「結婚するなら、ただ結婚のためにするんじゃない。

愛のためにするんだ。分かるか」。この言葉に反応して二番目の若者が、「ぐずぐずしないで、彼女にそう言ってやればいいじゃないか」と言うと、三番目の若者がやじるような調子で、「何だって、こいつが、いったいこいつに何があるっていうんだ」。すると最初の若者が、「うるさいよこのばか、うんとあるさ」。それから三人は、がなり声をあげて、最初の若者の背中をたたいたり、こづきまわしたりしながら、やっとのこと通りを渡っていった。

　「いかれてるな」とロジャーは言う。「完全にいかれている」。

　二人の若い女性が、短い透明のレインコートを着てすべるように通りかかった。一人のコートは緑で、もう一人のは赤かった。どしゃぶりの雨に二人とも首を引っ込めている。一人がもう一人に向かって言った。「ええ、それはよく分かったわよ。でも私はどうなるのよ。あんたはいつも、彼に悪いって言うけど……」これだけ言って彼女らは、小さなペリカンのような脚を前後にぱっぱっときらめかせて足早に去っていった。（斜体原文）（下線引用者）（60-61）

　ロジャーと主人公が見た三人の若者の描写は、経済的に貧しいにもかかわらず見栄えを気にしようとする人物、つまり現実の経済状態を無視して体裁を重んじようとする人物であることを示唆している。そのうちの一人の若者が、「結婚するなら、ただ結婚のためにするんじゃない。愛のためにするんだ」と述べると、同じような境遇にあり、同じような志向を備えたもう一人が「いったいこいつに何があるっていうんだ」と揶揄する。このような反応をするのは、「結婚は愛のためにする」といった発言を、日頃の行動とは遊離した、酔った勢いでの単なる妄言と受け取ったからであろう。

　騒がしく通り過ぎた三人を形容して、「完全にいかれている」（"pure nuts"）とロジャーはつぶやく。こうつぶやいたのも、彼らの軽薄な様子や結婚観を述べた若者の発言に、現実の生活とは遊離した単なる空想上の理念を述べようとする愚かな雰囲気と、その愚かさゆえの理念の破綻を察知したからにちがいない。ロジャーの言葉に対して何ら反応を示していないことから見て、

主人公の彼女は、若者たちの言動やロジャーの発言をことさら意識はしな
かったと考えられる。だが、このとき無自覚ながらも、主人公は、現実の生
活の状況を無視して理念だけを追い求める若者の姿が、自分やカミロの姿と
重なって映ると直感したのではないか。そして、そのとき感じたことが彼女
の意識に刻まれたのではないか。

　引き続いて描写される、彼女たちの前を二人の若い女性が会話しながら通
り過ぎる場面では、配慮した相手以外の誰かに負担が転嫁される様が比喩的
に描かれているように思われる。二人の会話の内容そのものは明らかでは
ない。だが、「ええ、それはよく分かったわよ。でも私はどうなるのよ。あ
なたはいつも彼に悪いって言うけど……」（61）と一人が述べていることか
ら、その女性は、相手の女性が自分よりも「彼」への配慮を優先したことに
対して憤りを感じていることがうかがえる。「でも私はどうなるのよ」とい
う発言には、自分の方が配慮を受ける権利があるにもかかわらず配慮を受け
なかったことへの怒りの気持ちが込められており、しかもそれが何度も繰り
返されてきただけに、その怒りを強く抱くに至っていると考えられる。結局、
その女性は、妻への配慮を優先するビルのせいで、約束した芝居の原稿料を
受け取れずに不満を感じた主人公と同様、相手の女性が自分よりも「彼」へ
の配慮を優先したため、当然受けるべき配慮を受けることができないという
不満を感じた、すなわち、自分が本来被るべきではない負担を押しつけられ
たことに対する憤りを感じたのである。このような彼女の気持ちが、相手の
女性との関係の破綻をもたらすことは疑いない。同様の経験を持つ主人公に
とって、やはりこの出来事も、意識に強く刻まれるようになった光景にちが
いない。

　これら二つの出来事は、直接的な関連性がないように見えながらも、主人
公の気持ちの中では密接に結びついているように思われる。つまり、現実の
状況の無視のもと、自らの憧れといった精神的な価値だけを追い求めようと
する行為が破綻を招き、さらにそのことが他者への負担の転嫁をもたらすと
いった因果関係により、彼女の気持ちの中で二つの出来事が密接に結びつい
ていると考えられる。

3　結び

　管理人が去った後、主人公は、結局自分こそが自分から所有物を奪う盗人なのだと独白する。この考えは、単に管理人が「盗人」という言葉を発した結果もたらされたものではなく、その言葉と主人公の前日までの経験が重なることによりもたらされたものであろう。むろん、自分が盗人であるとする考えを彼女にもたらした直接のきっかけは、管理人によって発せられた「盗人」という言葉であった。しかし、その管理人の言葉をもたらす原因となった主人公の言動が、相手への妥協を意図した彼女なりの方法によるもの、すなわち、所有物の放棄という手段を用いて自分の品位を保とうとする方法であることに着目すれば、彼女が自分を盗人と考えるに至った理由が、前日から引き続く出来事と密接な関係を持つことが明らかになるように思われる。

　ハンドバッグを返してほしいと要求した彼女の言葉に管理人は知らないふりを装うが、それに対して彼女は、「ああ、そうなの、それじゃ持っているといいわ、そんなに欲しけりゃ、とっておきなさい」(64) と言い放つ。管理人から、きれいな物を所持するに値するほどもう若くないと指摘された際に示す主人公の反応も同様である。そのとき彼女は、「ほら、持っておいき、私は気が変わったの。ほんとうは欲しくないの」(65) と告げる。主人公の彼女は、所有物の放棄と引き換えに、自分が品位ある人間と見られるよう取り計らいながら、相手に妥協しようとしている。管理人に対するこの彼女の言葉は、ディムイが指摘しているように、騒ぎを起こすまいとして相手に妥協する姿勢をとろうとした際に浮かんだ「それじゃ、放っておこう」という言葉をより辛辣な調子で言いかえたものであると言えよう（DeMouy 62）。

　こうした対応は、彼女がビルとの対立を避けようとした時にも見られた。注目すべきは、ビルと管理人への妥協を試みた主人公の消極的な姿勢が、ビルによる彼女からの 50 ドルの盗みを呼び込み、管理人によるハンドバッグの盗みを引き起こしたことである。主人公がこの二つの経験を経たことを考慮した場合、管理人が発した「盗人」という言葉をきっかけとして、相手に妥協する彼女なりの方法にもとづく消極的な姿勢、すなわち所有物の放棄に

より自分を品位ある人間と見られようとする姿勢は、彼女の心の中で、盗み
という行為と密接に結びつくに至ったと考えられる。

　もちろん、経済的に苦しい状況に置かれている主人公には、所有物を放棄
する余裕はない。その彼女には、品位ある人間に見られるため所有物を放棄
しようとする自分の姿勢が、カミロや前日見た若者の姿勢と重なったのでは
ないか。つまり、現実の生活レベルとは乖離した行動をとろうとする自分の
姿勢が、実際の経済力には見合わない方法で体裁を整えようとするカミロや、
現実の生活の状況を無視して理念だけを追い求める若者の姿勢と重なって見
えたのではないか。そして、そのような姿勢が、相互の関係の破綻を導く盗
みを誘発すると感じたのではないか。

　このように見た場合、彼女が自分自身を盗人と受け止め恐れるのは、管理
人の「盗人」という言葉をきっかけに、相手に妥協しようとする消極的な自
分の姿勢への危惧を感じ、その危惧感を前日見た男女の若者たちの光景と重
なることにより深めたからだと思われる。つまり、精神に比して物を過度に
軽視しようとする彼女が、経済的に不自由な中で相手に気に入られることを
意図して「少しの手間ですむ礼儀」を果たそうとするとき、その相手に妥協
しようとする姿勢が盗みを誘発し、「もっと厄介で手のかかる礼儀」の無視
という事態、すなわち、彼女自身の所有物の損失ばかりか、関わる相手との
関係の破綻という事態を引き起こすことを理解したからにちがいない。

注

　1　テキストは Porter, Katherine Anne. *The Collected Stories of Katherine Anne Porter.*
　　San Diego: Harcourt Brace, 1972. を使用。訳は拙訳による。

　2　ウンルーは、ロジャーは主人公と同様、自らの意志を働かせることを拒否しようと
　　する受動的な姿勢を示していると指摘している（Unrue 67）。

引用文献

DeMouy, Jane Krause. *Katherine Anne Porter's Women: The Eye of Her Fiction.* Austin: U of
　　Texas P, 1983.

Givner, Joan. *Katherine Anne Porter: A Life.* London: Jonathan Cape, 1983.

———— . "A Re-reading of Katherine Anne Porter's 'Theft.'" *Critical Essays on Katherine Anne Porter*. Ed. Darlene Harbour Unrue. New York: G. K. Hall & Co., 1997.

Hardy, John Edward. *Katherine Anne Porter*. New York: Frederick Ungar Publishing, 1973.

Hendrick, George, and Willene Hendrick. *Katherine Anne Porter*. Rev. ed. Boston: Twayne,1988.

Tanner, James T. F. *The Texas Legacy of Katherine Anne Porter*. Denton: U of North Texas P, 1991.

Titus, Mary. *The Ambivalent Art of Katherine Anne Porter*. Athens: U of Georgia P, 2005.

Unrue, Darlene Harbour. *Truth and Vision in Katherine Anne Porter's Fiction*. Athens: U of Georgia P, 1985.

「昼酒」

──主人公の悲劇が示唆するもの──

　中編小説「昼酒」（"Noon Wine"）は、「蒼ざめた馬、蒼ざめた騎士」（"Pale Horse, Pale Rider"）、「古い秩序」（"Old Mortality"）とともに、1939 年に *Pale Horse, Pale Rider* の題名のもとに発表された作品である。「昼酒」はポーターにとって特別な「現実味」をおびており、彼女はその理由として、「実際に起こった出来事の記憶とそれに付随する自分の想像にもとづいているためというより、むしろ自分が見たり聞いたりした出来事をただ報告しているように感じられるためである」(Porter, *Collected Stories and Other Writings* 719)、と述べている。

　「昼酒」は 1896 年から 1905 年までのテキサスを舞台にしており（Hardy 97）[1]、主人公はそこで小さな農場を経営するトンプソン（Thompson）である。ある暑い夏の日トンプソンは、雇用人のヘルトン（Helton）を連れ戻しにやって来た男性ハッチ（Hatch）を意図せずして殺害してしまう。彼の行為は裁判で正当防衛として無罪となるものの、近所の人々は彼が意図的に殺人の罪を犯した人間と見なすようになる。善良な市民たらんと欲するトンプソンは、自分が周囲から殺人者として見なされている事実に耐えることができない。彼は妻と二人で自らの行為を釈明して回るが、誰からも信じてもらえないことを見てとるや、追いつめられ自ら命を絶つのである。この一連の出来事は何を意味するのだろうか。

　「誇り高く無精な性向を持ち合わせているとはいえ、トンプソンは根っからの悪人であるハッチとは異なり、決して悪人ではなく、自分の良識に従って良かれと思う行動をとったにすぎない」、とポーターは述べている（Porter, *Collected Stories and Other Writings* 732)。「昼酒」の解釈をめぐっては、作者が

明らかにしたこの登場人物の善と悪という概念を敷衍して、「悪と闘う人間の営み」（Hendrick 70）といった主張や、饒舌なトンプソンとハッチそして寡黙なヘルトンとの間の発言方法の相違から導き出される人物の善悪像を浮かびあがらせた見解が示されている（Stout 207-215）[2]。

　その一方で、個人と社会との関係に焦点を当て、トンプソンの自殺の原因は、近隣の人々の評価に対して抱く彼の過度な懸念にある（Nance 61）といった見方や、その原因は「人間の生きる社会や道徳の規範とその規範に対応した自己像における不均衡」（Hardy 101）にあるという解釈がなされてきている。たしかに、トンプソンの行動についてポーターが、「トンプソンという人物や彼の置かれた状況を考慮した場合、ほかに彼がどのような行動をとりえたでしょうか」（Givner 89）と語っているように、人からの評価を気にする彼の性格と彼が置かれた解決の困難な状況を考えた場合、彼の自殺は避けられなかったであろう。この意味では、「昼酒」は行動の不可避性を描いた悲劇であることは否めない。

　しかし、主人公トンプソンの自殺には、そうした悲劇性だけではなく、また別の意味も示唆されていると読み取ることができるのではないだろうか。トンプソンがなぜ、どのような経緯で自殺するに至ったのかを検証することにより、その悲劇的な出来事が包含する意味について考察することにしたい。

1　他者から見た自分の威厳と評判にこだわるトンプソン

　冒頭部分では、ベランダの横で攪乳器を回しているトンプソンの様子が描かれている。彼の性格や志向は、その描写に表れていると言えよう。「ごわごわした黒い髪」、「まる一週間剃刀をあてない真っ黒な頬ひげ」（222）[3]といった様子や、頬ひげを胸元まで伸ばした風貌が、故意に手入れを省いたための姿であることから見て、彼は自身を強くたくましい男と見なされることを欲している人物である。彼が馬を操る動作に見立てながら攪乳器を回しているのも、たくましい男としての自身の姿を強調し印象づけようとしてのことであろう。また、「騒々しい威張った質」、「首をまっすぐ引きすぎてい

るために、顔全体と喉仏とが一直線に並んでいた」との描写に示されているように、彼はきわめて誇り高い気質を持った人物である。もっとも、「騒々しい威張った質(たち)」と表現されている通り、トンプソンは、孤高の姿勢を保ちながら、自身の誇りを維持しようとしていたわけではない。むしろ饒舌で口数の多い彼は、「自分の威厳と評判」(his dignity and his reputation)(233)を気にしていた。すなわち、世間の人々に自分が男として威厳ある人物として映っているか否かを気にしていたのである。

　ヘルトンが来る以前のトンプソン農場は一種荒廃状態にあり、彼はその原因を、農業特有の不安定な要素としての「思いがけない悪天候と市場価格の不可思議な下落」(241)以上に、「妻エリの病弱」にあると考えていた。「さまざまな仕事が彼女に似合うはずだと思ったトンプソンの期待は、結婚後早々に裏切られることとなった」(234)。彼は、「彼女のほっそりした腰つきや、レースの縁取りをしたペチコートや大きな青い眼」、さらには、「マウンテンシティ第一バプチスト教会付日曜学校の先生として人気のあった」彼女に惹かれて結婚したのだが、そうした魅力はやがて消え去り、「彼の愛する妻エリ、からだの丈夫でないエリ」となっていた。つまり、世間体をも満足させることができる、自分よりも身分が少し上で外見もよい女性を妻として選んだ彼は、「自分がいかに近視眼的であったかを理解せざるをえなかった」わけである。こうして、「男が結婚生活で当然期待してもよいような人生のおもな支え柱を奪い取られてしまっている」と感じながらも、彼は「ほとんど知らず知らずのうちに失敗に身を任せていた」のだ。

　さらにまた、トンプソンから見て農場が経営不振となった原因は、「彼自身の気持ちの中で重荷になっているわけもわからぬ障害物」(241)にもあった。この不可解な「障害物」を彼が感じるのは、「物事の外見がどのように映るのか、神と人間の目から見た彼自身の姿がどのように映るのかといったことをたえず気にかけようとする彼の姿勢」(233)、すなわち神と世間の人々から見た「自分の威厳と評判」を気にする彼の姿勢と深く関わっている。トンプソンから見て、男にふさわしい仕事は、「畝を耕すとか、糖蜜もろこしを刈るとか、とうもろこし入れ場を建てるとか」、「物を売買すること」で

あり、「残飯を豚にやること」は傭人のする仕事、「肉を加工したり、燻製にしたり、塩漬けにしたり、ラードやソーセージを作ったりする」のは女の仕事であった。「正しいようには見えない（It don't *look right.*）、というのがやりたくないことをやらないときの彼の決定的な理由」（イタリック原文）であり、結局、「自分の威厳と評判を気にしていたために、トンプソン氏が手を下すに値すると思った男らしい種類の仕事はごくわずかしかなかった」（233-234）のである。このように、生活さえ苦しい「世の中での現在の彼の地位にもかかわらず」（233）、男と女、雇用主と傭人によってやるべき仕事の種類が異なるという「彼の持論から抜け出せなかった」ことが作業の非効率化をもたらし、彼の農場を荒廃させる大きな要因として作用していたが、さらに問題は、人間の立場や外観によって類型化しようとするこの姿勢が、偏向した判断を彼自身にもたらす危険性を孕んでいたということである。

　荒廃した農場を見て気に病む彼自身の心情描写には、彼の労働に対する非積極的姿勢が表れていると言える。トンプソンは自分以外の「誰かが時には熊手を手に持って納屋や勝手口のあたりのゴミをきれいに取り払う」（234）ことを期待するが、その期待は裏切られる。そして、妻をはじめとした他の助力を受けることができない自分に何ができるのか、つまり「こんなふうに手も足も出ぬようにされている自分に」一体何ができるかと何時間も思い悩んだ末、まもなく大きくなる自分の息子たちに期待をかける。

　こうして他の助力を彼が期待するのは、「自分の威厳と評判」を気にするがため、男がするにふさわしい「自分のなすべき決まった仕事」（234）にこだわっていることと無縁ではない。たしかに、農繁期にあっては、彼自身の決まった勤めを果たすことに精一杯であるにちがいない。しかし、彼は比較的時間のある農閑期においてすらゴミで荒れ果てた自分の農場を見て、手をこまねいて何時間も思い悩んでいる。それはやはり、熊手でゴミを取り払う仕事は男としての威厳を損なう類いの仕事であり、自分以外の誰かがすべきものと彼が判断しているからだと考えられる。

　ブリンクマイヤーが言う通り、客観的に見て、トンプソンは農場経営の成功に欠かせない勤勉な労働の重要性を認識してはいなかったと言えよう

(Brinkmeyer 142)。そうした認識不足の原因はやはり、世間に対する「自分の威厳と評判」を重視するあまり、彼の努力の矛先が、目立たない地道な仕事よりも、彼から見て「男がするにふさわしい仕事」、すなわち、どちらかと言えば比較的成果が目に見える仕事に向かったことにもよる。トンプソンは、「頭を毅然と保ち、支払いを決して遅延することのない納税者であり、牧師の俸給の毎年の寄贈者であり、地主にして一家族の父親であり、雇用主であり、人づき合いのいい好漢」(234) であった。つまり彼は、何よりも地域社会の中で立派な義務を果たし、人々から好感を持たれるよう振る舞うことを心がけていたわけであり、その彼としてみれば、他人に好かれたまま、自分の勤めの成果が具体的な形で明らかに表れている以上、自らの「威厳と評判」が保たれていると思えたにちがいない。

　トンプソンから見て、彼の「妻エリの病弱」が失敗の大きな原因であった。だが反面、強くたくましい男と見られることを欲している彼にとって、病弱な妻を支えることは、弱者をいたわる強者としての印象を周囲に与え、自身の誇りを満足させることにもなった。農場にやって来たハッチに向かって、病気の妻をかかえるがため家計が逼迫することをむしろ「自慢げに」(248) 語り、また「自分の妻のような金がかかる女は男にとって名誉である」と説明しようとする。つまり、妻が病弱であることは家計を圧迫する一方で、彼の威厳と評判を高めることにもなるのだ。このことは、トンプソンが自らの不運を美化し、ひいては自身を悲劇の英雄に仕立てあげることにもなったように思われる。自分の人生が「着実に下り坂を降りている」(234) ことを自覚しながらも、「自分のような手も足も出ぬようにされている人間に一体何ができるんだろう」と彼が何時間も思い悩むのは、いつのまにか名誉ある悲劇の英雄としての自分に心酔していたからであろう。

2　幻影によって引き起こされたトンプソンの苦悩

　ヘルトンがトンプソンの農場に来て 9 年目のある日の夏の午後、ハッチと名乗る男が精神病院を脱走したヘルトンを連れ戻しに来る。トンプソンは価

値観や好みが全く異なる上に、人の弱みにつけ込もうとする性格のハッチに強い嫌悪すら抱く。トンプソンは、人間的にも信用できそうにないハッチの言うことを信じようとはしない。だが、社会的な体面を気にかけるトンプソンが懸念するのは、ハッチが近所の人々に自分が9年間も気の狂った人間を雇っていたと言いふらすことである。「法と秩序の味方」(253) であることを自認する饒舌なハッチがいかにも自信ありげに言いふらせば、近所にたちまちヘルトンの噂が広まり、自分の常識を近所の人々に疑われかねない。

だが、ヘルトンのおかげで「小さな足がかり」(241) を得て、ようやく農場を立ち直らせることができたことと、彼の助力がなくなってしまえば今後農場の経営が立ちゆかなくなってしまうことを十分理解しているトンプソンとしても、ハッチに要求されるままヘルトンの身柄を差し出すわけにもいかなかった。しかしその一方では、トンプソン自身の気持ちの中で、「ヘルトンさんがまたいつ何時気が狂うかもしれない」(255) という新たな不安が起こってきたことも否めない。何とか「逃げ道」を見つけようとしたものの、なすすべもなくまさに彼は「絶体絶命の状況」(a fix) に陥ってしまう。

そのとき、暑さで苦しみやめまいを感じていたこともあり、はっきりとは意識しないまま、彼は突然ハッチに向かって、「狂っているのはおまえの方だ」(255)、「さっさと出ていかないと、おまえを警察に突き出すぞ。お前のやっていることは不法侵入だ」と叫びハッチに向かって詰めよる。ハッチも「やれるものならやってみな」と挑むような姿勢を示したかと思うと、次にトンプソンには説明のできない不思議な出来事が目の前で起こる。

> トンプソンはハッチが長いボーイー刀を片手に持っているのを見、ヘルトンが家の隅を曲がって、長い顎を落とし、両腕を振り回し、狂気じみた目をしながらこっちに向かって走って来るのを見た。ヘルトンは両方のこぶしを握りしめて二人の間に割って入り、太った男の顔を睨みつけてぴたりと動きを止め、すると太った男の大きな体ががっくりと崩れたように見え、何かを恐れて飛び退いた馬のようにぶるぶると震えた。そしてそのとき太った男はナイフを片手に、手錠をもう一方の手に持っ

たまま彼に向かって飛び出した。トンプソンはそのナイフが突き進んで、刃がヘルトンの腹に突き刺さるのを見、自分が両手で薪割り台から斧をつかみ上げるのがわかったし、両腕が頭の上に振り上げられ、斧をハッチの頭上に、まるで牛にがんとくれるかのように、打ち下ろすのを感じた。（255-256）

　しかし、実際はハッチがヘルトンの腹部にナイフを突き刺していたわけではない。そのときヘルトンは、体をかがめ犬に追いつめられた男のように果樹畑の中を走っていたのである。ハッチがヘルトンを刺しているように見えたのはトンプソンの幻覚に過ぎなかったのだ。ハッチは即死し、ヘルトンも逃走しようとした際に負った傷が原因でまもなく死亡する。トンプソンが視覚上の幻覚を覚えたのは、「物事の外見がどのように映るのか」を重視する結果、立場や外観によって類型化しようとする傾向を彼が持つことと無縁ではないように思われる。

　トンプソンはそれまでの会話から、ハッチという人物は相手の弱点を容赦なく攻撃する人間であると感じるに至ったが、そのハッチがヘルトンを捕らえに来た以上、トンプソンの脳裏には、ハッチは賞金のためにヘルトンを**徹底して攻撃するはずの人間**であるとの考えが起こったにちがいない。彼の幻覚が視覚的な形をとったのは、その考えを理解する手段として彼にとって最も容易な、目に見える形態、すなわち「外見」が最もよくわかる視覚的な像という形で、無意識のうちに自身の脳裏に現わそうとしたからだと考えられる。このとき彼がハッチに斧を振り上げたのも、是が非でもヘルトンをハッチから守らなければならないとの思いに突然駆られたためであろう。後にトンプソンがこの場面を回想して、「一度たりとも誰かを殺そうとは、ましてハッチ氏を殺そうとは考えてみたこともなかった」（he had not even once *thought* of killing anybody, much less Mr. Hatch.）（イタリック原文）（261）、「ハッチ氏がヘルトンさんを刺すのをやめさせようと俺が心に決めたことだけは覚えている」と述懐しているのは、そのときの自分の率直な気持ちを表現したものにちがいない。

　トンプソンは殺人の容疑で逮捕され裁判にかけられるが、正当防衛であったことが認められ無罪放免となる。しかし、彼は心の平和を得ることができない。彼の気持ちの中で、「俺はハッチ氏を殺した、そして俺は人殺しなんだ」(261) との思いを断ち切ることができず苦悩を迫られたからである。この苦悩は、自分が犯した殺人という事実を深刻に受け止めようとする、誠実な一面を持つ彼の性格に起因することも否めないにせよ、その苦悩のより大きな原因は、「物事の外見がどのように映るのか、神と人間の目から見た彼自身の姿がどのように映るのか」ということを気にする彼の姿勢にあると考えられる。そうした姿勢を保持しようとする彼は、近所の人々から意図的にハッチを殺したと疑われ「自分の威厳と評判」が著しく傷つけられていることに、何にも増して耐えることができなかったからである。

　自分が遭遇した本当の状況を理解してもらうため、トンプソンは裁判の後一週間毎日欠かさず、近所の人々を訪ね釈明しようとする。自分の証言だけでは信じてはもらえないと感じた彼は、事件の現場を見た妻が証人であることを彼らに示し、「あんた方、たとえわしを信用できなくても、わしの妻なら信用できます。決して嘘を言うような人間ではないですから」(262) とつけ加える。妻のエリも夫の行為の正当性を主張するが、それでも、人々の誰もが彼を人殺しとしか見なしていないことは明らかだった。

　ポーターによれば、幼少の頃トンプソンと類似した状況に置かれた男性とその妻が彼女の家人に釈明しにやって来た場面を目撃したとき、彼女は男性の妻が明らかに嘘を言うように強要されていると直感したという (Porter, *Collected Stories and Other Writings* 728-729)。トンプソンに対面した人々は、ポーターが感じたと同様の不信感を彼に感じ取ったにちがいない。実際、トンプソンが釈明を始めると「人々はみな同じ表情をした。彼らの目つきは、まるで目玉の後ろを誰かの手で不意につねられたみたいになった。目がたちまち縮みこんで光が消えてしまった」(262) のだった。彼らの中には二人に愛想よくしようと努めて、「そうですよ、トンプソンさん、あんたの気持ちはよくわかっています。奥さん、さぞつらいことでしょう。そうですよ。わしは正当防衛で人を殺すっていうことが正しいことだと思うようになりまし

たからな」と語った人々もいたが、トンプソンは「彼らが実際はそう思っては
いないことを確信した」のである。

　このように、ハッチの殺害は避けようがなかったことを近所の人々に理解し
てもらうというトンプソンの期待は裏切られることとなったが、「神と人間の目から見た彼自身の姿がどのように映るのか」を気にかける彼は、つまり他者の判断を何よりも尊重する彼は、人々の反応によって、ハッチを殺してしまうに至った自らの動機に対する自信をますます喪失していったにちがいない。

　トンプソンはハッチとの間に実際どのような出来事が起こったのか、自分がどのような行動をとるべきだったかと何度も自問するが、結局自分が納得できる答えが見つからない。ハッチのことを考えるにつれ、トンプソンは罪のない自分たち家族の将来を台無しにした彼に怒りがますます募るばかりであった。

　トンプソン夫人は自分たちに降りかかった不幸に怯え、息子のアーサー（Arthur）とハーバート（Herbert）は母が怯えるのは手荒な父親のせいだと考えるようになる。近所の人々への釈明に疲れ果てたある日、夫人はまるで悪夢でも見たかのように悲鳴をあげて目を覚ます。そのときアーサーは、「今度お母さんにさわったら、心臓を打ち抜いてやる」（267）と父親のトンプソンに向かって叫ぶ。近所の人々ばかりか息子たちさえも、自分を人殺しと見なしていることに気づいたトンプソンは、ヘンドリックが言うように、「完全な敗北感を感じざるをえなかった」（Hendrick 68）のである。もはや、息子たちに抗弁する気力さえ失ってしまったトンプソンは、死をもって身の潔白を証明しようと決意する。医者を呼びにいくと家族に告げ外に出た彼は、そのまま向かった自分の畑で、ハッチを殺したのはあくまでも正当防衛によるとの遺書を書いた後、猟銃を使って自らの命を絶つ。

　タナーが述べているように、トンプソンは、「いつ近所の人々の助力を求める必要が起こるかわからないため、他の人々との協調が不可欠である社会、すなわち独立した個人であることは許されない社会」（Tanner 116）に生きていたと言えよう。彼が他人への気配りを強いられるそうした社会の中で生活

する必要に迫られていたかぎり、この悲劇的な自殺は避けることが困難であったにちがいない。しかし、それでもやはり、「トンプソンは人々の意見を気にしすぎるあまり、近隣の人々の評判という呪縛から逃れられなくなってしまった」（Nance 61）とナンスが言う通り、周囲の人々の評判に対する過度な懸念が彼の気持ちを追い込んでいったことは否めない。それでは、トンプソンがそのような懸念から解放された心の状態を保つためにはどのような姿勢が必要だったのだろうか。

　ここで着目したいのは、弁護士のバーリー（Burleigh）が語った言葉の中に、トンプソンと類似した状況に置かれながらも、彼と異なり個人として独立した立場を保つべく、強い信念を持って生きた人物がいた事実が示唆されていることである。バーリーはトンプソンに向かって、彼らの住む近隣の田舎で、何らかの理由で人を殺さなければならなかったすべての人たちのことを話し始める。そして、それらは「いつも正当防衛で、何でもない事ですんだのであった」（260）。彼は自分の父が昔、事前の警告に反して門の内側に足を踏み入れた人物を銃で撃ち殺した話さえする。バーリーの父親の話によると、何年も前から、銃を撃った父親と撃たれた男の間には険悪な雰囲気があったため、彼の父は相手に銃を向ける口実を見つけようと長い間待っていたのだが、実際にその折が来たとき絶好の機会を逃さず利用したとのことである。バーリーの父親は、「そうですとも。わしゃあの悪党野郎を撃ち殺してやりましたよ。正当防衛でな。わしゃあいつにうちの門に一歩でも踏み込んでみろ、撃ってやると警告しておいたんですが（I *told* him I'd shoot him if he set his foot in my yard.）、あいつがやりやがったんで、わしのほうもやってやりましたよ」（イタリック原文）と語ったという。

　たしかに、長年にわたって相手に恨みを抱いていたバーリーの父親と、出会った日にハッチに怒りを感じたトンプソンでは、相手を殺害した意味合いが異なっていると言えるかもしれない。しかし、トンプソンに愛想を示そうとして、「わしは正当防衛で人を殺すっていうことが正しいことだと思うようになりましたからな」と述べた近所の男性の言葉が、トンプソンの時代において、たとえ正当防衛であっても殺人という行為自体が全面的に正当化さ

れたわけではない事実を示唆していることは興味深いと言える。もちろん、バーリーがトンプソンを励ます根拠として彼の父親の話を持ち出していることから見て、バーリーの父親とトンプソンの生活する背景が極めて類似した状況にあったことは疑いない。結局のところ、バーリーの父親の場合にも、理由が何であれ殺人という行為に対しては少なからぬ非難は免れなかったわけであり、トンプソンと比較して彼が明らかに殺人に対する懸念から解放されたのは、自分の行った行為に対する信念が周囲の人間の非難を彼自身の心に寄せつけなかったことによると考えられる。

　対照的に自分の行った行為に信念を抱くことのできないトンプソンは、人々に釈明する際妻に証言してもらう必要があると考え、彼女に実際現場を見たという虚偽の事実を述べるよう促す。また、自分のした行為は、あくまでハッチからヘルトンの身を守ろうとした行為であることを信じてもらうために、彼は妻が一部始終の真相を見たと彼に証言してくれることを期待する。しかし、彼自身が確信できないことは、たとえ妻であっても信じることには無理があったと言わざるをえない。まして、他人の場合なおさらであり、最後にトンプソンが釈明に訪れたマクレラン（McClellan）夫妻が彼に示した言動には、トンプソンに抱く不信の念が端的に表れているように思われる。

　トンプソンは昔からの知り合いの家に釈明に立ち寄ったついでに、近くに住むマクレラン夫妻を訪ねる。彼らが釈明し終えた後、プアホワイトと呼ばれるにふさわしいかのような夫妻の顔は、「意地悪そうな、貪欲で軽蔑した表情」（263）をしながら、明らかに次のように言っているようであった。「おやおや、あんたはわしらが（we）どう考えているかを気にして来るなんて、ずいぶん気の毒な方だ。ほかに頼る人がいれば、あんたがわざわざこんなところに来やしないってことぐらいわしらには（we）わかっていますよ。わしならそれほどまで自分の気位を落としたりはしませんがね、わしならば」（イタリック原文）。マクレランから見て、トンプソンがわざわざ自分の家にまで釈明にやって来るのは他の人々に信用されていない証しであり、それゆえ彼にとってトンプソンは信用するに値しない人物である。もっとも、「ほかに頼る人がいれば、わざわざこんなところに来やしない」、「わしなら

それほどまで自分の気位を落としたりはしない」と述べているように、マクレラン自身、トンプソンや彼が訪ねた他の人々より自分たちが身分の低い人間であることを自覚しているのであり、そうした人間がどう考えるかを気にしなければならないほど、つまり行動の潔白を釈明するために身分の低い自分たちに媚びへつらいに来なければならないほど、彼はトンプソンが自ら気位を喪失した人物、ひいては信念に欠けた卑屈な人物であると見なし、哀れみ蔑んでいるように思われる。

　そのとき、トンプソンが恥ずかしい気持ちと同時に激しい怒りを感じるのは、マクレランの直截な言葉に底意地の悪さがうかがえるだけではなく、本来であればつきあう必要のない、自分よりもいわば社会的な身分の低い人間から哀れまれる恥ずかしさと悔しさを感じたからであろう。それだけではない。トンプソンがそうした感情を抱くのは、さまざまな点で卑屈な精神を備えたマクレランによって、彼自身が自分の行動に対する信念を欠いた卑屈な人間、すなわち自分に対する誇りに欠けた人間であると指摘され、蔑まれていると察知したからだと考えられる。

3　結び

　トンプソンは、自分の意図に反して引き起こしてしまった殺人事件をきっかけに死に追い込まれた。「物事の外見」や「神と人間の目から見た彼自身の姿がどのように映るのか」を重視する彼は、裁判で無罪を認められてもなお、殺人の事実を重く受け止め、神にかけて、偽りのない意図なき殺人の無実性を人々に理解してもらおうと懸命に努力した。こうした点では、彼の行為は誠実であり、同情すべきものと言わざるをえない。しかし、また一方では、彼の誠実な一面を浮かび上がらせる「物事の外見」を重んじるその姿勢こそが、トンプソンを死へと追い込む大きな要因となったことは疑いない。彼としては、人々から意図的な殺人者と見られたまま生き続けることはできなかった。だが、もとよりその原因は、「物事の外見」、すなわち「神と人間の目から見た彼自身の姿がどのように映るのか」を重視し、自分の「威厳と

評判」を気にかけたことにある。

　トンプソン農場の経営が不振となった最大の理由は、「外見」を重視する彼の姿勢が事物の類型化による判断の偏向を招き、主体的な努力を放棄する口実を彼に与えたからであったが、またその姿勢の重視が、彼に幻影を導きハッチの殺害へとつながっていった。そしてさらに問題は、「外見」の重視、つまり結果に表れた事物の重視が、自分という主体よりも自分に対する他の人々からの評判への依存を促したことであり、言いかえれば、自分を頼み自分の行動に対して信念を抱くよりも、他者への依存を促したことである。自分の評判を保つべく彼は釈明を続けたが、マクミランの反応が顕著に示しているように、皮肉にもそれは逆の結果を招いた。つまりその釈明により、彼自身が自分の行動に対する信念を欠いた卑屈な人間であると見なされ、信用を落とすに至ったのである。

　自分の行動に対する信念よりも他人の評判に左右されざるをえない彼の生き方は、自分自身に対する誇りを欠いた生き方とも言えるが、この生き方は、「マリア・コンセプシオン」におけるインディオの主人公、マリア・コンセプシオンのそれとは対照的である[4]。孤高の姿勢を保つがゆえに人々から非難され、夫の愛人であったローザを殺害し、咎めを受ける危険に身をさらしながらも、マリア・コンセプシオンは心の平安を得ることができた。自分の行動に誇りの気持ちを抱き、一貫して孤高の姿勢を保つことが、不安から彼女を解放することを可能にし、最終的には共同体に生きる人々の共感を得ることさえ可能にしたのである。殺人という罪を犯したがゆえに、絶えず心が不安にさいなまれる二人の置かれた立場の共通性に着目した場合、この対照的な二人の生き方の違いから浮かび上がることは、信念に裏打ちされた誇り高き姿勢という、決して目には見えない価値を認識することの重要性であるように思われる。

注

　　1　ギブナーによれば、この時期はポーターが南テキサスで過ごした幼少期とほぼ一致しており、そのとき一緒に暮らしたトンプソン一家は親戚関係にあるという（Givner,

A life 73-77）。

2　スタウトは、トンプソンが自殺する直前になって初めて、「饒舌なハッチよりも寡黙なヘルトンに類似した人物になると同時に、本当の威厳に至るための手がかりを知った」と述べ、この饒舌の否定は、「饒舌は規律を守る精神に欠けた、不誠実な人物の特徴であると考えていたポーター自身の姿勢と通じるところがある」と指摘している（Stout 212-213）。

3　テキストは Porter, Katherine Anne. *The Collected stories of Katherine Anne Porter.* (San Diego: Harcourt Brace, 1972) を使用。以下括弧内に引用ページ数を示す。訳は「昼酒」（尾上政次訳、『花ひらくユダの木・昼酒』、英宝社、1957 年）によるが、一部変更を加えた。

4　モデルモグは、「ポーターの多くの作品には、道徳と法の両者間のどちらの規律に従うべきかの判断は個人に委ねられていることが示唆されている」と述べた上で、その典型的な作品である「マリア・コンセプシオン」と「昼酒」は対照的に見えながらも、「道徳と法の関係についての考え方は結局のところ極めて類似している」と指摘している（Moddelmog 63-79）。

引用文献

Brinkmeyer, Robert H., Jr. *Katherine Anne Porter's Artistic Development: Primitivism, Traditionalism, and Totalitarianism.* Baton Rouge: Louisiana State UP, 1993.

Givner, Joan. *Katherine Anne Porter: A Life.* London: Jonathan Cape, 1983.

Givner, Joan, ed. *Katherine Anne Porter Conversations.* Jackson: UP of Mississippi. 1987.

Hardy, John Edward. "Katherine Anne Porter's 'Holiday.'" *Critical Essays on Katherine Anne Porter.* Ed. Darlene Harbour Unrue. New York: G. K. Hall & Co., 1997.

Moddelmog, Debra A. "Concepts of Justice in the Work of Katherine Anne Porter." *Critical Essays on Katherine Anne Porter.* Ed. Darlene Harbour Unrue. New York: G. K. Hall & Co., 1997.

Nance, William L. *Katherine Anne Porter and the Art of Rejection.* Chapel Hill: U of North Carolina P, 1964.

Tanner, James T. F. *The Texas Legacy of Katherine Anne Porter.* Denton: U of North Texas P, 1991.

Unrue, Darlene Harbour. *Truth and Vision in Katherine Anne Porter's Fiction.* Athens: U of Georgia P, 1985.

Hendrick, George, and Willene Hendrick. *Katherine Anne Porter.* Rev. ed. Boston: Twayne,1988.

Porter, Katherine Anne. *Collected Stories and Other Writings.* New York: The Library of

America, 2008.

Stout, Janis P. "Mr. Hatch's Volubility and Miss Porter's Reserve." *Critical Essays on Katherine Anne Porter.* Ed. Darlene Harbour Unrue. New York: G. K. Hall & Co., 1997.

「休日」
──人生の愚か者とは何か──

　短編小説「休日」の主人公は、精神的な悩みを抱えていた語り手の女性、「私」である[1]。テキサスの奥地にあるミューラー（Müller）農場へ休暇で出かけた彼女は、安らぎを感じさせてくれるミューラー家の人々や周囲の豊かな自然に触れることで、やがて悩みを解消していく。しかし、その休暇の終わりに、ミューラー家の葬儀に遭遇した彼女は、長女でありながら今や家族の家政婦として働くオッティリー（Ottilie）と馬車に同乗するとき、「私たち二人は等しく人生の愚か者であり、等しく死からの逃亡者なのだ」(435)[2]と自らに語りかけるのである。この「愚か者」という認識は何を意味するのだろうか。

　これまで「休日」については、「人生における労働の苦しみの物語」(Core 124) といったように、過酷な自然の中で生活する人々の労働に着目した視点や、「外的な秩序によって愛情が損なわれることを語り手が理解することを主題とした物語」(Unrue 103) といった、秩序によって疎外されてしまう人間の愛に着目した視点から論じられてきた。また主人公の「私」とオッティリーの関係の描写においては、「完全には理解し合えない隔絶した人間の状況を描いたもの」(Brinkmeyer 113, Hardy 206, Unrue 103) といった解釈がなされているが、「私」がオッティリーを見た際に自らに語りかける「愚か者」という言葉の意味をめぐっては、作品と関連させた議論はほとんどなされていないようである。

　「休日」は、キャサリン・アン・ポーターが自信をもって完成させ、『アトランティック・マンスリー』(*Atlantic Monthly*) 誌に送った作品である(Givner 434)。実際、1962 年度のオー・ヘンリー賞を獲得したこの短編は、

多くの批評家にすぐれた作品と評されてきた[3]。ポーターの伝記を書いたギブナーによれば、「休日」の題材は、ポーターが最初の結婚が破綻を迎えようとしていた際に訪れた東テキサスの農場での体験にもとづいているという（Givner 98,171）。「休日」は最初の原稿が書かれてから 25 年ほど経た後ようやく出版されることとなったが[4]、それほど時間がかかったのも、「まだ若すぎて自分自身にふりかかった出来事に気持ちの上で処できなかったため」（Porter v）だとポーター自身は述べている。

　この作品の考察にあたっては、作品の着想が得られた 1900 年初頭の時期における、テキサスの農民の置かれた社会的、経済的状況を考え合わせることが必要であろう。主人公の「私」が「愚か者」という認識を抱いたのはミューラー家の人々の生活に触れることを通してであったものの、彼らの生活に当時の社会的、経済的状況がどのような影響を与えていたのかを知ることが、彼女の抱いたその認識を理解する上で重要な手がかりとなると思われるからである。

　本論では作品の展開を追いながら、最後に「私」が自らに語りかける「愚か者」の意味とは何かについて考察することにしたい。

1　ミューラー家の人々との出会い

　語り手の「私」は、しばらく一人で快適に休暇を過ごせる場所はないかと友人のルイーズ（Louise）にもちかける。「その当時、まだ若すぎて抱えている悩みにどう対処したらよいかわからなかった」（408）彼女は、悩み事から逃れるための場所を必要としていたのである。ルイーズが休日を過ごすのにうってつけだと紹介した場所は、「テキサス奥地の農場地帯に住む、旧式のドイツ人の百姓一家」の住まいであった。ルイーズによれば、「正真正銘の家父長制度」を保持したその家庭は「住むには不快だが、ちょっと訪れるにはとてもすてきな類の所」であり、そこに住む人々は「みんなとても健康で気のいい人たち」であるという。およそありそうにない人物や場所や状況を魅力的なものに思わせる才能を備えたルイーズの話は信憑性に欠ける感

があったものの、「私」は彼女の勧めるままにテキサスの奥地にあるミューラー農場へいくことに決める。

　ミューラー農場近くの田舎駅で、「のろのろと走る汚らしい小さな列車から、まるで運送の荷物のように、びしょ濡れのプラットホームに放り出された」(408)「私」は、失望を覚えざるをえない。「吹きつける風」(409) にさらされ、「荒涼とした土色のみすぼらしい景色」を見たとき、その場所が「春の約束のほかは何も美しいものがない」ように感じられたからである。ミューラー家から一人の少年が彼女を迎えに来るが、その少年が乗ってきた馬車も滑稽さを感じるほどみすぼらしいものであった。ミューラー家の外観もわびしさを免れてはいない。隆起したまる裸の地面のてっぺんに位置するその家は、「つつましくも最も不毛な土地を選んで建てられた待避小屋」(411) のようであり、「やせて痛ましいまでに」(410) 醜く見えた。そして、狭い窓とけわしく傾斜した屋根を見て重苦しさを感じた彼女は、そのまま踵を返して帰りたいとすら思う。

　ミューラー家の人々は「実際的で不屈な、土地持ちのドイツの農民」(413)、つまり素朴で、健康で、自分たちの土地を守るために懸命に働く人々であった。ルイーズが使っていたという屋根裏の部屋を見た「私」は、初めて見たとは思えないほど、なつかしくなじみのある場所だと感じる。さらに、ミューラー家の人々と初めて挨拶したとき、「分厚く慎み深い」(411) 彼らの手が、みな「温かく、たくましい」と感じたように、一見無愛想に見えながらも、親切な人柄を備えた彼らに彼女は親しみを感じる。また彼女の耳には「彼らのだみ声の温かい声音は快く響いた」(413)。このように感じたのは、彼らの声そのものが温かく響いたことに加え、言葉のわからない彼女は話の内容そのものを理解する必要がなかったからである。その状況は、悩みを抱え精神的圧迫を感じていた彼女にとって、「他人の心や、他人の意見、他人の感情から絶えず圧迫されないですむ」静寂の中の状況、すなわち「安らかに身をかがめ、自分自身の中心へと戻っていき、結局自分を支配しているのはどのような生きものなのか見つけ出す」静寂に満ちた状況であった。こうした静寂の中で自身を見つめ直す機会に恵まれたことに加え、朝か

ら晩まで休むことなく身体を使って働く「ミューラー家の人々の精神の神秘的なほどの不活発さ」(418) に触れた彼女は、ほどなくして、「心の中でひそかに苦しみのしこりとなっていたもの」が次第にほぐれ出し、悩みから解放されるように感じる。

　「筋肉ばかり使う生活」(416) を送り、精神の活動が不活発であるように見えるミューラー家の人々は、本能的な生命力を備えた動物を彷彿させる人物としてコミカルに描かれている[5]。たとえば、ドイツの農民らしい骨太の骨格と「肉体そのもので存在を示すほどの、強靭な精力と動物的な力強さ」を受け継いでいた、やせていてきゃしゃな感じを与える娘のハッツィー (Hatsy) は、母牛から子牛を引き離そうとする際、駄々をこねる子供のように暴れる「子牛の怒り狂った声に負けないほど甲高い陽気な声」(414) で笑う。家族のペット的存在とも言える娘のグレッチェン (Gretchen) は、甘やかされた子供特有のずるそうな微笑をうかべ、「たえずあくびの出そうな、怠惰で健康的な若い動物」(416) の雰囲気を漂わせ、グレッチェンの生まれたばかりの赤ん坊は、泣きわめき、「子牛のように母親の乳を飲む」(428)。また、「たえず本能的なやさしさで」(419) 子供たちを見守るアネッティエ (Annetje) とグレッチェンは、「猫が子猫を育てるのにも似て、ひたむきに世話をし」、彼らに手をやくことは決してないように見える。

　筋肉ばかり使う生活を送るミューラー家の人々の姿、すなわち人間に備えられた本能的な力を行使した生活をする彼らの姿が「私」には周囲の自然と一体化して映っているとすら考えられるが、この意味では、彼らが備える本能的な生命力の強さは、厳しい自然環境の中で突如として芽生える、豊かな自然の描写と並行して描かれることで強調されていると言えよう。近くの細い小道を散歩しながら春のきざしを探すのに熱中していた彼女は、ゆるやかな変化が続いたある日、柳の枝や黒イチゴの小枝に緑色の繊細な芽がついていることに気がつく。「色が一晩で変わった」(419) のだ。彼女が予測したように、その翌日には「風にそよぐ黄金色の緑で、谷間や木々や川の縁が活気にあふれ、羽のようにやわらいで映る」ようになる。夕方暗くなった頃、「果樹園に入っていくと木々は蛍火ですべて花開いたようであり、立ち

止まって長い間眺めていた後、驚嘆の思いにかられながらゆっくり歩き出す。これほど美しいものにまだ出合ったことがない」、と彼女は思う。

2　勤勉と効率性の重視が持つ意義

　ミューラー家の人々は、本来生まれながらに備わった本能的な力を十分に行使しているかに見える一方で、きわめて勤勉で、仕事の効率性や物事の秩序を重視していることに「私」は気づく。彼らは、一つの仕事を終えるとすぐにまた別の仕事に取りかかるといったように、家族の誰もがいつも休みなく働き疲れているように見えた。けれども、彼らにとっては、それが「当たり前の姿ではないことなど知るよしもない」(421)のだと彼女には思える。また仕事の効率にも配慮する彼らは、早朝から働くため黄色いランプの光で朝食をとった後、「男たちは熱いコーヒーの最後のお代わりは**帽子をかぶったまま**飲み」(417)、日の出頃に馬に鋤をつけて出ていく。一方、家に残った娘のアネッティエは、「よく太った**赤ん坊を紐で結わえて背負いながら**、部屋の掃除、ベッド作りを**片手でやってのける**」（強調引用者）(417-418)。

　そして、秩序や規律を重視する彼らの姿勢は、家父長制度を維持しようとする行動に端的に表れていると言えよう。夕食の食卓につく際には、家長であるミューラーおやじが上座の席に座り、ミューラーおかみが夫の後ろに黒い大きな丸石のようにのっそりと立つ。若い男たちは一列に並び、結婚している者のいすの後ろには、夫に給仕するために妻たちが立って並ぶ。子供たちも例外ではない。食卓では騒々しくむさぼるように食べていた彼らは、前庭で遊ぶ際には決まりに従っておとなしくままごと遊びに興じ、食事や昼寝のために声をかけられるといたって従順に大人の指示に従う。

　ミューラー家の人々は、どの顔にも「薄青色で目じりが上がった目」(411)があり、どの頭にも「タフィー色の髪」(411-412)がのっているように「私」には見える。ミューラー家の人たちとは直接血のつながりがない娘の夫ですら相貌が兄弟のように類似していた。彼らの類似は外見にとどまらず、明確な断定を避けようとする「種族特有の懐疑主義」(417)という気質

の点でも見られた。結局、彼らは「みな義理の息子にいたるまで、一人の人間が分かれて幾人かの外観を持つようになった」。つまり同一と言ってよいほど、酷似した外見と性質を持つ人間が何人も同時に存在するに至ったと「私」には思えるが、こうした同一性や類似性が、勤勉を一様に至上のことと受け止め、仕事の効率や物事の秩序を重視し実践する彼らの姿を彼女に強調して見せる効果をもたらしているように思われる。

　不毛な土地を耕しながらも、秩序と効率が功を奏してミューラー氏は財産を築く。マルクスの『資本論』をあたかも人生の処世訓として愛読していた彼は、「直接に生産する者たちの財産である剰余価値を搾取する者としての資本家」(マルクス 571-573) の立場になることは避けようとしていたはずである。だが、現実の生活はその教訓とは無関係であった。蓄えた資産で土地を購入した彼は、その土地を近所のほとんどの農民に貸すことによって、共同体の中で一番豊かな暮らしをしていた。もっとも、彼自身は自分を資本家と見なしていたわけではない。他の誰よりも安い値段で土地を貸し、銀行に財産を没収されそうな農民には資金を貸し付けることで彼らを救済しているだけではなく、現在資金に窮している労働者であっても、将来的にはどこよりも安く自分から土地を購入できる可能性を持ちうると考えていたからである。

　ミューラー家の人々が勤勉を至上のこととし、秩序や仕事の効率を重視する一つの理由は、「生活と土地は切り離せない」(413) と考えるためである。こうした見解を抱くのは、「土中深くツルハシを突き刺してはどこであろうとその土地にしがみつこうとする」性向を保持する彼らが、彼らの家屋が「やせて痛ましいまでに」(410) 醜く見えるのに似た、荒涼として、不毛な特質を備えた土地を選んだからであろう。彼らがあくまで自ら選んだその不毛な土地で生きていこうとするかぎり、目に見える形での秩序や効率を求め労働に励まなければ、豊かな生活はおろか満足な生活を送ることもできなかったにちがいない。

　当時テキサスのみならずアメリカ全般において、農業自体が不安定であることに加えて利益をもたらさない産業となっていたが (ギルバート 86)、このことも、彼らが勤勉や秩序と仕事の効率を重視する背景として考慮する必要

があるように思われる。商品作物の生産向上のために機械化は必須となり、多くの農民は多大な借金を背負うことになったにもかかわらず、生産過剰により農産物価格が下落したため借金に比して利益が見合わなくなったのである（川島 93）[6]。こうした状況の中で、当時利用されていた収穫物留置権という制度は、とりわけ現金を持たない南部の農民を追い込む原因として作用したと言えるだろう。その制度は、作物の抵当権を得た商人に 25% の利子を支払う義務を課したために、皮肉にも、現金を所有していない農民からは現金以外の資産を奪うこととなったからである。債務の返済ができず農場を取られて小作人に転落する農民が特に南部の地域で多く見られた（猿谷 508-514）[7]。また、1890 年代から 1915 年にかけて、ワタミハナゾウムシという害虫がメキシコからテキサス州に蔓延したが、この虫は綿花を生産するすべての南部諸州にはびこり大きな被害をもたらすこととなった（バーダマン 140）[8]。

　このように、とりわけ南部の農民を取り巻く厳しい事情から見て、「20 世紀初頭のテキサスでは、小規模な農業を営む農民はぎりぎりの生活をすることを強いられていた」（Tanner 103）のは当然のことだったのかもしれない。もちろん、今やミューラー家は小規模な農家ではない。だが、そうした当時のテキサスにおける厳しい状況を考えた場合、自分たちの身を守るため、彼らは生き抜いていくために身につけた手段を容易に手放すことができなかったと考えられる。

3　オッティリーへの接し方から見えるもの

　ミューラー家の中で、唯一他の人々と違っているように見えたのは、お手伝いの少女である。生まれつきひどく身体が痛々しく損なわれている感がある彼女は、不自由な足をたえず引きずりながら料理の皿を持って駆け回り、邪魔になる人がいると自らさっと身をかわしていた。「私」には、彼女がこの家で「唯一独自の個性」（415）を持った人間であるように思える。

　ミューラー家の人々の徹底した効率主義に「私」が気づくのは、お手伝い

だとばかり思っていたこのオッティリーが、実際はミューラー家の長女であ
ることを知った時である。ある日、オッティリーに招かれるまま「すすけ
て窓がなく、いやな臭いの立ちこめる」(425) 部屋に入っていった「私」は、
彼女の一枚の写真を見る。写真に写っていたのは、かわいらしくにっこりと
笑っている 5 歳くらいのドイツ人の女の子であり、アネッティエの 2 歳の
子供のちょっと上だと言えるほど不思議と二人は似ていた。この写真を見て、
彼女の顔に「ミューラー家の目尻の切れ上がった水色の目と、高い頬骨」
(426) を認めた「私」は、オッティリーがミューラー家の長女であることを
確信する。このとき「私」は、オッティリーの一枚の写真が彼女と「私」の
生命の中心部分をつなぎ、「彼女と私の人生が同類となり、互いの一部にさ
えなった」と思う。

　オッティリーとの一体感を彼女が感じたのは、一人悩みを抱えることによ
り一種の疎外感を感じていた彼女が、家族から疎外されているオッティリー
に共感し同情の念を感じたからであろう。オッティリーがミューラー家の一
員でなかったならば、あるいは、一員であったにしても初めから身体に障害
を持つ人物であったならば、彼女固有の苦悩に共感することに起因する、彼
女との結びつきを「私」は感じなかったにちがいない。しかしオッティリー
は、「かつてはしっかりした脚と賢い目をしたオッティリーであった」こと
を認めながら、「今も内面はオッティリーのままである」。つまり、精神的肉
体的に自由を奪われ家族からも疎外された現在とは異なり、以前は健康で聡
明な家族の一員として受け入れられていたことを知っているがゆえに、彼
女はその違いに悩み苦しまなければならないのである。「そこに立ちつくし、
身体を震わせて声をたてずに泣き、手の平で涙をぬぐう」オッティリーの姿
を見たとき、「私」は「生きているゆえの苦しさ」を彼女が感じていると見
てとるが、それはやはり、生きていくかぎり、かつての姿と現在の姿の歴然
とした違いが苦悩を引き起こさずにはおかない彼女の現実を理解したからに
ちがいない。

　「私」から見て、ミューラー家の人々がオッティリーを家族としてではな
く完全な手伝いの労働者として見なす原因は、自分たちの身を守るためであ

る。「オッティリーの思い出とともに生きることはできない彼らは、ひたすら自分たちを守るために彼女のことを忘れるしかなかった」（427）。つまり、秩序の維持と精神の安定化をはかり、効率の良い労働に励むために、彼らとしては不具の身となったオッティリーを家族の一員から排除するしかなかった。悩みに翻弄されてきた自分自身とオッティリーの姿を重ねた「私」は、生きているかぎり、もはや苦悩を免れることができなくなったオッティリーのことを忘れることはできないだろうと思う。だがその一方で、「ミューラー家の人々はオッティリーを他にどうすることができたであろうか」と考えざるをえない彼女は、彼らの姿勢に少しずつ共感を覚えていく。「病人や不適格者を甘やかすのは社会でも階級でもない。人間は生きているかぎり、自分に割り当てられた分担を果たさなければならない」とすれば、彼らこそ「奥深い的確な本能でもって、オッティリーの災難を受け入れ、彼女の状況とともに生きていくすべを身につけている」（428）と「私」は思う。つまり彼らは、オッティリーを有能な労働者と見なすことにより、彼らの利益を損なわないまま、彼女独自の分担を果たすことができる人間として処遇することを可能にしていたが、その個人の独立を守ろうとする姿勢に「私」は賛意を感じる。言いかえれば、「人のことを気の毒だと思うこと、自分自身をかわいそうだと思うことに対する彼らの毅然とした拒否の姿勢に、私自身は大きな美点と勇気を見いだし」、その個人の独立した価値を守ろうとする彼らの確固とした姿勢に共鳴したのである[9]。

　もっとも、そうした彼らの姿勢は、秩序の維持と精神の安定化をはかり、労働の効率を維持するための手段として生まれたものであり、オッティリーという個人そのものを尊重する姿勢から生まれたものではない。ミューラー家の人々のオッティリーへの接し方を評して、「彼らはひたすら自分たちを守るためにオッティリーのことを忘れるしかなかった」と「私」は述べているが、この言葉にはやはり、秩序を重視するあまりオッティリーへの愛情を断ち切ったミューラー家の人々への失望感や一種非難の気持ちが込められているにちがいない。

　しかし、それでもなお、彼らを非難するそうした「私」の語調がさほど強

く感じられないのは何らかの要因があるからではないか。ミューラー家に
おけるオッティリーの処遇の難しさを指摘したタナーが、その根拠として、
「生活することが困難だったテキサスの片田舎では、働ける者は誰でも働か
なければならなかった。しかもその労働は、家族の利益のためでなければな
らなかった」（Tanner 128）と述べている。ミューラー家の人々を「私」が必
ずしも非難していない原因は、そのように、生活すること自体が厳しい状況
の中で、オッティリーの処遇で彼らに、矛盾するかのような特別なはからい
を期待することは困難であると「私」が感じたことと関わっているように思
われる。障害を抱えたオッティリーを家族の一員として扱おうとするかぎり、
他の者と同様に独立した個として認めることと、障害を抱える彼女のための
特別な配慮をする、すなわち彼女への特別な愛情を示すといった、矛盾する
二つの行為を同時に行うことが求められるであろう。「私」がオッティリー
もミューラー家の人々も非難しない一つの理由は、厳しい生活環境にいる彼
らに、そうした相反する行為を要求することは困難であると感じたからでは
ないか。

3　『私』が抱くに至った「人生の愚か者」であるとの認識

　ミューラー家の人々が重きを置く効率主義は、ミューラーおかみの死によ
りその真価が問われることになる。突然の豪雨に見舞われたミューラー家の
人々は、みな協力して洪水の被害を最小限に食い止めようとする。とりわけ
勤勉なミューラーおかみは、家畜をなだめ囲いに入れようとする男たちを手
伝っただけではなく、生後一日しかたっていない子牛を背中に背負って納屋
のはしごを登って干し草の上に置き、水かさの増す中で、乳牛を小屋の中に
並ばせ全部の牛から乳をしぼる。「疲れ切った顔をしながら」（429）も、彼
女はこうした作業を「何とも思っていないかのように」（430）、一人で成し
遂げたのだった。翌日の朝には嵐もおさまり雨もほとんどやむ。だが、納屋
の屋根はたわみ、植えた作物はすべて根こそぎ流され、おびただしい数の溺
死した動物が水に浮かんだり、囲いに引っかかったりしている光景が見られ

た。「作物はすべて植え直す必要があり、この季節の労働はむだになった」のだ。

　災難はそれだけではなかった。朝食のときミューラーおかみは、顔をまっかにしながら、「こんなに頭が痛いのはどうしたんだろう。ここもだ」(431)、「どこもかしこもだ。ああ本当に気分が悪いよう」と言った後ベッドに横になる。ミューラー氏は妻の横に膝をつきやさしく話しかけるが、返事がないとわかると突然人前かまわず大声をあげて泣き、大粒の涙を流しながら、「ああ、どうしよう、どうしよう、銀行には10万ドルもあるっていうのに」とうめいた後、周囲にいる家族を睨みつけながら、まるで自分が誰なのかわからなくなり、母語さえも忘れてしまったかのように、「教えてくれ、一体それが何の役に立つっていうんだ」("and tell me, tell, what goot does it do?")とたどたどしく述べ、途方にくれ果てた心境を吐露する。自分の経済力が瀕死状態の妻の前では無力であること気づいた彼は、何をしたらよいのかわからなかったからである。

　「私」はオッティリーをミューラーおかみの葬儀に参列させようとする。だが、輸送手段として残されていたのは、彼女をミューラー農場まで連れてきた際、みすぼらしくも滑稽にも見えた壊れたバネつき馬車と毛むくじゃらの子馬だけであった。このときも彼女は滑稽な光景を目にする。彼女は何とかオッティリーを馬車の座席に座らせ手綱を取ると、「子馬はまるで攪拌器のように身体を揺さぶり、しぶしぶとした足取りで傾きながら進む一方で、車輪は全く品がない喜劇的な威張りようで楕円の形に回りながら進む」(434)。彼女は最善の結果になるよう念じつつ、この陽気で滑稽な動きを注意深く見守る。

　やがて馬車に同乗していたオッティリーが「顔のしわを醜く変化させ、喉をつまらせてちょっとすすり泣いたかと思うと、突然楽しげに笑いだす」(434)が、それはこうした滑稽な雰囲気を彼女が感じたことと無縁ではない。オッティリーが笑いだした理由は、「太陽の暑さ」、「明るい大気」、「ピーコックグリーンの空」、「わけもなく楽しげに揺れる車輪」といったように、彼女が見たり感じたりした「これらの何かが彼女に届いていたからだろう」

と「私」は思う。つまり、周囲の明るく陽気な雰囲気をオッティリーが感じ取ったことに加えて、「わけもなく楽しげに揺れる車輪」の滑稽な動きに合わせて進む自分の現在置かれている状況が、滑稽で何やら楽しいと感じたからだと「私」は推察する。

「私」は、これまで悩みに翻弄され孤独を味わってきた自分こそが、家族から孤立したオッティリーの唯一の理解者であり協力者であるとの思いを抱いていた。だが、子馬をとめ、彼女の顔をしばらく見つめていたとき、彼女はそれが「皮肉な間違い」(434)であったことに気づかざるをえない。「オッティリーに対して彼女ができることは何もない、私は自分勝手にも彼女に対する自分の気持ちを軽くしたいと願ってみたが彼女は他の人たちと同様に私にも手の届かぬ存在である」。「私」は障害を抱え家族からも孤立したオッティリーに援助の手を差しのべようとした。だが、それは彼女の姿を見ることに耐えられなかった「私」が自分の気持ちを軽くするための行為をしようとしたに過ぎなかった、つまり自分勝手で一方的な思いを抱いたに過ぎなかったのだ。

けれども、その一方で、「私」は彼女にこれまでしてきた自分の行為が無駄ではなかったと感じる。

> しかし私達の間にある隔たりを、いやむしろ、彼女が私から遠い存在であることを否定し、橋をかけようとしたことで、ほかの誰に対するよりも彼女に近づくことができたのではないか。そうなのだ。私たち二人は、等しく人生の愚か者であり、等しく死からの逃亡者同士なのだ。私たちは少なくとも一日多く生きのびたのだった。楽しい祭り気分の午後に、その幸運を祝い、盗みとったささやかな休日と、春の息吹と自由を満喫したいと思った。(434-435)

障害を抱え孤立しているとはいえ、個として独立した彼女にしてあげられることは何もなかった。だが、彼女との間に橋をかけようとしたことにより、二人の間の距離が他の誰よりも近づいたように思う。このように感じたのは、

「私たち二人は、等しく人生の愚か者であり、等しく死からの逃亡者同士なのだ」(435) という認識、すなわち愚かであるがゆえ等しく死を逃れることができない者同士であるという認識に「私」が至ったからだと考えられる。

4　結び

　すると彼女が語るこの「人生の愚か者」とは何を意味するのだろうか。とりわけ、ミューラー家で過ごしてきた彼女にとってその言葉はどのような意味を持つのか。

　このことを理解する手がかりは、彼女をミューラー農場まで運んだ際の次の馬車の描写に示唆されているように思われる。

> 私は馬具を観察してみたが、本当にわけのわからない代物だ。それは思いもかけない部分でくっつき合い、結合のためにはぜひとも必要だと思われる部分でははずれていた。きわどい場所では毛のようなロープの切れ端で大まかに修理される一方で、必要ではないように思える場所では、ほどくのが不可能と思えるほど針金でしっかりと縛られていた。(410)

結合のため必要ないように見える部分はしっかり固定されている一方で、是非とも必要だと思える部分は固定されていないか、大まかな修理しかなされていない。この皮肉で滑稽な状況は、豊かな生活のため物質的な効率を求めながらもその追求の努力が災いして、一家の大黒柱とも言うべきミューラーおかみを失う結果を導いたミューラー家の人々の生き方と重なって「私」には回想されたのではないか。

　ウンルーは、ミューラー家の人々が秩序や物質的な価値のみを重視する冷徹な人々だと指摘している (Unrue 147)。しかし、彼らの「分厚く慎み深い、温かくてたくましい百姓の手」を見て「かすれた温かい声」を聞いたとき、彼らが温かみを備えた人間であると「私」が感じた事実や、彼らと暮らす生活の中で彼女の心の傷が癒えていったことを考慮した場合、彼らは特別冷徹

で物質的欲望を備えた人々ではないように思われる。そのミューラー家の人々が重きを置く効率主義が、不毛な土地で生き抜くため、ぎりぎりの生活から抜け出すために身に着けた生き方であるとすれば、それ自体を責めることはできないであろう。この意味では、彼らの「愚かさ」は物質的な効率を求めたことそのものにあるというよりも、その一方的な追求方法にあると言える。財産を保持しようとして家族一番の働き手のミューラーおかみを失ってしまった例に見られるように、効率を追求するあまり、その追求とは次元が異なるように見える人間そのものを尊重する姿勢を保持しなかったため、効率の追求とは逆の結果がもたらされてしまったからだ。もちろん、ミューラーおかみの行為は彼女自身の判断にもとづいてなされたものではある。だが、人間の精神よりも物質ひいては物質を守るための効率を重視するこの彼女の行為は、ミューラー家の人々がオッティリーの処遇を決断した判断基準と一致しているという意味において、ミューラー家の精神を代表したものと言うことができる。

　結局、ミューラーおかみの例が示すように、人間の精神面の軽視は物を生産する働き手の喪失へとつながる以上、長い目で見た場合、人間の精神という目には見えない価値を尊重することが物質的な生産性の向上にもつながる賢明な生き方であると言える。だが、このことがわからず目先の利益にとらわれ、意図とは逆の結果を招いたミューラー家の人々のアイロニカルな状況を、すなわち、生きるための手段として身につけた効率や合理性の追求そのものが、予期せずして意図とは反対の結果を導いてしまうといった彼らの愚かさがもたらした状況を、馬具の描写に見られる滑稽な様子に「私」は重ねたと考えられる。

　それではどのような経緯で、オッティリーと「私」が「等しく人生の愚か者であり、等しく死からの逃亡者なのだ」との考えが「私」の脳裏に浮かんだのだろうか。ここで注目したいのは、その考えは、彼女をミューラー家まで運んだ「わけのわからない」馬車、ミューラー家の人々の置かれた皮肉で滑稽な状況を彼女に意識させるきっかけをもたらした喜劇的な要素を備えた馬車に乗っていた際にもたらされたということである。このことにより、彼

女の脳裏に浮かんだ人生の愚か者であるという考えとその馬車との結びつきが密接な関係性を持つに至ったと考えられる。

　等しく愚か者であるとの認識を抱いた彼女の回想場面の直前において、馬車の「車輪は全く品がない喜劇的な威張りようで楕円の形に回りながら進み」、また楽しげに笑い出したオッティリーが、まるで身体で喜びを表すかのように、「ゴロゴロとよろめきながら進む馬車の滑稽な動きに合わせて、頭をぐらぐらとうなずいているかのように見せていた」(434)と描写されているように、二人を取り巻く状況の喜劇性が繰り返し強調されている。

　こうして強調される喜劇性が滑稽な馬車に乗った「私」自身によって知覚されていることにより、その喜劇性が、自分と同じ状況で馬車に乗り合わせたオッティリーと彼女とミューラー家の人々の置かれた皮肉で滑稽な状況とを彼女の脳裏で融合させる作用をもたらしたように思われる。すなわち、「私」によって知覚された喜劇的状況が、互いに他の力によって翻弄されざるをえない、弱小で愚かな人間存在であるオッティリーと彼女をミューラー家の人々の愚かさと結びつけ、「私たち二人は、等しく人生の愚か者であり、等しく死からの逃亡者同士なのだ」という認識を彼女にもたらしたと考えられる。

　そしてさらには、この「等しく死からの逃亡者」であるのは「私」とオッティリーだけではないということに着目した場合、「私」にとって「人生の愚か者」という定義が当てはまる対象は、彼女とオッティリーだけにはとどまらない可能性を持ちうると言えるだろう。つまり、「死からの逃亡者」が死から逃れようとはするが、自分の意思だけでは生き続けることさえ決定できない者であるかぎり、「私」が語る「人生の愚か者」という言葉は、彼女を含めた弱小な存在としての人間一般を示唆することにすらなる、すなわちその言葉は、自分の命の行方もわからず先の見通しも立てることができない、愚かで脆い存在としての属性を備えた人間一般を意味することにすらなると言える[10]。

　このように見た場合、馬車に乗るオッティリーを見て「等しく人生の愚か者であり、等しく死からの逃亡者同士なのだ」述べる「私」の言葉には、弱

小であるがゆえに愚かな属性をもたざるをえない人間に対する、理解と共感が表現されているように思えるのである。

注

1　ディムイによれば、「休日」は「農園」と並び、ポーターの短編の中でも例外的に主人公が一人称で語っている作品である。またディムイは、この語りの方法によって、主人公の「私」がミューラー家の人々について語る内容に信憑性を与えていると指摘している（DeMouy 166）。

2　テキストは Porter, Katherine Anne. *The Collected stories of Katherine Anne Porter*. San Diego: Harcourt Brace, 1972. を使用。以下括弧内に引用ページ数を示す。訳は「休日」（小林田鶴子訳、『蒼ざめた馬、蒼ざめた騎手』、あぽろん社、1993 年）によるが、一部変更を加えた。

3　たとえば、『アメリカ短編小説』の中で、ボス（Voss）は「休日」はまさに偉大な小説家の作品であると述べている（Tanner 131）。

4　最初の「休日」の原稿は 1924 年に書かれた後、1930 年代初頭と 1950 年代に書き直されているが、結局出版された作品は最初の原稿に極めて近いものであった（Porter ⅴ）。

5　ウンルーは、こうしたミューラー家の人々が動物にたとえられている原因として、彼らの人間性の欠如をあげている（Unrue 104）。

6　1860 年に国民総生産の 60% を占めていた農産物は 1900 年には 20% へと低下し、経済における農業の相対的地位は低下した（川島 93）。その後 1920 年頃、急増する都市部の人口は農村部の人口を追い抜くこととなった（斎藤 121）。

7　アメリカが繁栄した 1920 年代においても、農業はアメリカ全体でふるわず、慢性的な不況に苦しまなければならなかった（アレン 178-180）、（斎藤 118-119）。

8　ミューラー家の人々がどのような作物を生産していたかについては語られていない。しかし、彼らの住まいが、綿花の栽培が盛んであった東テキサスであったことから見て、多かれ少なかれ、この被害の影響を受けたと考えられる。

9　オッティリーの処遇に対してとった、ミューラー家の人々に対する肯定的な見解については、タイタス（Titus 101）を参照。

10　ポーターの最初の結婚は 9 年で破綻を迎えた。作品冒頭で描かれる「鹿のように逃げだす」（407）との描写は、彼女がその結婚状態から逃げ出すことを指しているとギブナーは述べている（Givner 98,171）。また、ギブナーによれば、当初から順調ではなかった彼女の結婚生活が 9 年も続いたことの方がむしろ不思議であり、その原因はひとえに経済的理由にあった（Givner 96）。

　ギブナーが指摘しているように、最初の結婚の破綻と「休日」が密接な関わりを持つとすれば、次のように言うことができるのではないか。すなわち、女性として自立を求めながらも、もはや愛情を感じることのない夫に経済的に依存しなければならないという矛盾した状況に直面し、この直面した難事からひたすら逃げることしかできない人間としての無力さを感じた彼女は、そのとき感じた心の葛藤と無力感をミューラー家の人々の置かれた状況と重ね合わせ、主人公の「私」に託して表現したのだ、と。

引用文献

Brinkmeyer, Robert H., Jr. *Katherine Anne Porter's Artistic Development: Primitivism, Traditionalism, and Totalitarianism.* Baton Rouge: Louisiana State UP, 1993.

Core, George. "'Holiday': A Version of Pastoral Katherine Anne Porter." *A Collection of Critical Essays.* Ed. Robert Penn Warren. Eaglewood Cliffs, NJ: Prince Hall,1979.

DeMouy, Jane Krause. *Katherine Anne Porter's Women: The Eye of Her Fiction.* Austin: U of Texas P, 1983.

Givner, Joan. *Katherine Anne Porter: A Life.* London: Jonathan Cape, 1983.

Hardy, John Edward. "Katherine Anne Porter's 'Holiday.'" *Critical Essays on Katherine Anne Porter.* Ed. Darlene Harbour Unrue. New York: G. K. Hall & Co., 1997.

Tanner, James T. F. *The Texas Legacy of Katherine Anne Porter.* Denton: U of North Texas P, 1991.

Titus, Mary. *The Ambivalent Art of Katherine Anne Porter.* Athens: U of Georgia P, 2005.

Unrue, Darlene Harbour. *Truth and Vision in Katherine Anne Porter's Fiction.* Athens: U of Georgia P, 1985.

カール・マルクス、『資本論　第一巻（下）』（今村仁司・三島憲一・鈴木直訳）、筑摩書房、2005 年。

キャサリン・アン・ポーター、『蒼ざめた馬、蒼ざめた騎手』（小林田鶴子訳）、あぽろん社、1993 年。

ジェームス・M・バーダマン、『ふたつのアメリカ史』、東京書籍、2003 年。

ハワード・ジン、『民衆のアメリカ史　上巻』（猿谷要監修、富田虎男、平野孝、油井大三郎訳）、明石書店、2005 年。

フレデリック・L・アレン、『オンリーイエスタデイ──一九二〇年代・アメリカ』（藤久ミネ訳）、研究者叢書、1975 年。

マーティン・ギルバート、『アメリカ歴史地図』（池田智訳）、明石書店、2003 年。

川島浩平・小塩和人・島田法子・谷中寿子編、『地図でよむアメリカ』、雄山閣、1999 年。

斎藤　眞、『アメリカ現代史』、山川出版社、1976 年。

「花咲くユダの木」
──なぜ再び眠ることを恐れるのか──

　「花咲くユダの木」（"Flowering Judas", 1930）は、1920 年代初頭の革命の地、メキシコを舞台として、主人公ローラ（Laura）の裏切り行為とそれに伴う良心の呵責を描いた短編である。ポーターの短編の中でもとりわけこの作品に批評家が注目してきたのは、主人公の言動に曖昧で矛盾するような点が見られ、場面描写にも意味深長なイメージが用いられているためである。

　ローラはブラッジョニ（Braggioni）の指導のもと、革命運動に参加している。ローラはある日、自分が手渡した睡眠薬を多量に服用して自殺したユージェニオ（Eugenio）の夢を見る。夢の中でユージェニオは、ユダの木から取った血のしたたる花を食べるよう、ローラに促す。ローラが花をむさぼるように食べると、ユージェニオは「人殺し！人食い女！これは俺の身体と俺の血だぞ」（Murderer ! Cannibal ! This is my body and blood.）（102）[1]と叫ぶ。ローラは「違うわ！」（No !）と絶叫して応じるが、自らの叫び声で目をさました彼女は、再び眠ることを恐れるのである。いったいなぜ、ローラは再び眠ることを恐れるようになったのだろうか。

　「花咲くユダの木」は、ローラが信仰するカトリックに対する裏切りと彼女が関わる革命に対する裏切り、言いかえれば、両者に対する愛の欠如が重要なテーマであるとしばしば指摘されている[2]。また、聖なる信仰と俗なる革命という、いわば相反する価値を持つこれら二つの事柄が引き起こす彼女の苦悩が、そうしたテーマと深く関わりながら、作品の意味を多層化させているとも指摘されている[3]。

　だが、ポーターの作品における時間の果たす役割に着目するウェルティも示唆する通り（Welty 77-78）、主人公ローラの苦悩の原因を解明するために

は、同時に、時間の概念が彼女に及ぼす影響にも考察を加える必要があるのではないだろうか。

　ここでは、主人公ローラの心の動きをたどりながら、彼女の苦悩の原因を検討した上で、それが時間の概念とどのように関わりながら彼女を追いつめる要因となるのかについて考察することにしたい。

1　慈愛の精神と拒否の姿勢のはざまで戸惑う心

　ローラが抱く革命家の理想像とは、「痩せ型で、英雄的信念に心を突き動かされ、十分な徳目を備えた人物」(91)、すなわち、「キリストの如き人物」(Unrue 140, DeMouy 81) である。そのようなローラにとって、肥え太り、誰に対しても尊大な態度で接する冷淡な性格のブラッジョニは、自らの理想とは正反対の人物であり、「さまざまな幻滅を象徴する人物」となっていた。しかし、革命を実行するためには、清廉で崇高な信念の持ち主というだけでは不十分であり、敵を倒すための策略や手練手管も機に応じて使いこなせる「精力的な人間」でなければならぬこともローラは承知している。それゆえ、革命に対する認識の甘さを他人に指摘されると、彼女は自らの革命観が「ロマンティックな誤謬」に過ぎないことを認めはする。とはいえ、それはあくまでも上辺だけのそぶりにすぎず、内心では、現実を追認する「便宜主義的な考え」に屈することをローラは頑なに拒もうとする。

　このように、現実の状況を認識しながらも自分の抱く理想を決して変えまいとするのは、ローラが生まれながらのローマ・カトリック教徒であり、「個々の挙動や個人的な嗜好に至るまで一つとして幼時に受けた訓育の影響を免れていない」(92) 事実と深く関わっている。つまり、ディムイが言うように、彼女は高潔、信義、純潔という概念を重視する訓育の影響から免れてはおらず（DeMouy 81）、その影響のため、ブラッジョニの行使する現実的な策略を彼女は受け入れることができない。

　革命の現実と理想のはざまで思い悩むローラは、「どうしようもないほど裏切られた」(91) と失望を禁じえない。だが、メキシコに来る前の生活に

楽しい思い出がない彼女は、もはや他の国に住む自分を思い描くことはできなかった。指導者のブラッジョニに幻滅してもなお、彼女が革命に参加し続けている理由も、あくまでメキシコにとどまるための方便にすぎない。ウンルーも指摘する通り、革命運動に参加することに名誉も熱意も感じないローラは、革命に背を向ける「裏切り者」にほかならない（Unrue 143）。

　メキシコの地で身の安全を確保しつつ生きていくために、ローラは他者と深く関わることを避けようとする。彼女は "No." という言葉を用いてすべての相手を拒否しようとするが、こうした背景には、幼い頃より彼女が受けてきた「禁欲主義」（92）の訓育がある。ブラッジョニの性的欲求に脅威を感じたローラが、自然に「尼僧のように」（92）振る舞う自分の姿を意識していることから見て、彼女に大きな影響を与えたのは、カトリックの訓育の中でもとりわけ、徹底した性道徳の実践、ひいては性に関する禁欲主義の実践であると考えられる。この訓育が、相手と親密に関わることへの拒否を彼女の気持ちの中で正当化するのである[4]。

　ローラが関わりを拒もうとするのは、彼女を慕って集まってくる子供たちも例外ではない。たしかに無邪気な笑顔を浮かべる、性道徳の実践対象という概念とはおよそかけ離れたその子供たちに対して彼女は、「彼らの柔らかな丸みをおびた手や日和見主義的な野蛮さをかわいらしいとは思う」。けれども、それでもなお「彼女が毎日勉強を教える彼らの顔は、依然として赤の他人にすぎない」（97）のだ。

　タナーは、拒否の姿勢を保持しようとする受動的な姿勢が、ローラにとって「生き残るための戦術」（Tanner 140）の役割を果たしていると述べている。実際、「ローラは、"No." という神聖にして魔力的な拒否の言葉から、彼女自身の力を引き出していることが原因で悪に引き入れられずにすんでいる」（97）と描かれていることから見て、タナーの言う通り、一貫してすべてを否定しようとする姿勢がローラの身を守る役割を果たしていることはたしかであろう。

　だが、他人に対して慈愛の精神を抱くよう説くカトリックの教えに強く影響を受けた彼女がその姿勢の徹底をはかろうとすることは、矛盾した行為で

あるがゆえ、自らを精神的に追い込む要因を孕んでいると言わざるをえない。ローラ自身は、禁欲主義を自ら徹底し完成することにより、恐れている災難を巧みに避けることができると自分に言い聞かせ納得しようとしている。しかし、相手を冷淡に拒否することで成り立つ禁欲主義の完成が慈愛の精神の否定を意味するかぎり、彼女の気持ちを引き裂き、精神的に追い込む要因となることは否めない。ローラが「この世でくつろぐことができない」(97)と感じるのも、また、ブラッジョニと同様、他人の感情や苦しみに冷淡で無神経である自分の行動を死に値する堕落と見なしているのも[5]、自ら抱える矛盾した姿勢が原因であると言えよう。

　ローラは、ブラッジョニと会う際に、「丈夫な青のサージの下で膝をぴったりと合わせ、尼僧のような白い丸襟の服を意図せずして身につけている」(92)。このようなローラの服装や態度には、他人との関わりを拒絶する姿勢のみならず、カトリック信仰にもとづく禁欲の意識が表れている。すなわち、身につけている尼僧のような服装や、「膝をぴったりと合わせ」るという警戒心の強い態度には、禁欲の徹底がカトリックの信仰なくしては成し遂げられないという意識を見てとることができる。

　だが、彼女は必ずしも自らが思う通りに性の禁欲を徹底できるわけではない。恋人を持たない理由をブラッジョニに問われると、ローラは「気の遠くなりそうな気持ちがゆっくりと高まってきてはひいていく」(100)のを感じる。束の間とはいえ、彼女がこのような気持ちの高まりを覚えたのは、タイタスも指摘する通り、「自らの身を守ろうとする彼女の意識的な気持ちが、わずかの間、異性を求めようとする無意識の願望にとって代わったことを示している」(Titus 57)からであろう。

　異性を求めようとするローラのこうした願望の表れは、人目を忍んで教会に入った際の彼女の行動にも見ることができる。ローラはひたむきにアヴェ・マリアを唱えようとする。だが、その祈りへの集中も長くは続かず彼女の視線は、祭壇へ、次に毀損した男性の聖者へと向けられ、「白いレースで飾られたズボン下が足首にだらりと垂れた、毀損した男の聖者の像に、なんだかいとおしさを覚えたりする」(92)。サパータの軍隊に所属する若い大

尉に対しての一貫性に欠けた行動にも、ローラの異性への関心が表われてい
ると言えよう。ローラに好意を寄せる大尉は馬から降りて彼女を抱きとろう
とした。そのとき、ローラの乗った馬が突然駆け去ってしまったのは、大尉
に気づかれないよう彼女が馬に拍車を当てたからである。もちろんローラと
しては、その段階で拒否の態度を示すことが精一杯の行動だったのかもしれ
ない。しかし、ローラ自身が主義とする拒否の態度を最初から徹底できな
かった首尾一貫のなさが、あたかも相手の誘いに同意しているかのような印
象を与えたと言える。

　印刷技術者組合の組織化を企てる若者に接する際も、ローラは拒否の姿勢
を一貫して保つことができない。ローラの住む家の中庭で2時間もの間、唄
を歌っていたこの若者に向かって、彼女は小さな花を一つ投げる。それは
女中ルーペ（Lupe）の指示に従っての行動であった。だが、この一件のあと、
ローラが予想していなかったことが起こる。翌日の夜も翌々日の夜も、この
若者がやって来ては、ある一定の距離をおいて彼女をつけまわすようになっ
たのである。花束を投げつけられるという昔ながらのしきたりを彼は、「ま
るで自然の法則にもとづいているかのように」（96）遵守していた。つまり
その若者は、彼女の行為を自分への好意を純粋に示すものとして受け取っ
たわけである。「ルーペは、次の夜もまた次の夜も、若者がやって来るとは
ローラに言わなかった」との描写からは、ローラの行為はルーペの助言を受
け入れたものにすぎないかのような印象を受ける。しかし、実際には、「あ
の花を投げてやったことは間違いであった」とローラ自身が認めているよ
うに、もう「22才になる彼女は、誤解を与えるその行為の愚かしさぐらい
わきまえる分別は持っている」（96-97）のである。結局、冷静な判断ができ
ているかの如く振る舞いながらも、「放心したかのような、若者の落ち着き
払った黒い目」（96）に見つめられるとローラは「心地よい動揺を感じる」。
このように彼女は、理性で抑制しようとしても、その若者に接近したいと願
う自身の感情を抑えることができなかったのだ。

　ローラが異性への関心を捨てきれないのは、他人の目に自身の姿が女性的
な魅力にあふれているように映っている、と彼女が自覚していることも影響

しているであろう。「彼女の灰色の目」(her gray eyes)（95）や、陽気な性格を窺わせながらもいつも深刻そうに堅く結ばれている、「柔らかく丸みを帯びた下唇」(the soft, round under lip) はみんながほめたたえた。ローラが用事で歩き回る際には、「どこの踊り子にしろ、彼女が歩く姿以上に美しく踊れる踊り子はいない」ように見えた。また、「乳飲み子を抱えた母親のように不思議なほど豊満な乳房」(97) に魅了されたのはブラッジョニだけではなかっただろう。こうして男性の目を引くローラが、否が応でも異性を意識せざるをえなかったのは、ごく当然のことであったと言ってよい。

2 時間の支配が引き起こす恐怖から逃れられないローラ

ユージェニオはローラが与えた睡眠薬の錠剤をすべて飲み獄中で自殺するが、この死の原因には、禁欲主義を徹底できない彼女の姿勢が大きく関わっていると言えるだろう。ローラの現実の不安と願望は、ユージェニオが登場する彼女の夢に投影されていると考えられる。その夢の中で、ローラに向かってユージェニオは、新しい世界である死の国を見るため、自分についてくるように促す。彼が自分の手を取ってくれなければいかないと再三述べる彼女に対し、「じゃあ、この花をお食べ、かわいそうな囚人よ」(Then eat these flowers, poor prisoner.)（102）とユージェニオは気の毒そうな声で語りかける。

> さあ、お食べ。そうして彼は、ユダの木からなまあたたかい血のしたたる花をむしりとると、それを彼女の唇に押しあてた。彼女が見ると彼の手は肉がなく、白い石になった小さな木の枝の固まったものであった。それから、彼の眼窩にも光がなかったけれども、彼女は、彼のさしのべる花が飢えと渇きをいやしてくれるものだから、むさぼるように食べた。「人殺し！ 人食い女！ これは俺の身体と俺の血だぞ」、とユージェニオは言った。「ちがうわ！」と、ローラが叫んだ。そして、自分の声に彼女は身ぶるいしながら眼をさました。そして、それからまた眠るのが恐ろしかった。(102)

　ユージェニオがさしのべる花は、彼の愛情の象徴である。それは、ローラの「飢えと渇きをいやしてくれる」。ローラがその花を「むさぼるように食べる」という行為は、ユージェニオの愛情を求めようとする欲求が、生命を維持するための、本能的で抑えがたい欲求と同質であることを示唆している。しかし、相手を拒む姿勢を示すことが自身の人格の完成と見なすローラとしては、すべての愛情を拒否しなければならない。彼女はユージェニオに対しても、これまでと同様、初めは好意をほのめかしながらも最終的には拒否の態度を示したことは疑いない。つまり、一貫した拒否の姿勢をとらなかったことは疑いない。ただし今度の場合異なるのは、ユージェニオが自殺するに至ったことである。

　自分の行動姿勢が他人の感情や苦しみに冷淡で無神経であることをローラが心の隅で自覚していることから見て、ユージェニオの自殺の原因が、自己本位的な方法で彼に愛情を振り向けようとした自分の振る舞いにあると彼女は感じていたにちがいない。このように見た場合、ユージェニオに「人殺し」(Murderer!) と呼ばれたことを契機に、ローラが身震いしながら眼をさまし再び眠れなくなるのは、「彼と自分自身への裏切り」を意識したローラが、「ユージェニオの死を招いたことに対して責任を感じ、自責の念を覚えた（Brinkmeyer 206-208）からであろう。加えて、ヘンドリックが述べている通り、「彼女の宗教的、倫理的、人道上の裏切り」に気がつき（Hendrick 28）、彼を自殺へと追い込んだ「冷淡」で「堕落」した自分の行為が、心の拠り所としてきたカトリックの教えそのものに反して、人道上の倫理から外れた性質を持つように思え、自責の念にかられたからだと考えられる。

　だが、ローラが苦悩を深めている原因はそれだけではない。ローラに向かってなぜ恋人がいないのかと問いかけた後、ブラッジョニはギターを弾きながら、時間の経過が人間一般に及ぼす影響について語りかける。

　　今は見たところ落ち着いて、永遠に続くかに見えるこの世界も、いつかは、海という海のすぐ水際にいたるまで、大きな口を開けている塹壕や、崩れゆく塀や、打ち砕かれた死体などが四散して混沌と化してしまう。

すべての物が、何世紀ものあいだ動かずにいてそのまま腐敗してきた旧
来の位置からひきはがされ、空へ投げ上げられ、個々の所有主など不明
のまま雨と同じように清潔に投げ落とされて、分配されなければならな
い。貧乏人が金持ちのために手を堅くしながら作ったものは何一つ残ら
ぬし、人間も選ばれた魂の持ち主を除いては一人も生き残らぬであろう。
選ばれた魂の持ち主とはつまり、残虐と不正を洗い落とした、慈愛に満
ちた無政府の支配する新しい世界を生みだすように運命づけられた選ば
れた人だ。「ピストルはいい。俺はピストルが大好きだ。大砲はなおい
い。しかし、究極においては、俺はダイナマイトに信を置いているの
だ」、そうブラッジョニは断定するように言うと、手にしたピストルを
愛撫する。「この町がオルティース将軍に抵抗を試みたとき、俺はこの
町を焦土と化することを夢見たこともあったのだが、しかし町は、熟し
きった梨のように彼の手中に帰してしまった」。(100)

　永遠に存在するかに見えるこの世界も、時が経てば、いずれ形をなくし無
と帰してしまう。貧しい人々が懸命に作った物が無と化してしまうのも時間
の問題であり、権力を持つ人間とて時の経過に逆らって無となることを逃れ
ることはできない。しかし、選ばれた魂の持ち主だけは例外である。すな
わち、「残虐と不正を洗い落とした、慈愛に満ちた無政府の支配する新しい
世界を生みだすように運命づけられた魂の持ち主」だけは、肉体は滅びて
も人々の心にその精神が永劫にとどまり続けるという意味において、死を
もたらす時の支配から逃れ、生き残ることができる。「人類愛の専門家」(a
professional lover of humanity)(98)であるブラッジョニは、こうして時の流
れにも対抗する力を備えた慈愛の精神の重要性をローラに語りかける。
　接する相手を拒もうとするローラは、他方では、カトリックの教え通り、
慈愛の精神を保持することの必要性を日頃感じている。その彼女は、高潔で
慈愛の精神に満ちた魂の持ち主こそが、すべてを破壊する時間の支配から逃
れることができるとブラッジョニが語った内容に共感し、時間の影響をも免
れることを可能にする、慈愛の精神の重要性を改めて心に刻んだにちがいな

い。だがローラは、彼女にとってのそうした普遍の真理を再認識させたブラッジョニ自身に、あらたに信頼を寄せたわけではない。実際、暴力と残虐の象徴であるピストルや大砲を好むという彼の発言を耳にしたとき、ローラは直前に彼自身が語った、慈愛の精神の崇高性を意味する言葉を平気で覆すブラッジョニの偽善的姿勢に疑問を抱き、彼こそはまさに、高潔で慈愛の精神に満ちた魂の持ち主とは対照的な人間であると感じたように思われる。そしてそのような彼と自分との類似に思いをはせることにより、心のどこかで、自分自身の苦悩の原因が時間による支配と密接に関わっている現実に気づいたと考えられる。

　むろん、ローラにかぎらず、誰もが時間の支配から免れることはできないことはたしかである。しかし、とりわけ慈愛の精神を重視する教えの影響を受けつつも、それを徹底できないと感じているローラは、慈愛の精神と時間の概念との密接な結びつきを感じることにより、時間に支配されているという事実をより意識するようになったのではないか。そして、そのような意識の下、高潔で慈愛の精神に満ちた魂の持ち主とは対照的なブラッジョニと自分自身との類似をあらためて感じることにより、死をもたらす時の支配に自分がたえずさらされていると思い至ったのではないか。

　時間の支配にさらされていることをローラが感じるのは、残忍な性質を備えた指導者ブラッジョニの下で、彼女が革命に参加していることにも起因している。ブラッジョニは、同志なくしていかなる革命もなしえないと叫ぶ直後に、「彼らは愚かな怠け者で、裏切り者だ。やつらは俺の咽を平気で掻き切るだろう」(98)とローラに語り仲間を裏切ろうとする。また、「究極においては、俺はダイナマイトに信を置いているのだ」と述べる彼は、目的の達成のためなら喜んで残虐な殺戮さえ行おうとする。時の支配から逃れることが可能な高潔で慈愛の精神に満ちた選ばれし者とは対照的に、残虐な殺戮を好み陰謀と策略にまみれたブラッジョニは、たえず死をもたらす時の支配にさらされている人物とローラの目には映るであろう。とすれば、ブラッジョニの支配の下、活動に従事している彼女が死の影を漂わせる彼の影響を必然的に被ることになると感じていても不思議ではない。

　だが皮肉にも、強靭な生命力を持つブラッジョニ自身は、死をもたらす時の支配にたえずさらされながらも、その死から免れているようにローラには見える。「ブラッジョニは立派な革命家になり人類愛の専門家になる苦労をいわれなく積んだのではない。*彼はそれで命を落とすことは決してあるまい。*彼は意地の悪さも利口さもひねくれたところも、鋭い機知も冷酷な心も持ち合わせていて、世界を愛することも自分の利益を得るためだったのだ。このことで彼が命を落とすことは決してあるまい」（斜体原文）（98）と独白している通り、ブラッジョニは、たとえ他人を犠牲にしてまでも自分の利益を得ながら、厚かましくも生き続けていくように彼女には思える。それに対して、彼ほどの強靭な生命力を持ちえないと自覚する彼女は、彼がもたらす死の影響を直接受けることを避けることはできない。ここでの独白は、そうした不条理な現実に抗することができない、ローラの無念な気持ちを表していると考えられる。

　策略と陰謀に満ちた革命に関わりつつ、接する相手を拒み続けているローラは、慈愛に満ちた雰囲気を感じることのできない世界に身を置いていると思わずにはいられない。ローラは「肌寒いものが静かに迫ってくるのを感じる」（Laura feels a slow chill.）（93）。つまり、「暴力が、刃傷沙汰が、むごたらしい死が、次第にしびれを切らしながら待ちうけているぞと警告する血の予感」（93）を彼女は感じる。ローラが迫りくる未来に恐怖を感じるのは、彼女自身が、非情な状況に身を置いていることと非情で冷淡な姿勢を保っていることをうすうす自覚しているからであろう。加えて、ユージェニオの死後、刑務所を訪れた彼女の心境は、「明日が来ないかのような激しい不安を感じながら明日を待っている」（99）と描かれている。注目したいのは、こうしてローラが、ブラッジョニの言葉を聞く以前に、時間の経過によってもたらされる未来に対して強い不安を抱いていることである。つまり、時間が経過することにより、「むごたらしい死」といった惨事に出会うと彼女は感じている。この事実は、時間の支配を受ける未来が、最終的には死の想念と結びつく予感をすでにローラが抱いていたことを示している。

　時間の経過とそれに伴う未来がすでに死の想念と結びついていたローラ

は、ブラッジョニの語りかけを契機に、その結びつきをいっそう強めるに至り、時間が経過すること自体が恐れるべき出来事となった。実際、妻のもとへ去っていくブラッジョニの姿を見た彼女は、「彼にしばらく会うことはない」（101）と思った後で、「今や解放された自分は時間があるうちに逃げなければならない」と、時間が過ぎれば必ずや惨事が身に降りかかってくるとの予測にもとづく独白をしている。「時間があるうちに逃げなければ」、すなわち、逃げないまま時間が経過し、逃げる時間がなくなってしまえば、悲惨な目に遭遇するのは避けられない。時間の経過への恐れを示唆するここでの独白が、ブラッジョニがユージェニオの自殺行為を評して「うまく厄介払いをしたも同然だ」と述べた直後に、つまり、残忍なブラッジョニが「同志」（comrade）（98）であったはずのユージェニオを精神的に裏切る発言をした直後になされていることにも着目したい。この慈愛の精神とはむしろ対立する概念を想起させる発言をしている事実と、慈愛の精神なくしては死の想念と結びつかざるをえない時間の経過自体をローラが恐れていることから見て、彼女の独白には、時間の経過に伴って生まれてくる、我が身に迫るただならぬ危機意識が込められていると考えられる。

3　結び

　ローラの夢が描かれる直前の場面では、「数字が彼女の頭の中でチクタク時を刻む」（Numbers tick in her brain like little clocks）（101）という時間の経過を示唆する表現の後、自殺したユージェニオに対する自責の念にかられた描写が続いている。ローラは時間の経過を意識することにより、将来への不安や自身の死を感じずにはいられない。ここでローラが自責の念にかられるのは、この時点までに、時間の経過の意識化による自分の将来への恐れの感情が幾重にも重なり、自分の存在そのものを否定したい気持ちに追い込まれたからであろう。そして、引き続く場面で、ローラは「真夜中を告げる鐘の音」（The tolling of the midnight bell）を聞く。

　時間の経過を再び意識することにより、彼女はさらに来るべき未来への不

安を感じたにちがいない。そして、ローラに時間の経過を意識させる鐘の音と残虐なブラッジョニと自分が類似しているとの意識、及びユージェニオへの罪の意識が重なり、それが慈愛の精神を徹底しては実践できないわが身の状況を想起させることで、彼女の心に、死をもたらす時間への直接的な従属を余儀なくされる自分の姿がよぎったにちがいない。加えて、この鐘の音を聞く直前にローラがユージェニオに対する自責の念を抱き、また聞いた直後にユージェニオに導かれる夢を見ていることから判断して、無意識ながらも、彼女はこの「鐘の音」をユージェニオによる自分への糾弾の可能性を秘めた予兆、ひいては自分への不幸の宣告の可能性をも秘めた予兆と受けとめたと考えられる。

　このように見た場合、時間の経過を告げる音を耳にした後、ローラがユージェニオの叫びにより再び眠ることができない理由が明らかになるように思われる。すなわち、ローラが眠れなくなるのは、相手を拒否しようとしながらもそれを徹底できない罪深い行為が、彼女を精神的に追いつめるからだけではない。それはまた、時の流れの支配を引き起こすその罪深い行為が、ローラに死を身近なものと気づかせ、恐れを感じさせるからである。つまり、相手に対する拒否を徹底できない罪深い行為が、時間への直接的な従属を強いることをローラに意識させ、それにより、自身の死が身近に迫ることを彼女に想起させるからである。

注

1　テキストは Porter, Katherine Anne, *The Collected stories of Katherine Anne Porter.* San Diego: Harcourt Brace, 1972. を使用。以下括弧内に引用ページ数を示す。訳は「花ひらくユダの木」（尾上政次、野崎孝訳、『花ひらくユダの木・昼酒』、英宝社、1957 年）によるが、一部変更を加えた。

2　(West 96, Hardy 76, Unrue 143, Walsh 188)

3　(Gottfried 119, Madden 133, Unrue 149-150, DeMouy 89, Brinkmeyer 209)

4　ハーディによれば、ローラに影響を与えたカトリックの宗派は性に対する道徳をことさら重んじる「ヤンセン派」(Jansenist cult) であるという (Hardy 72)。

5　ローラは、「理由は違っても、自分もブラッジョニと同じように堕落していて、冷

淡で、至らないのかもしれない。もしそうであれば、どんな死に方にしろ、死んだ方がましのような気がする」(93) と感じている。ブラッジョニ自身も、ローラとの類似性を認めていることは興味深い。ブラッジョニはローラに向かって、「俺たちはある点に関しては、お前が考えている以上に似ているのだ」と語りかけ二人の類似性を指摘している。この彼の指摘は、自分と同様に、高邁な目的や慈愛の精神とは完全に無縁で、打算にもとづく動機で革命に参加しようとする彼女の心積もりを言い当てたものと言える。

引用文献

Brinkmeyer, Robert H., Jr. "Mexico, Memory, and Betrayal: Katherine Anne Porter's 'Flowering Judas'," *Katherine Anne Porter* "Flowering Judas." Ed. Virginia Spencer Carr. New Brunswick, NJ: Rutgers UP, 1993.

DeMouy, Jane Krause. *Katherine Anne Porter's Women: The Eye of Her Fiction.* Austin: U of Texas P, 1983.

Gottfried, Leon. "Death's Other Kingdom: Dantesque and Theological Symbolism in 'Flowering Judas'," *Katherine Anne Porter* "Flowering Judas." Ed. Virginia Spencer Carr. New Brunswick, NJ: Rutgers UP, 1993.

Hardy, John Edward. *Katherine Anne Porter.* New York: Frederick Ungar Publishing, 1973.

Madden, David. "The Charged Image in Katherine Anne Porter's 'Flowering Judas'," *Katherine Anne Porter* "Flowering Judas." Ed. Virginia Spencer Carr. New Brunswick, NJ: Rutgers UP, 1993.

Tanner, James T. F. *The Texas Legacy of Katherine Anne Porter.* Denton: U of North Texas P, 1991.

Unrue, Darlene Harbour. "Revolution and the Female Principle in 'Flowering Judas'," *Katherine Anne Porter* "Flowering Judas." Ed. Virginia Spencer Carr. New Brunswick, NJ: Rutgers UP, 1993.

Hendrick, George, and Willene Hendrick. *Katherine Anne Porter.* Rev. ed. Boston: Twayne, 1988.

Walsh, Thomas F. "The Making of 'Flowering Judas'," *Katherine Anne Porter* "Flowering Judas." Ed. Virginia Spencer Carr. New Brunswick, NJ: Rutgers UP, 1993.

Welty, Eudora. "The Eye of the Story.", *A Collection of Critical Essays.* Ed. Robert Penn Warren. Eaglewood Cliffs, NJ: Prince Hall, 1979.

West, Ray B., Jr. "Katherine Anne Porter: Symbol and Theme in 'Flowering Judas'," *Katherine Anne Porter* "Flowering Judas." Ed. Virginia Spencer Carr. New Brunswick, NJ: Rutgers UP, 1993.

ウィリアム・フォークナー

William
Faulkner

★

(1897–1962)

　ウィリアム・フォークナーは 1897 年、マリー・フォークナー（Murry Falkner）とモード・バトラー（Maud Butler）の長子として、ミシシッピー州北部の町ニューオルバニー（New Albany）に生まれた。5 歳の時に、一家はミシシッピー大学の所在地であるオクスフォード（Oxford）に移住するが、そこで彼は生涯の大半を過ごすこととなる。

　フォークナー家はミシシッピー北部地方では広く名を知られた名門であり、地方の名士を幾人か輩出している。中でもフォークナーに大きな影響を与えた人物は、曽祖父のウィリアム・クラーク・フォークナー（William Clark Falkner）である。弁護士として開業していた彼は商才に長け財をなし、南北戦争が起こると大佐に任命されて戦った。戦後は失った財産をすぐに取り戻すと、鉄道の経営や政治にも関わるようになる。だが、その一方で彼は文才も発揮し、早くから物語と詩や小説、劇の脚本を書くという側面も持ちあわせていた。1880 年には、ミシシッピー川の蒸気船を舞台にした伝奇小説風の『メンフィスの白い薔薇』（*The White Rose of Memphis*）を新聞に連載し、その人気により掲載した新聞社の窮状を救いさえしている。しかし 1889 年には、政治に絡まる恨みから、かつての仲間にピストルで撃たれて 64 歳の生涯を閉じている。まさに波乱の生涯を送った伝説的な人物であったが、少年の頃、将来何になりたいかと尋ねられたフォークナーは、この「ひいおじいさんのような物を書く人になりたい」と答えたという。

　祖父のジョン・フォークナー（John Falkner）は曽祖父の鉄道事業を引き継ぎ、銀行を経営し、弁護士としても活躍した。だが、父のマリー・フォークナーは事業に打ち込む気概に欠け、弱気な気持ちをしばしばアルコールで紛らわせていたようである。結局彼は、綿実油製造工場や製氷所を経営したり、貸し馬車業や金物業を営んだりした後に、1919 年にミシシッピー大学の事務官の職に就き、死の前年（1931 年）まで大学に勤めた。母親のモード・バトラーは画才があり、晩年は自分の描いた絵を売って生計のたしにしながら子供たちとは独立して暮らし、1960 年に 88 歳で他界している。

　フォークナーの少年時分の経験で見逃せないことは、彼の家に集まる身内の大人たちの四方山話に、あるいは曽祖父の代以来フォークナー家に仕えて

きたネッド・バーネット（Ned Barnett）や乳母であったキャロライン・バー（Caroline Barr）の語る昔話に聞き入ったことであろう。このことを通して、一族の歴史をはじめとした南部の特有の伝説や歴史が彼の心に深く浸透していき、後年、彼の作品に結実していったと言える。

　彼は学校教育にはなじめず、高校も2年ほど籍を置いただけで中退する。まもなくして祖父が頭取をしていた町の銀行に一時就職するが、その仕事も長続きせず辞めてしまう。そうした折に、彼は4歳年上のフィル・ストーン（Phil Stone）と出会い読書の幅を広げていく。ミシシッピー大学とイェール大学で法律を学びながらも、詩をはじめとした文学に深い関心を持つストーンは、彼にシェイクスピア、スウィンバーン、キーツ、シェリー、新しいイマジストの詩や散文ではアンダーソンなどを読むように薦めた。

　1918年には、ストーンの助力でカナダの英国空軍に入隊するが、訓練の途中で第一次大戦の終戦によって除隊となり帰郷し、特別学生としてミシシッピー大学に入学する。だが、大学の講義にも興味が持てず1年ほど在学した後、中退してニューヨークに赴き、書店の店員となる。その書店の支配人は、後にシャーウッド・アンダーソン（Sherwood Anderson）の妻となるエリザベス・プロール（Elizabeth Prall）であった。

　1922年にニューヨークから戻ると、彼はミシシッピー大学の郵便局の臨時局長となるが、1924年には職務怠慢により退職させられている。同じ年の末には、ストーンの尽力により、最初の詩集『大理石の牧神』（*The Marble Faun*）が出版された。

　1925年1月にはニューオーリンズに赴き、プロールを介して知己となったアンダーソンと親交を結び、彼の世話で当地の雑誌や新聞に短編や詩、評論を発表する。同年7月貨物船でヨーロッパへ渡り、イタリア、スイスを経てパリに滞在し、パリ近郊を旅行したり英国に渡ったりした後、年末には帰国する。翌1926年2月、帰還兵を主人公とした審美的で世紀末的な作風の『兵士の報酬』（*Soldiers' Pay*）が、その翌年1927年には、ニューオーリンズの芸術家グループを風刺的に描いた『蚊』（*Mosquitoes*）が出版される。2作ともアンダーソンの口利きで出版され、好意的な批評もあったが売れ行きは

よくなかった。

　独自の文学を模索していた彼は1927年、帰還兵と南部の風土と歴史を絡めて描いた作品『土埃にまみれた旗』（*Flags in the Dust*）を完成する。翌1928年同作品を短縮し『サートリス』（*Sartoris*）としてようやく出版されたが、この作品で初めて故郷の町オクスフォードをモデルとしたヨクナパトーファ郡という架空の場所を設定し、以後その場所を舞台として作品を書いていくことになる。

　『サートリス』の出版に苦労したため、フォークナーは、自分とすべての出版社の間の扉を閉めて『響きと怒り』（*The Sound and the Fury*）を書いたという。結局1929年に出版されたが、売れ行きはよくなかった。だが、この作品が批評家の間で好評を博したこともあり、翌年「エミリーの薔薇」（"A Rose for Emily"）が雑誌『フォーラム』（*Forum*）に掲載される。このことが、各種の有力雑誌につぎつぎに短編を発表するきっかけとなった。

　『響きと怒り』が出版された年には、離婚して二人の子供を連れ故郷に戻っていたエステル・オールダム（Estelle Oldham）と結婚している。翌1930年、『死の床に横たわりて』（*As I Lay Dying*）が出版される。作者によれば、この作品は大学内の発電所の夜勤の仕事の合間を利用して6週間で書きあげられたとのことである。この年、オクスフォードで最も古い家の一つとして知られた邸宅を買い求め、ローアン・オーク（Rowan Oak）と名づけ以後そこに住み続ける。

　1931年『サンクチュアリ』（*Sanctuary*）が出版される。フォークナーはこの作品について、金儲けのために、ともかく話題になりそうな題材を取り上げて書いたと述べている。彼としては、エステルと彼女の連れ子たちの生活資金を用意する必要があった。作者の思惑通り、センセーショナルな場面描写が含まれるこの作品は売れ行きはよかったものの、以後批評家たちからはヴァイオレンスの作家と見なされるようになる。同年、短編集『これら十三編』（*These 13*）出版。

　1932年、『八月の光』（*Light in August*）出版。この年の春に映画台本製作の仕事を引き受け始める。以後およそ20年にわたり、主として生活費を賄う

ためにハリウッドと関わりを持つことになる。1933年、一人娘のジル（Jill）が誕生する。1934年『医師マーティノ、その他の短編』（*Doctor Martino and Other Stories*）、1935年『標識塔』（*Pylon*）出版。この『標識塔』は、『アブサロム、アブサロム』（*Absalom, Absalom!*）の執筆がうまく進捗しなかったため気分転換のために書いたものだという。1936年『アブサロム、アブサロム』が出版される。1938年『征服されざる人々』（*The Unvanquished*）、1939年『野生の棕櫚』（*The Wild Palms*）出版。1940年『村』（*The Hamlet*）が出版される。この年、乳母であった黒人のキャロライン・バーが老衰のため死亡。その死を悼んで葬儀で弔辞を読む。1942年『行け、モーゼよ』（*Go Down, Moses*）出版。この作品はキャロライン・バーに捧げられている。

1946年、マルカム・カウリー編『ポータブル・フォークナー』（*The Portable Faulkner*）が出版される。フォークナーは1930年代初めよりフランスで認められ、30年代末にはアメリカでも評価される機運が見られたが、この本によってフォークナーへの関心は高まっていった。1948年『墓地への侵入者』（*Intruder in the Dust*）、翌年『駒さばき』（*Knight's Gambit*）出版。1950年、ノーベル文学賞受賞。1951年『尼僧への鎮魂歌』（*Requiem for a Nun*）出版。この頃より公的な場所に出席することを拒まぬ姿勢を示し始める。

1954年『寓話』（*A Fable*）出版。1955年の8月には長野で開催されたアメリカ文学セミナーに出席するために来日。3週間ほど滞在した。1957年『町』（*The Town*）出版。1957年から1959年までの2年間、ヴァージニア大学での在住作家となり学生をはじめさまざまな人々と自作について語り合う。1962年、最後の作品『自動車泥棒』（*The Reivers*）出版。同年6月半ば愛馬から落馬して肋骨や背骨を打撲する。打撲による痛みを和らげるために飲酒や痛み止めを服用したが、それでも痛みは止まらず、7月6日メンフィス近郊のバイヘーリア病院で心臓発作により64歳の生涯を閉じた。

参考文献

Blotner, Joseph. Faulkner: *A Biography*. New York: Vintage Books, 1974.
高田邦男、『ウィリアム・フォークナーの世界』、評論社、1978年。

ベンジーの別離のモチーフ

　フォークナーの『響きと怒り』は、4 つのセクションから構成された作品であるが、とりわけ冒頭の第 1 セクションは複雑微妙で、何が中心的なモチーフなのか、どのようなメッセージを読者に訴えようとしているのか、すぐには理解しにくい。

　それというのも、この第 1 セクションでは、白痴の人物であるベンジー（Benjy）の錯綜した意識の流れを通して、南部の名門コンプソン（Compson）家の 30 年間にわたる没落の歴史を語るという、斬新で大胆な手法が用いられているからである。

　フォークナーは、語り手になぜ白痴を選ぶことになったか、その経緯を次のように述べている。

　　それは短編小説として書き始められました。祖母の葬式の間、家から追い出された子供たちのこれといって筋のない話です。彼らはあまりにも幼いので何が起こっているのか教えるわけにはいきません。（中略）それから私は、語り手が本当に無邪気な者、つまり白痴であったとしたら、子供たちの特徴である盲目的で無邪気な自己中心の観念から、どれだけ多くのものを引き出すことができるか知りたいと思いつきました。そうして白痴が生まれました。（Jelliffe 104）

　実際、この作者の意図が、徹底してベンジー・セクションに実現されていると言っていいであろう。無邪気な少年が見たであろう、意味づけという抽象作用を経ないままの具体的で断片的な映像が、年代順とは無関係に一見ア

ト・ランダムに並べられている。

　しかし、白痴の単純素朴な独白は、それがあくまで無邪気で自己中心的な観点で語られていることに注意して読むと[1]、実に意味の深い豊かなイメージに満ちているだけでなく、それらが密接で、有機的なつながりを保っていることがわかってくる。未分化で無秩序に見える独白の根底では、生きることに対する願い、不安と悲しみがシンボリックな形で着実に表現されているのであり、ありふれた無意味そうな言葉であっても、それが連鎖的に意識転換の手段として用いられることにより、人間の存在の本質的な状況すら暗示するまでに至る。表現技法とモチーフを表裏一体の関係にしていると言うべきこの手法は、「黄昏」（"Twilight"）と題して書き始められた当初から（Millgate 86）、フォークナーが明確に意識していた方針だったのかもしれない。

　創作の動機について彼はこう語っている。

　　それは一つの心象から始まったのです。そのとき私は、それが象徴的なものであるとは気がつきませんでしたが。その心象とは、梨の木に登っている少女のズロースが泥だらけだったというものです。その木から彼女は、窓を通して祖母の葬式の様子を見ながら、そこで何が起こっているかを木の下にいる兄弟たちに教えているのです。　（Stein 74）

木に登っている少女、泥だらけのズロース、祖母の葬式、というただそれだけではあまり意味のなさそうな心象イメージが、フォークナーにはきわめて重大な意味を持った運命的な人間の悲劇を潜在させているイメージだったのにちがいない。そういう認識こそが彼の心を揺さぶり、この作品を書かせる衝動をもたらした。

　とりとめもない独白のように思えるベンジー・セクションでは、彼がパセティックな口調で語る断片的なイメージや何気ない言葉のうちに、どのような一貫したモチーフが潜んでいるのか、またそれにより、どのような感動的なメッセージを私達に伝えようとしているのだろうか。

1　キャディ（Caddy）との別離を想起するベンジー

　物語は、ベンジーが33歳の誕生日を迎えた1928年4月7日、コンプソン家の柵の間から、ベンジーがゴルフ場の方をじっと見つめる場面から始まる。すいかずらのまきついたその柵を通して見るゴルフ場は、かつてはベンジーが所有していたものであった。

　　　柵にからんだ花の間から、彼らが球を打っているのが見えた。彼らは旗
　　　があるところまで近づき、ぼくは柵にそって進んだ。ラスターは花が咲
　　　いた木の近くの草むらの中をさがしていた。(3)[2]

　冒頭であるこの部分には、多くの象徴的なことがらが描写されている。柵とはもはや狭くなってしまったコンプソン家の屋敷を仕切っている柵であり、花とはその匂いが兄のクエンティン（Quentin）につきまとったすいかずらの花である。そして、この花の咲いた木にかつての祖母（Damuddy）の葬式の日姉のキャディが登ったのだった。こうした情景の中で、ラスター（Luster）はなくしてしまった25セント玉をさがしている。

　ここでベンジーが「柵にそって進む」のは、ゴルファーたちがゴルフボールを打った後、旗の立っているグリーンに向かって歩いて来るその動きに合わせた行動だと推測できる。しばしば見られるように、彼は、自分が動くことも含めて動くものを好む傾向があるからである。

　歩いていたゴルファーたちが止まるとベンジーも止まるが、そのとき「おーい、キャディ」("Here, caddie.") (3) とゴルファーたちが呼ぶ声を耳にするや、ベンジーは柵にしがみつきうめき始める。その言葉から、今はいない姉のキャディを思い出したのである。

　ゴルファーたちが遠ざかった後で、彼らが再びゴルフボールを打ち始めると、ベンジーは柵にそって旗の立っている近くまで戻り、そこで旗を見つめる。

　　　旗は明るく光った草と木の上で、ぱたぱたとなっていた。

(It flapped on the bright grass and the trees.)

「さぁ、行くべぇ」とラスターが言った。「そこはもうさがし終わっただよ。あいつらは、もうこっちに来やしねえだよ。小川へいって、あの黒んぼどもにみつけられねえうちに、おらの 25 セント玉をさがすべぇ」

旗は赤くて、牧場の上でぱたぱたとなっていた。

(It was red, flapping on the pasture.)　(3-4)

　ベンジーがうめき始めると必ずといっていいほど彼を叱りつけるラスターが、ここではそうしないことから、ベンジーはこのときうめくのをやめたか、少なくともその声を小さくしていることがわかる。

　ベンジーは、現在彼が目の前にしている「牧場」と「姉のキャディ」と「火の光」の三つを特に好んでいたことが、この作品の 15 年後に書かれた "Appendix" から明らかになるが（Cowley 719)[3]、この場面でベンジーが見ている旗は、その「火の光」を連想させる赤い旗である。だから、ここで彼のうめき声が静まるのは、動くゴルフボールを見たことに加え、その大好きな「火の光」を連想させる、「明るく光った草」、「赤い旗」を見ることで彼の気持ちが幾分なりとも慰められたからであろう。

　だがそのベンジーの態度も、はためく旗の上に一羽の鳥がとまりそれにラスターが何かを投げつけることで一変する。

　　すると一羽の鳥がその上にとまって、体を斜めに傾けた。ラスターが何かを投げつけた。旗は光った草と木の上でぱたぱたなっていた。ぼくは柵にしがみついた。「そんなにわめくじゃねぇってば」とラスターが言った。(3)

　この引用部分では明確に述べられていないとはいえ、ラスターが一羽の鳥に物を投げつけた時に、その鳥が飛び去っていったことは疑う余地はないであろう。それに後にベンジーが、「ぱたぱたと」(flapped) 禿鷹が溝から飛び出ていく光景を鮮明に回想することと、ここまでで旗が「ぱたぱたなる」

（flapping, flapped）という表現が繰り返されることから見て、おそらくベンジーにはその鳥が「ぱたぱた」（flapping）と羽の音をたてながら飛び去っていくと感じたにちがいない。

　そして、ラスターの言葉から明らかになるように、その光景を見たベンジーは柵にしがみついてうめき始めるが、そこまでの一連の描写の中に、ベンジー・セクションにおける別離のモチーフ、とりわけ彼にとって最も衝撃的である姉のキャディとの別離のモチーフが集約して表現されているのではないか。そして、冒頭でわざわざ「キャディ」という言葉を彼に聞かせた意図も、そのモチーフを表現しようとすることにあるのではないか。

　「ぱたぱた」という音が発せられるのは、鳥が飛び去る（take off）時であり、そのため彼は、その光景に視覚と聴覚で別離を感じていること、そして、それを見るのは「キャディ」というゴルファーの呼び声を聞いた直後であることに注目したい。すると、ベンジーが再びここで「柵にしがみつき」うめき始めるのは、この場面の直前で聞き、彼の脳裏からまだ離れない「キャディ」という言葉と、この光景がもたらす別離の概念が結びつき、彼に悲しみの感情を引き起こすからであり、彼のうめきはその別離に対する拒否の表明であると考えられる。

2　ベンジーの脳裏に植え付けられた死のイメージの連鎖

　ベンジー・セクションでは、祖母、父ジェイソン（Jason）、兄クエンティン（Quentin）、黒人ロスカス（Roskus）、そしてコンプソン家で飼っていた馬のナンシー（Nancy）の死の場面がおもにベンジーの断片的な回想の中に表れているが、この死という事象は、その人や動物との永遠の別れを意味しているという点では、悲しい別離の象徴にほかならない。

　ベンジーが最も頻繁に回想する死の場面は、祖母の葬式に結びついたものであり、この事実からも、それが彼にとっていかに重要な出来事であるかが察せられるけれども、その祖母の葬式の日に、ディルシー（Dilsey）の娘フローニー（Frony）とキャディの間で、次のような会話が交わされる。この

会話は、ラスターの祖父ロスカスの葬式の日の出来事を回想したベンジーが、葬式というイメージの連鎖によって導きだしたものである。

> 「どうして葬式をしないんだね」とフローニーが言った。「白人どもだって死ぬだによう。おまえさんのばあちゃんだって、黒人と同じように死ぬとおらは思うだ」
> 　「犬は死ぬわ」とキャディが言った。「それからナンシーが溝に落ちて、ロスカスがナンシーを射ったら、禿鷹がやって来てナンシーを<u>すっかり食べちゃったわ</u>」（"And when Nancy fell in the ditch and Roskus shot her and the buzzards came and undressed her."）（下線引用者）（33）

　この会話で注目すべきことは三つあると考えられる。一つはフローニーが話題としてとりあげる黒人と白人の死が、次のキャディの暗闇の中で白い骨だけになったことを意味する、「すっかり食べた」という発言を自然に呼びこむことであり、そしてその "undress" という表現が、文字通り、服をぬぐ "take off" の意味を持つことで、鳥が飛び去る "take off" と重なること、さらにもう一つは、その暗闇に浮かび上がる白い骨のイメージが、次のベンジーによる、ナンシーの鮮明な死の回想を導くことである。

　この馬の死によって、ベンジーは生まれて初めて死というものを見ることになったが、それはまさに初めて見たという点で重要である。「ベンジーにとってそれぞれの登場人物は、抽象的な一つか二つの特徴に集約され、それが生まれてから変ることがないかのように変ることがない」とカーティゲイナーが述べているように（Kartiganer 11）、無邪気なベンジーの気持ちの中では一度形成された人物像はほぼ変わることはないが、それは人物の性格にかぎったことではなく、彼が死をどのように受けとめているか、といった場合にも当てはまるからである。実際、ベンジーのその後の行動から明らかになるように、ナンシーの死は彼に多大な影響を与えている。その影響がいかに大きいかということの具体的根拠が示されているという点で、次のナンシーの死が描かれている場面は重要である。

　暗いつる草の茂った真黒な溝の中から、まるである形が動かなくなった
ように骨が月の光をあびて白く浮かび出していた。それから何もかも動
かなくなり、あたりが真暗になって、ぼくがまた泣きだそうとして泣き
やんだとき、ぼくには母の声と足早に遠ざかっていく足音が聞こえ、そ
れを嗅ぐことができた。それから部屋がやって来て、ぼくの目は閉じた。
ぼくは泣きやまなかった。ぼくにはそれを嗅ぐことができた。

The bones rounded out of the ditch, where the dark vines were in the
black ditch, into the moonlight, like some of the shapes had stopped.
Then they all stopped and it was dark, and when I stopped to start again
I could hear Mother, and feet walking fast away, and I could smell it.
Then the room came, but my eyes went shut. I didn't stop. I could smell
it.　(33-34)

　ベンジーの脳裏にナンシーの死の場面が鮮明な記憶として残っていること
は、その回想シーンとそれがもたらした一連の出来事がすべてローマン体で
描写され、一度もイタリック体が使われていないことによっても裏づけられ
るであろう。だが、鮮明とはいえ、彼の脳裏に浮かんだ死のイメージがかな
り錯綜していることがわかる。そこで、この引用部分で表現されている意味
内容を詳細に追ってみることにしたい。

　コンプソン家で飼っていたナンシーが溝に落ちて骨折し動けなくなってし
まったのでロスカスが射殺すると、その死体に禿鷹が群がりナンシーの肉を
食べてしまう（undressed her）。禿鷹に肉を食べられて無残に残ったナンシー
の骨が、月光を浴びて白く浮き出る。その月光に映える骨は、暗いつたが生
える真黒な溝の中に置かれ黒と白とのコントラストが生じた結果、その白さ
がますます際立つことになる。そのように、白さが不気味に浮き出るとき、
まるである形（some of the shapes）が止まったかのようにベンジーには見え、
そしてすべてが止まって暗くなり、再び泣こうとして泣き止む。

　するとベンジーには、母の声と足早に歩く足音が聞こえ、「それ」つまり
死が匂ってくる。ベンジーが嗅ぐ死の匂いとは、この引用文の後に「それは

父ではなかった」と明言していることから、兄のクエンティンの死の匂いであると推定できる。だから、ここでベンジーが述べる母の声とはクエンティンの死をくやむ母の泣き声であり、「足早にすぎる音」とは、兄の葬儀の準備をするために立ち回るディルシーか誰かの足音にちがいない。

　ベンジーが死の匂いを嗅ぎつけたとき、「部屋がやってきた」というのは、部屋に明かりがともされ、その中がよく見えるようになったことを意味しているが、そのとき彼は思わず目を閉じる。死の匂いの原因となっている部屋の中の柩を見たとたん、それを見るのが耐えられなくなったからである。こうして死を悲しんで泣く母の泣き声と死を弔う準備のためのあわただしい音を聞き、死の匂いを嗅ぎ、さらに死の光景を目にしたベンジーは、もはや泣きやむことはできないのである。

　このように、ベンジーの回想はつぎつぎと死の場面へとつながっていくことがわかるが、前述のように、この一連の回想をもたらしたきっかけはナンシーの死であり、その死の描写の中に、彼がなぜ「明るく光ったもの」や「動くもの」を好むのかという理由が隠されているだろう。

　ナンシーが死んで禿鷹に肉を食べられ骨だけになってしまったのは、ナンシーが誤って溝（ditch）に落ち、骨折してしまったことが原因であった。骨折した馬は、もはや死を待つしかない。だがこれを事物の因果関係を知らない、無邪気な白痴の目で見ると事情は異なってこよう。つまり、ベンジーの目で見ると、そもそも溝がなければナンシーはそこに落ちて死ぬことはなかったわけである。だからベンジーには、その「暗くつる草の茂った真黒な溝」が、死の象徴と映ることになり、ひいてはその暗い溝の中で、「じっと動かなくなったように、月光を浴びて白く浮き上がる骨」も同様に、死の象徴として映るのである。この描写の後に、つぎつぎと生々しい死の回想の連鎖が起こるのも、それらのイメージが彼にとって、強烈な死の象徴となっているからにほかならない。

　ベンジーが、「明るく光ったもの」や「動くもの」を好むのは、このように、悲しくも恐ろしい「死」の観念と密接に結びついた、「暗い」、「ある形が動かない」状態を避け、それとは正反対の現象を志向するからであり、つ

まりそれは彼の生きようとする志向の反映でもある[4]。

　ベンジーは、ナンシーの死をきっかけとした一連の死の回想の後で、再びこの馬の死の場面に戻ってくるが、そこでは、骨が白く浮かび上がる溝から禿鷹が飛び立つ様子が描かれている。その描写から、ベンジーには「死」と「飛び去る」（take off）という二つの観念が一体化し、重なり合っていることが明らかになる。

　　　ざわめく草の中から溝があらわれた。骨が黒々としたつる草の中から浮
　　　かび出していた。（中略）ティー・ピーが溝の中で横になったので、ぼ
　　　くもすわって禿鷹に食べられたナンシーの骨を見ていると、禿鷹が黒く
　　　ゆっくり重そうに、<u>羽をぱたぱたさせて</u>（flapping）飛び出していくのが
　　　見えるようだった。（下線引用者）（35）

　この場面で、禿鷹がぱたぱた（flapping）と去っていく際の擬態語が、冒頭部で表現された旗がはためく（flapping）時に聞こえた擬態語と同じ表現が用いられていることに注目したい。禿鷹がナンシーの肉を食べ（the buzzards came and undressed her）（33）、死を想い起こさせる白い骨だけにした後で、その黒い禿鷹がゆっくりと重々しく、死の場所である溝から飛び出していく。こうしてベンジーには、「死」と「飛び去る」という二つの観念は切り離せないものとなった。

3　表現技法によって暗示される別離の必然性

　1929年現在の時点から30年ほど前の祖母の葬式の日に、ベンジーと子守役の黒人ヴァーシュ（Versh）、クエンティン、ジェイソン、キャディたちは川遊びをしていた。そのとき、キャディは服を濡らしてしまったため、服をぬぎボディスとズロースだけになる。その姿を見て怒ったクエンティンがキャディを平手でぶった拍子に彼女は水の中にころび、ズロースを泥だらけにしてしまう[5]。ベンジーは、彼女の「泥だらけのズロース」を見て泣き始

める。

> ヴァーシュがやぶをまわってやって来て、ぼくをかかえてもう一度小川
> の中へ入れた。<u>キャディがずぶ濡れで背中は泥だらけだったので、ぼ</u>
> <u>くが泣きだすと、彼女がぼくのところへやって来て、水の中でしゃがん</u>
> だ。「さぁ、泣かないのよ」と彼女が言った。「<u>あたしは逃げたりしない</u>
> <u>わよ</u>」そこでぼくは黙った。キャディは雨に濡れた木のような匂いがし
> た。（下線引用者）(19)

　ベンジーは、キャディが自分から離れていくことはないという保証を得た
後に泣きやみ、そのときキャディに「木の匂い」を感じる。それは、彼女の
優しい愛情を身近に感じた時の特有の匂いなのである。この事実からも明ら
かなように、ベンジーがキャディのズロースが泥だらけになってしまったの
を見て泣きだすのは、その光景が彼に彼女との悲しい別離を感じさせるから
である[6]。
　このように、「泥だらけのズロース」がベンジーにとってキャディとの別
離の象徴となるのは、それを祖母（Damuddy）の葬儀の日、つまり祖母との
別離を象徴する日に見たということと無縁ではない。この二つはいずれも悲
しい別離という点で結びついているが、さらにベンジーはその結びつきを
いっそう強める光景を見ることになる。

> ぼくたちは、彼女の泥だらけになったズロースを眺めていた。すると彼
> 女が見えなくなった。(39)

　前述のように、作品創作の契機となったこの場面は、キャディが父から禁
じられていたにもかかわらず木に登り、祖母の葬式の様子を窓からのぞきこ
みながら、木の下にいるベンジーたちに報告した時のものである。この事実
は、「キャディの泥だらけのズロース」が祖母との悲しい別離の象徴である
「葬式」と密接に結びつくことでそれに確かな別離の意味合いが付け加えら

れたことを意味していよう。それを裏づけるかのように、ベンジーが彼女の「泥だらけのズロース」を見た直後にキャディが姿を消している[7]。

　それだけではない。「泥だらけのズロース」がベンジーにキャディとの別離の象徴と映るのは、そのズロースがまさに、「泥だらけ」になっているからである。次の描写は川遊びをした日（祖母の葬式の日）の夜に、彼らが床につこうとする時の場面を描いたものであるが、そこでのディルシーの行動はその理由を暗示している。

　　　ベッドは二つあった。クエンティンがその一つにもぐり込んだ。彼は顔を壁のほうに向けていた。ディルシーがクエンティンの隣にジェイソンを入れた。キャディが服をぬいだ。「お前さんのズロースを見てみるがいいだ」とディルシーが言った。「かあちゃんに見られなくて、よかったぞ」（中略）「お前さんはなんで寝巻きを着ねえだね」とディルシーが言った。彼女はキャディのそばへいって、ボディスとズロースをぬがしてやった。(She went and helped Caddy take off her bodice and drawers.)「お前さん。自分の体をちょっくら見てみるがいいだ」とディルシーが言った。彼女はキャディのズロースをまるめて、それでもってキャディの尻をこすった。「すっかり体の中に、しみこんじゃってるだぞ」と彼女は言った。（下線引用者）(74-75)

　一度泥だらけになったズロースは、早晩「ぬぐ」(take off) か、ぬがせてもらわなければならないのであり、ディルシーの行為はその必然性を示唆している。こうして、まるで異次元の概念である「ぬぐ」を意味する "take off" と、鳥が死の場所から「飛び去る」ことを意味する "take off" が重なり合い、ベンジーにキャディとの別離を想い起こさせるのである。

　実際ベンジーは、キャディがシカゴの銀行家ハーバート（Herbert）と結婚することによって彼女から引き離されてしまうが、その別離をもたらしたのもキャディがズロースをぬがされる出来事と無関係ではない、とベンジーは感じているにちがいない[8]。

このように、キャディが泥だらけのズロースをはくことによって、ぬぐあるいはぬがせてもらう、という必然性を現実的かつ詩的な意味でもたらしており、さらに彼女が将来性的に堕落する女性であるという要素が加わることによって、その必然性が強調されているのである。したがって、ここでディルシーがキャディを叱る行為は泥だらけのズロースをぬぐ必然性を強調しているのであって、勧善懲悪の主張が意図されているわけではないと言える[9]。

フォークナー自身、「キャディがもはやベンジーを慰めるために戻って来ないだけでは不十分で、さらにその別れが、不名誉で恥辱を伴ったものでなければならないと考えた」（Bleikasten 12）と述べているように、彼がキャディと性的堕落を結びつけようと意図したことは明らかだが、やはりその理由は、キャディとの別離がもはや取り返しがつかない絶望的なもの、あるいは強い悲しみや失意を伴ったものとなったことを強調するためだけでなく、ズロースをぬぐ、ぬがせてもらうという彼女の行動の必然性を導くためだと考えられる。

4　結び

キャディとの悲しい別離は、ちょうど、生きているかぎり悲しい別離の象徴である死を避けられないと同様、ベンジーには避けることはできないものであった。ベンジーはそれを悲しみうめくが、そのうめきは、もう彼女を取り戻せないことによって起こるノスタルジックな感慨を表現しているだけではない。

このセクションにおいて犬の吠え声は、別離の象徴と言うべき死を嘆く声として表現されているが[10]、月光に映る「ダンの影が、吠えるとき以外動かない」（Dan's shadow didn't move except to howl.）のを見たベンジーが、大きなうめき声をだして深い悲しみを表明するように、彼は、ダンが死を悲しんで吠える姿、すなわち悲しみに吠え動く姿にのみ生命を感じているのである。つまりこの彼のうめきは、生命を求め維持することと、死（別離）を嘆き悲しむことが不可分であるという、現実のアクチュアリティ（actuality）を表

現している。彼のうめきが単なる過去への郷愁をこえた現在の悲しみとして響くのは、この生きるということは悲しい別れを味わい続けることである、というアクチュアリティを表現し、そのアクチュアリティがうめきの基調となっているからにほかならない。

　おそらく少なからぬ別離が、さわやかで美しいものではなくむしろ悲しみ失意を感じさせるものであるように、最終的にキャディの結婚を介して引き起こされた彼女との別離も、ベンジーには絶望に近い悲しみであったことは疑いない。しかし、生きているゆえにこそ悲しい別離を避けることはできない。作者フォークナーは、その別離の必然性を、無邪気なベンジーの視点を通して、泥だらけのズロースをぬぐ（take off）という行為でしたたかに示唆するとともに、その同じ "take off" という表現を、鳥が飛び去るという表現や死を意味する "undress" と巧みに結合させることにより、キャディとの別離に象徴される一貫した別離のモチーフを鮮やかに描いているのである。

注

1　「ベンジーには道徳的意識は皆無であり、しばしば他人の行為の判断の是非をしているかのように見えるのは、彼の侵すことのできない無邪気さが原因である」（Cecil 75）とセシルが指摘しているように、ベンジーの意識や行動と道徳的な意識との直接的な関連性は認められない。

2　テキストは Faulkner, William. *The Sound and the Fury.* New York: Vintage International, 1990. を使用。以下引用文の後にページ数を示す。訳は高橋正雄訳、『響きと怒り』、（講談社、1997 年）によるが、一部変更を加えた。

3　なおここでも、ベンジーは「動くもの」を好むことが述べられている。

4　たとえばベンジーは、墓参りに行く際、乗った馬車の両側を明るく光った形が、とぎれることなく、なめらかに動くのを見て快さを感じているのがわかる（11, 12）。

5　濡れた服をぬごうとしたキャディに対して、「ぬぐんならぬいでみろ」（"You just take your dress off."）とクエンティンは言うが、その言葉に反抗するかのように、彼女が「服をぬいだ」（Caddy took her dress off.）（18）ため、彼は彼女を平手で打ったのだった。なお、服をぬぐ行為に一種の嫌悪を感じるのは、ジェイソンも同様である。彼は、ベンジーが服をぬがされる（undress）のを見ては泣きだし、自分もボタンをはずされる（unbutton）時にも泣きだしている（73）。また、彼の好きだった祖母の葬式の際に、「あんたは禿鷹がおばあちゃんを食べちゃうと思っているの」（"Do you think buzzards are going to undress Damuddy.”）（35）とキャディに言われた後、泣きだしている。

6　この引用文の直前でも、「逃げていってもう帰れないわ」とキャディがクエンティンに向かって言うのを聞いたとき、ベンジーは泣き始めるが、キャディが振り向いて「しっ」と言った後で、彼は黙っている。

7　「泥だらけのズロースの象徴性は、堕落したキャディとなりました」（the symbolism of the muddy bottom of the drawers became the lost Caddy.）（Gwynn and Blotner 31）とフォークナーは述べているが、ここで用いられている “lost” は、「姿を消した」の意味にもなることは興味深い。

8　この引用部で “help” が使われているのも、相応の理由があると考えられる。キャディは、ディルシーも含めて、何らかの信頼や愛情をよせた相手にだけこの行為を許すからである。

9　勧善懲悪の観点で見た場合、その因果関係の明確さと、性的堕落というイメージが引き起こすであろう強い衝撃に圧倒されることにより、ディルシーのズロースをぬがせるという行為に隠された、別離のモチーフを見落としてしまう可能性があると考えられる。

10　ロスカスの死の際にはブルー（Blue）が（33）、クエンティンの死の際にはダンが吠えている（35）。

引用文献

Bleikasten, André. *The Most Splendid Failure*. Bloomington: U of Indiana P, 1976.

Cecil, L. Moffitt. "*A Rhetoric for Benjy*", William Faulkner. "*Introduction to The Sound and the Fury 1933.*" Ed. André Bleikasten. *William Faulkner's The Sound and the Fury: A Critical Casebook*. New York: Garland Publishing, 1982.

Gwynn, Frederick L. and Blotner, Joseph L., eds. *Faulkner in the University*. Charlottesville: UP of Virginia, 1959.

Jelliffe, Robert A., ed. *Faulkner at Nagano*. Tokyo: Kenkyusha, 1956.

Kartiganer, Donald. *The Fragile Thread: The Meaning of Form in Faulkner's Novels*. Amherst: The U of Massachusetts P, 1979.

Millgate, Michael. *The Achievement of William Faulkner*. New York: Random House, 1966.

Ross, Stephen M. and Noel Polk. *Reading Faulkner: The Sound and the Fury*. Jackson: UP of Mississippi, 1996.

Jean Stein, "*William Faulkner: An Interview*." Eds. Frederick J. Hoffman & Olga W. Vickery. *William Faulkner: Three Decades of Criticism*. East Lancing: Michigan State UP, 1960.

クエンティンの妹へのオブセッション

　フォークナーの小説では、特異な個性の人物たちがしばしば特異なままに提示される。『響きと怒り』第2セクションに描かれるコンプソン家の長男クエンティン（Quentin）の場合が、その典型的な例と言えよう。時間に対する一種の脅迫観念を抱く彼は、ベンジー・セクションからおよそ18年さかのぼる1910年6月2日、時間に追いつめられるかのように投身自殺をはかる。

　ハーバード大学に学ぶ知的な青年である彼は、意識を映す言葉も抽象的で論理的な性格をおび、そのため、ベンジー・セクションでは必ずしも明確に示されなかった多くのクロノロジカルな事実が明らかにされてゆく。だが、なにぶん自殺寸前の錯綜した意識の描写である。とぎすまされた知性的な透明さを保つかに見える彼の意識が、次の瞬間にはたびたび極度に歪み、飛躍し、読者を混乱に陥れる。いわゆる信頼できない語り手が引き起こす典型的事象と効果と言ってよい。

　クエンティンが、妹キャディ（Caddy）と"incest"（近親相姦）の罪を犯したと父に虚偽の発言する場面も、そうした思考の飛躍が著しい場面の一つである[1]。従来、この発言をするクエンティンの姿勢には、幻想上の自己の空想や論理に陶酔するナルシストとしての特徴が表れていると指摘されてきた[2]。たしかに、客観的事実からあるいは第三者の視点から見るかぎり、自己の妄想にもとづきその忌むべき主張を繰り返そうとする彼の姿勢は自己本位な夢見るナルシストの願望を反映したものと言うことも可能だろう。

　しかし、クエンティン自身の視点を通した解釈を加えた場合、その発言行為にはもう一つ別のテーマが隠されていることが明らかになるように思われ

る。「クエンティンは、その頭脳が半分狂気であるにもかかわらず、自分の目に見えることがきわめて論理的かつ明晰だということをたしかに知っている」（Gwynn & Blotner 95）とフォークナーは述べているが、この発言は、そのままクエンティンの "incest" に関した言動の表裏を説明したものではないか。そして発言内容そのものが矛盾した感があるのも、クエンティンの行動自体が逆説的二重構造を持つからではないのか。

　さて、彼が "incest" の罪を犯したと父に語る場面の前後には、時間の概念が表現されていることが確認されるが、このことは、その言葉と時間の概念が密接に結びついていることを意味するだろう。本稿ではこの結びつきに着目し、おもにクエンティンの視点から、"incest" の発言に関連した場面の細部の検証を行うことにより、その発言が、なぜ、どのように時間の概念と結びつくのか、さらにはそこから浮かびあがるテーマとは何かを検討してみることにしたい。細部の検証というのも、先のベンジーの意識描写における場合と同様、瑣末であまり意味のなさそうな描写に、作品のモチーフに関わる重要な意味が込められていると考えられるからである。

1　時間の象徴としての影

　時間と "incest" に関わる彼の発言との関係を検討するにあたってまず確認しておきたいことは、彼にとって影が時間の象徴として表現されていることである[3]。このセクションの冒頭部分では、次のように描写されている。

　　窓枠の影がカーテンに映る7時と8時の間に、僕は時計の音を聞きながら再び時間の中にいた。(76)[4]

「時計の音」が時間そのものを示唆しているだけではなく、「窓枠の影」がカーテンに映ることによって、「7時と8時の間」であることを彼に知らせる。ここで「再び」と述べるのも、新たな日の出がもたらしたこの影の存在が、彼に時間をことさら意識させるからであろう。次の例からも、クエンティン

にとって、影の存在が時間を象徴するものであることが明らかになる。

> 僕は起き上がって化粧だんすのところへ行き、その上に手をすべらせて時計にふれると、時計の表をひっくり返して、またベッドに戻った。だが窓枠の影はまだカーテンに映っていて、僕はほとんど何時何分までわかるようになっていたので、その影に背を向けなければならなかったのだが、……（下線引用者）（77）

　窓枠の影がカーテンに映ることによって、時間が何時何分であるかまでわかってしまう。このように彼の意識において、影とは時間の顕在化を意味している。したがって、影に背を向ける行為は、時間に背を向ける行為にひとしく、「時計の表をひっくり返す」と同様、時間の存在を認めまいとする行為である。

2　クエンティンが意識する自然の属性を有する時の流れ

　次の場面は、朝目覚めたクエンティンがこの日初めてキャディを回想した時のものである。注目すべきは、このパラグラフ自体が、「何時だろうかと考えろ。考え続けろ」（77）という彼の独白によって導かれていることである。

> もし空が曇っていたら、僕は父が言った怠惰な習慣について考えながら、窓を見ていることができただろう。もしこんな天気が続けば、ニューロンドンのあの二人はさぞ楽しくやっているのだろうと考えながら。だって楽しくないわけがないじゃないか。月は花嫁の月だし、エデンの園をただよいし声は　*彼女は鏡の中から、立ちこめる香りの中から駆け出していった。バラ。バラの花。*ジェイソン・リッチモンド、コンプソン夫妻は結婚を宣言し。ばら。それは花みずき（dogwood）やあきののげし（milkweed）と同じく、純潔じゃない。僕は近親相姦を犯しました、お

　<u>父さんと僕は言った。（I have committed incest, Father I said.）</u>ばら。それ
は狡猾でとりすましている。（斜体原文）（下線引用者）（77）

　コンプソン夫妻が宣言した結婚とは、キャディとハーバート（Herbert）の
結婚を指しており、それがクエンティンに“incest”の罪を犯したとの発言
をするきっかけをもたらしている。クエンティンとしてみれば、このキャ
ディの結婚はかつて大学時代に不正が原因で放校処分となった、ならず者の
ハーバートが彼女と自分を引き離してしまうという意味合いを持つ。妹を愛
するクエンティンは、これを何とかして止めなければならない。その焦燥感、
危機感がキャディとの“incest”の願望へと彼を導くのである。

　この引用部分は、クエンティンの複雑な意識の流れを描いている点で難解
だと言えるが、難解にしている原因は二つ考えられる。一つは、たとえば結
婚する二人の名前が省略されているように、クエンティンの願望による一種
言葉の屈折が起こっていることであり、もう一つは、彼の意識の流れが一見
脈絡のない想像の連鎖から成り立っていることである。

　なぜ冒頭の「もし空が曇っていたら……」（光＝影＝時間）という時間の存
在を示した表現、つまり彼に時間の流れを意識させる表現から、キャディと
ハーバートの結婚へとクエンティンの意識が及ぶのか、なぜそれが「ばら」
「花みずき」につながり、“incest”の発言をもたらすきっかけとなるのか。

　「もし空が曇っていたら、（中略）窓を見ていることができただろう」とク
エンティンが述べることから明らかなように、現実には空が晴れており、窓
枠に影が明確に姿を現している。影を介して彼にいやでも時間を意識させる
「こんな（晴れの）天気」が、ニューロンドンにおけるキャディとハーバート
の楽しい新婚旅行をもたらす、という不愉快な連想へと彼を導く。

　このように、晴れの天気がクエンティンを不愉快な気持ちに追い込むとい
うことは、とりも直さず、それが示唆する時間の存在を彼が不愉快に感じて
いることを意味している。そして、キャディとハーバートの新婚旅行のイ
メージが、独白の現時点である「花嫁の月」（6月）、ひいては彼が結婚式で
聞いたであろう、「エデンの園をただよいし声は……」[5]の一節へとつながっ

ていく。この直後に、花嫁姿のキャディが「……駆け出していった」と述べられるのは、「その声」という言葉が、その日、キャディの花嫁姿に別離を感じて泣きわめいた弟ベンジーの声を彼に想起させるからであろう。彼女は弟をなぐさめようと、結婚式のために用意された花の香りに包まれ、ウェディングドレスをなびかせながら駆け出していったのだった。そのときの白いウェディングドレスと「立ちこめる香り」が、白い「バラ」と「バラの花」を連想させ、それが喚起する情熱と性愛のイメージが、キャディの結婚式を思い起こさせる。この後「ばら」が、「花みずき」や「あきののげし」という草木を連想させるのは、「純潔」の象徴である白い色をしながら、実際には、ねばねばした白い樹液を含んでいるその様態が、「純潔ではない」彼女の汚された性がもたらすイメージと符合するからだと思われる。

　このクエンティンの独白からすると、いかにもキャディは性的に堕落しているかのような印象を受けるけれども、もちろん「純潔ではない」という言葉自体、クエンティンの願望の影響を受けた表現であることに注意しなければならない。そしてここで着目したいことは、「純潔ではない」というその思いが、"incest"のイメージをもたらす直接のきっかけとなると同時に、「花みずき」「あきののげし」といった山野に咲く自然の草木と結びついていることである。この結びつきは、純潔の無さがキャディの性的堕落と結びつく一方で、それが自然の属性を持つと彼自身意識していることを示している。つまり「純潔ではない」ことが彼にとって望ましくない状態である一方で、その状態があり得るべき自然な状態であるとクエンティンは意識しているのである[6]。

　この例から、クエンティンの意識が歪むのは、キャディと自然の属性が結びつく時であり、その歪みが、"incest"の罪を犯したという彼の発言を導くと推察できる。では、これらの一連の想像の発端として、時間の概念が描かれているという事実は何を意味するのか。

　ここで注目すべきは、時間の流れ自体が自然の属性を有しておりむしろその属性から免れることはない、つまり、時間の流れと自然の属性とは密接で切り離すことができない関係にある、ということである。そして、時の流れ

そのものが多くの別離をもたらすという必然的事実を考慮した場合、時が自然のままに流れるという条件のもとでは、キャディと自分が引き離されてしまうという危機感をクエンティンは感じ、その危機を回避しようとする彼の気持ちが意識の歪みをもたらすと考えられる[7]。

3　キャディと決して引き離されることのない場所を求めて

　彼はこの日、自殺の場所を定めようとボストン近郊をさまよう。次の場面はその途中で、チャールズ川に掛かった橋から見下ろした光景を描いたものであるが、そこで見る影の存在が、キャディとの"incest"の罪を連想させる。

> 橋の影が映っているところはずっと深くまでのぞけたが、それでも川底までは見えなかった。（中略）僕には底は見えなかったが、それでも動いている水のかなりの深さまでのぞき見ることができた。それから一つの影が、まるで太い矢が流れに逆らってとどまっているかのように映った影を僕は見ていた。(I saw a shadow hanging like a fat arrow stemming into the current.) かげろうが水面すれすれ橋の影から出たり入ったりして飛びまわっていた。もしその向こうにあるのが、地獄であってくれれば、単に死んだだけではない僕たち二人が清らかな炎に包まれることになる。そうなればお前には僕だけしかいなくなり、そうなれば僕だけしか、それから僕たち二人清らかな炎の向こうで責め苦と恐怖に包まれ……（下線引用者）(116)

　ここで描かれる「太い矢のような一つの影」とは、一匹の鱒（trout）が動く影である。25 年間誰にも捕らえられていないその魚には、25 ドルの釣り竿が懸賞に懸けられさえしているのだった。この動く影が、クエンティンにキャディとの"incest"の罪を連想させていることから見て[8]、彼はその影に、自分と妹の姿を重ね合わせていると考えられる。実際、彼は後に釣り竿を持った三人の少年に向かって、「その魚はつかまえるんじゃないよ。あいつ

は放っておいてやるだけの価値があるんだから」(120) と発言している。

「太い矢のような一つの影が、流れに逆らってとどまる」とは、時間が流れ (current) に逆らい、抵抗する (stemming) ことを意味している。この描写が彼に "incest" の罪を連想させるものであるかぎり、前者（川や時間の流れに抵抗）と後者（大罪を犯して二人が地獄で一緒になる）のイメージは、何らかの点で密接に結びついているにちがいない。すると、両者はどのような属性で結びつくのか。

ここでも川の流れというものが、時間の流れ同様自然の属性を持つということに注目したい[9]。さらに時間を象徴する影という存在を介して、川の流れと時の流れが一体化して表現されていることに着目すれば、やはりこの想像の連鎖をもたらすのは、自然な時の流れにまかせていたならば二人は引き離されてしまう、といった彼の意識の根底にある危機感なのではないか。つまり、川を逆流する鱒の影は、時の流れに抗してキャディと結びつこうとするクエンティンの願いをそのまま投影したものであり、この直後にその罪を犯し地獄に堕ちるという描写が続くのは、それと同種の願望表現だからではないのか。

このように考えると、キャディと結びつこうとする強さは、彼女と引き離されてしまう強さと表裏一体の関係にあり、クエンティンによる "incest" の発言は、その必然的な別離をもたらす時の流れに抗するための残された唯一の手段なのである。もちろん、時の流れという圧倒的な力に抗して二人が引き離されない場所は、もはや、その大罪を犯すことによってのみいくことのできる地獄の深みしか残されていない。「責め苦と恐怖に包まれる」その場所なら、誰もキャディを引き戻しに来ることはできないからだ。

誤解してはならないことは、"incest" という行為が、このように、大罪に値する行為、つまりは最も忌むべき行為とクエンティン自身が深く感じているからこそ、彼にとって重要な意味があるということである。付録において、「彼が犯したいとは思わなかった "incest" の考えを愛したわけではなく、その罪に科せられる永遠の罰といった長老教会派の考えを愛した」(Cowley 710) と述べられ、「僕たちは恐ろしい罪を犯したんだ」(148) と彼がキャ

ディに言い聞かせるのも、その大罪を犯せば、二人とも地獄にしかいきよう
がなく、そこなら時の流れといえども二人を引き離すことはできない、とい
う追いつめられた彼の悲しい願いを表現したものであり、ここから浮かびあ
がる彼の人物像は、罪という概念をひたすら信じ、恐れる、まさに厳格な
ピューリタンの気質を備えた誠実な人物である。大罪を犯してまで、是が非
でもキャディと結びつこうとする一見ナルシスト的に見える彼の行為は、こ
うして自分が最も恐れ忌み嫌う行為によってしか彼女を守ることができない
という、自己を引き裂くアンビヴァレントな感情によって支えられているこ
とを忘れてはならないだろう[10]。

4　時間の使者とも言うべき、キャディとクエンティンを引き離すエイムズ

　クエンティンによる "incest" の発言は、キャディの処女を奪ったドール
トン・エイムズ（Dalton Ames）に思いをめぐらせる場面でも見られるが、こ
の場面においても、パラグラフの冒頭には鐘の響き、つまり時間の概念が描
かれている。

　　最後の鐘の響きはすぐには消えず、しばらく響き続けていた。（中略）
　だって、もし死んで地獄へいくだけなら、もしそれだけのことだったら。
　それで終わるのなら、万事が終わるだけだったら。そして地獄に彼女と
　自分以外に誰もいなければ。もし僕たち二人が、自分たち以外はみんな
　地獄から逃げ出すほどに恐ろしいことをすることさえできたなら。僕は
　近親相姦を犯しましたと僕は言った。お父さんそれを犯したのは僕で
　ドールトン・エイムズじゃありません、そして彼が、ドールトン・エイ
　ムズがピストルを。ドールトン・エイムズ。彼がピストルを僕の手に持
　たせたとき僕は撃たなかったが。撃たなかったのはそのためだったのだ。
　もし撃ったなら彼は地獄へいくだろうし彼女もいき僕もいくだろうから。
　ドールトン・エイムズ。ドールトン・エイムズ。ドールトン・エイムズ。

（下線引用者）（79-80）

　キャディと"incest"の罪を犯したという発言が、クエンティンに彼女の処女を奪ったドールトン・エイムズのみならず、彼に決闘を申し込んだ時の場面を思いださせる。ここでクエンティンは、エイムズを撃たなかったのは彼を地獄へいかせないためである、と弁明しているが、このクエンティンの論理には合理的必然性はない。仮に彼がエイムズを撃ったとしても、殺人の大罪で地獄にいくのはクエンティンだけだからだ。したがってこの言葉は、最愛の妹の処女を奪った男など罪人以外の何物でもなく、必ずや地獄へいくはずだ、というクエンティンの願望によって論理が歪められたものと考えられる。

　また、「僕は撃たなかった」と、まるで自己の意志にもとづいた行動であったかのようにクエンティンは述べているけれども、エイムズに対して挑んだ場面を見ると、彼が言う決闘などという性質のものではない。それどころか実際は、エイムズのピストルの腕前にクエンティンが呆気に取られただけであり、軍隊帰りのエイムズに向かって、こぶしではなく、思わず平手で打とうとしたばかりか、彼に片手で軽くいなされ、その場で失神したことがわかる（160-162）。

　ここでキャディを彼から引き離す直接の敵は、ドールトン・エイムズである。だが注目すべきは、この場合においても、彼の心を威圧し"incest"の発言を導く発端となるのが鐘の響きで表現された時間の概念であり、それにエイムズという人物が加わっていることである。ドールトン・エイムズとは、「世界中の海を渡り」（150）、「軍隊で支給されたカーキ色のシャツを着た」（92）男であるが、このエイムズの男らしくたくましい属性、つまり男として備えるべき自然の属性こそが、それとは対照的に見えるクエンティンを無力であるとの自覚に追い込むのである[11]。エイムズがキャディの処女を奪ったことを彼が躍起になって否定するのも、男としての自然な属性を備えたエイムズに対する恐れの表れであろう。

　もっとも、エイムズの姿を見たクエンティンが、自身の無力を自覚したの

は彼に決闘を挑んだ時だけではない。黄昏の中で、彼がキャディとエイムズの姿が映った影を見た時も同様であった。背が高くたくましいエイムズが、彼女を片手で軽々と抱きあげると、「二人の影が一つに重なり、より高い空に二人の頭が見え」(154)、黄昏どきに映る「その二つの影が一つになって高く伸びて」(155)、それが周囲の「雨の匂いと湿った草や木の匂い」(154)、さらには「湿っぽく押し寄せてくるすいかずらの匂い」といった自然の匂いと一体化しクエンティンを圧倒する。つまり、キャディを軽々と抱きあげ、黄昏の中で時間を暗示する影を、しかも長い影を容易に作ることのできるドールトン・エイムズとは、クエンティンとキャディを引き離すいわば時間の使者なのであり、そのエイムズに、雨、草、木、そして、すいかずらの強烈な匂いといった自然の属性が付加されることによって、二人を引き離す彼の存在、つまり時の流れという、自然の属性を備えた力強い存在にクエンティンはいっそう圧倒される。だが、それに対してなすすべもない無力な自己に、彼は気づかずにはいられなかったのだ[12]。

5　結び

　これまで見てきたように、クエンティンを "incest" の想念へと導き、彼の意識を歪ませるのはキャディと時間、そして自然という属性が結びつく時であった。時間の自然な流れにまかせていたならばキャディと自分は引き離されてしまうという危機意識を持つ彼は、自然な時の流れにさらなる自然の属性がつけ加えられることで二人を引き離す時の流れに拍車がかかり、その圧倒的な力の前ではなすすべもないという思いを抱くからである[13]。

　しかし、時の流れに象徴される自然の力の前に無力であるのはクエンティン一人だけではない。とすれば、クエンティンの無力さとは、われわれの無力さでもある。このように見た場合、ナルシスト的に見える言動によってキャディと結びつこうする彼の試みは、言葉によってしか自分の大切なものを保つことができない無力な人間の戦いを示した比喩表現と解釈することが可能であり、その際起こるクエンティンの意識の歪みは、大切なものを失い

たくないという願望が引き起こす、われわれ人間の意識の歪みであると言える。無力な彼の悲しみに共感を覚えずにいられないのは、その無力さがこうして自然の力、とりわけ時の流れの前には無力そのものである人間のアクチュアリティを表した寓意とすら解釈できるからだと考えられる。そうすると、クエンティンによる“incest”の発言は、ナルシストとしての彼の特徴を表しているように見える一方で、大切なものを失う原因となる時の流れを止めたい、というわれわれ人間の悲願を表現したものであり、それはつまり、彼固有のものであるかに見えるナルシスト的発言が、人間のある本質的願望を表わした一種の逆説的表現にほかならない。

　もちろん、この逆説的意味合いを構成する一方の寓意は、その言葉一般がもたらす衝撃を一方で排除しつつも、また一方でそれを最大限に受けとめ、利用しようとする視点、つまり、大切なものを保持するためには最悪の手段すら辞すべきではないとするクエンティンの視点の存在を前提として成り立つ。そしてこの視点に立ち、寓意化のプロセスを生み出すことにより、まるでネガティブそのものであるイメージが、よりポジティブで共感すべきイメージへと逆転するのである。と同時に、言葉によって時の流れを止めようとするその行為が、まさにフォークナーの述べる芸術家がめざすべき行為、すなわち、人工的手段によって生命そのものでもある動きを止めようとする行為（Stein 80）であることが明らかになるのである。

注

1　「私にとってキャディは美しい人です。彼女は私の心の恋人です」(To me she was the beautiful one, she was my heart's darling.)（Gwynn & Blotner 6）とフォークナーは述べているが、クエンティンがキャディを追い求めるのも、この作者の心情が彼に強く反映されているからにちがいない。

2　ヴィカリーは、「“incest”を犯したという嘘をつくことによってクエンティンは経験を欺こうとする」（Vickery 38）と述べ、カーティゲイナーは、「クエンティンはキャディを自己に都合のよい妹像へと歪めようとする最も端的な事例は、彼が“incest”の罪を犯したと主張する場面において見られる」（Kartiganer 86-87）と述べている。

3　影＝時間の関係については、（Pitavy 86）、（Polk 115）において指摘されている。

4　テキストは Faulkner, William. *The Sound and the Fury*. New York: Vintage International, 1990. を使用。以下引用文の後、括弧内にページ数を示す。訳は高橋正雄訳、『響きと怒り』、（講談社、1997 年）によるが、一部変更を加えた。

5　John Keble（1792-1866）作の賛美歌 Holy Matrimony の一節（Ross and Polk 47）。

6　実際、「南部では純潔であることを恥としている。少年たちも。大人たちも」（78）というクエンティンの独白から、「純潔ではない」状態こそがあり得るべき自然なもの、望ましい性格をおびたものであると彼自身心のどこかで受けとめていることが明らかになる。

7　セクション冒頭部で、時間の存在が圧倒的で、破壊的な力を備えたものとして繰り返し表現されていることは興味深い。たとえば、「キリストははりつけではなく、小さな歯車がきざむかすかなカチカチという音ですり減らされたのだ」（77）と父が述べ、「小さなオペラグラスを片目でのぞくと摩天楼や、まるで蜘蛛のようなフェリス観覧車や、ナイアガラ瀑布などが時計の針の先にのっているように見えたっけ」（80）とクエンティンが回想する。また、クエンティンが二本の針をもぎ取ったのにかかわらず、その時計はカチカチ鳴り続けるうえ、彼の指からは血が流れる（80）。

8　このセクションにおいてなされる数多くの影の描写のうち自ら動く能動的な存在として描写される影はこの鱒の影だけであるという事実も、その存在の意義深さを示していると考えられる。

9　フォークナーの自伝的要素が色濃く反映されている随筆「ミシシッピー」（"Mississippi"）では、氾濫時に流れの途上にあるすべてを押し流す、非情なミシシッピーの流れが描かれているが（Meriwether 24-25）、フォークナーにとって、そしてクエンティンにとって、時が非情にも流れるという概念はこのミシシッピー川が非情にも流れるという概念と切り離すことができないように思われる。

10　付録で、「コンプソン家の名誉が妹の処女性の微妙でこわれやすい薄膜によって危なっかしく、（彼もよく知っていたのだが）一時的に支えられていることを」（Cowley 709）と述べられているが、この括弧内の「彼もよく知っていた」という記述から客観的な事実認識をしているクエンティンの側面をうかがい知ることができる。

11　クエンティンが "psychological impotence" であることのおもな指摘については、（Irwin 38）を参照。

12　このようにすいかずらの強い匂いと影、つまりキャディの性と時間の観念が男性として自然な属性を備えたエイムズと重なり合い、そのイメージがクエンティンにキャディとの別離を感じさせる要因として作用していることは興味深い。

13　クエンティンが押し寄せるすいかずらの匂いに昼も夜も悩まされるのも、自然の属

性を連想させるイメージを彼が恐れるのと同様の理由からであろう。たしかに、彼が
すいかずらの匂いに苦しむ最大の原因は、その匂いとキャディの性的堕落のイメージ
が密接に結びつくことが原因であるかのように見える。しかし、クエンティンにとっ
てすいかずらの匂いとは、南部の豊穣な自然を象徴する匂いであることに着目すれば、
彼がその匂いに苦しむより根源的原因は、性的堕落というイメージの根底に存在する、
彼女の性が意味する自然の属性が強調されるからだと考えられる。「おまえを苦しめ
ているのは、キャディではなくて自然だ」（116）という父の言葉は、性的堕落という
イメージそのものよりも、そのイメージの下に隠された自然の属性を恐れる彼の感情
を言い当てたものであろう。

14　Stein, Jean. "William Faulkner: An Interview." Eds. Frederick J. Hoffman. & Olga
　　Vickery. *William Faulkner: Three Decades of Criticism*. East Lansing: Michigan State
　　UP, 1960.

引用文献

Cowley, Malcolm, ed. *The Portable Faulkner*. New York: Viking Penguin. 1946.

Gwynn, Frederick. L. & Blotner, Joseph. L., eds. *Faulkner in the University*. Charlottesville:
　　UP of Virginia,1959.

Irwin, John T. *Doubling and Incest/Repetition and Revenge*. Baltimore: Johns Hopkins UP,
　　1975.

Kartiganer, Donald M. "Now I Can Write.": Faulkner's Novel of Invention, Ed. Noel Polk.
　　New Essays on The Sound and the Fury. Cambridge: Cambridge UP, 1993.

Meriwether, James B., ed. *Essays Speeches & Public Letters by William Faulkner*. London:
　　Chatto & Windus,1967.

Pitavy, Francois L. "Through the Poet's eye: A view of Quentin Compson." Ed. André
　　Bleikasten. *William Faulkner's The Sound and the Fury: A Critical Casebook*. Garland
　　Publishing, 1982.

Polk, Noel. *Children of the Dark House*. Jackson: UP of Mississippi, 1996.

Ross, Stephen M. and Noel Polk. *Reading Faulkner: The Sound and the Fury*. Jackson: UP of
　　Mississippi, 1996.

クエンティンのカモメの姿への思い

『響きと怒り』の第 2 セクションでは、時間のオブセッションに取りつかれたクエンティン（Quentin）が、正午のサイレンの音から何とかして逃れようとする場面が描かれている。正午という時刻を意識することを恐れる彼は、11 時 30 分の鐘の音を聞いて以来、サイレンの音が聞こえるボストンを離れようと都市間連絡電車に乗ろうとするが果たせず、市電に乗ることになる。次の引用はその市電の中で、彼自身が感じる空腹感と電車内にできた空間により、正午の時刻を知った時の描写である。

　電車が止まるたびに僕には懐中時計の音が聞こえたが、頻繁には止まらず人々はすでに食事をしていた。*誰か弾くのだろう　食べること　腹の空間で食べるということ　空間と時間が混合し胃は正午だと言い　頭は食事の時間だと言う　そうだ　今何時なのだろう　いやかまうものか。*電車はもうそれほどたびたびは止まらず、食事時のために空いていた。すると<u>正午が過ぎた</u>（Then it was past.）。僕は降りて自分の影を踏んで立っていると、しばらくして電車がやって来たのでそれに乗って、都市間連絡電車の駅へと戻った。（斜体原文）（下線引用者）（104-105)[1]

　昼時ともなれば胃が空になり空腹感が頭に伝わることによって、つまり胃に空間ができることによって正午の存在を知る。そして乗客の多くが昼の食事のために降りる結果電車内の空間がそれまでより広がり、また電車の停車間隔が長くなることでクエンティンは正午の存在を知る。サイレンの音を避け正午を意識することを避けようとするクエンティンではあるが、その彼も、

ちょうど「誰もが、地下の鉱夫でさえも正午を感じることができる」(104)
と述べている通り、肉体の感覚を通して正午の存在に否応なく気づかざるを
えない。しかし、彼が正午の存在に気づいたとき原文で "Then it was past."
と表現されているように、"past" に続く語句が省略されている。文脈から、
またこの文の直後に、彼にとって時間を意味する「影」(shadow) という語
句が述べられることから判断して[2]、訳文に示した通り、この文に続く言葉
は "the noon" であることがわかるが、このような省略がなされているのは、
"the noon" という言葉を避けようとする彼の強い意向を示していると考え
られる。

　時間を意識することを恐れるクエンティンが、「正午」という表現を省略
する例はそれだけではない。次の独白は、授業をさぼり学寮に一人残ったク
エンティンが、サウスカロライナ出身のスポード (Spoade) を窓から見下ろ
した時のものである。

　　　スポードがワイシャツをつけていた。とすると、もう正午ごろにちがい
　　　ない (Spoade had a shirt on; then it must be.)。もし水の中にだまして消し
　　　てしまったことをうっかりして、自分の影を再び見ることになったら、
　　　僕はその鈍感な影を再び踏むことになるだろう。　　(95-96)

　クエンティンは、スポードがワイシャツを身につけている姿を見かける。
ハーバードの4年生であるスポードは、これまで礼拝と1時間目の講義に
ワイシャツと靴下を身につけて出たことがないと自慢し、「正午ごろ (about
noon) になると他の連中なみにワイシャツとカラーをいつも身につけてい
る」(79) 学生である。原文でセミコロンに続く文が "it must be" と表現さ
れているように、ここでも補語のない不完全な文の形での独白がなされてい
る。しかし、スポードがワイシャツを「正午ごろ」身につけることを習慣と
していること、そしてこれに続く独白においてやはり彼にとって時間を意味
する「影」(shadow) が続けて表現されていることから見て、訳文に示した
ように、"about noon" が省略されていることは疑いない。この省略も、「正

午」という表現を避けようとするクエンティンの強い気持の表れであると言えるが、引き続き述べられる独白が歪みを伴った表現であるのもそのような彼の心情を反映したものにちがいない。

　「クエンティンの行動理念において、時間は最大の敵である」（Vickery 39）とヴィカリーは述べているが、このように時間が進行することを恐れる彼にとって、「正確な時刻である正午はとりわけ意識化を避けたい時刻である」（Ross and Polk 82）と言える。だが、クエンティンによる「正午」という言葉の回避が、その時刻を意識することへの強い拒否の気持の表れであるとしても、彼が「正午」を避けようとする要因はそれだけではないであろう。つまりその行為には、「正午」が正確な時刻であることに加えて、彼が心に抱く固有の要因が大きく関わっているのではないか。

　死の時刻を定めるにあたって、クエンティンは時計の両針が水平からわずかに浮かび上がって左右に延びた時刻、すなわち、ちょうど風に向かって突き進むカモメを彷彿させる時刻を選ぶ。本論では、このカモメの姿が描かれる場面の検討を通して、正午という時刻の意識化を避けようとする彼固有の要因をさぐるとともに、その検討により明らかになる、空を舞うカモメの姿に託した彼の心情を考察してみることにしたい。

1　死の時刻に込められたクエンティンの再生の願い

　この日の朝学寮を出たクエンティンは、自殺の時間を定めるためボストンの時計店に入る。そこで彼は、たくさんの時計の中から、「二つの針が、ちょうど風に向かって突き進むカモメの羽のように、ほんのわずか水平から浮かび上がって左右に延びた」（The hands were extended, slightly off the horizontal at a faint angle, like a gull tilting into the wind.）（85）時計を選び出す。このときクエンティンの脳裏には、「時間は時計の針が動いている間は死んでおり、時計が止まったとき初めて時間は生き返る」という父の言葉が浮かぶ。この言葉は彼が実際に父から聞いたものであるか、彼自身の想像によるものであるかは定かではないものの、いずれにしろ、彼の自殺の決意を正当

化するものである。その言葉によれば、自殺して時間を止めることによって
のみ、時間の支配から自分を解放することができるからだ。それではなぜ、
クエンティンはこのように自身の自殺を正当化した考えを受け入れる必要が
あるのだろうか。

　たとえばロウリーは、『八月の光』（*Light in August*）におけるゲイル・ハイ
タワー（Gail Hightower）と同様、コンプソン家の人々はみな現実のヴィジョ
ンに欠けていると指摘した上で、クエンティンの自殺の原因は、彼が現実社
会との密接な結びつきを有する存在としての時間の外へ逃れ、永遠の世界に
入ろうとしたことにあると述べている（Lowrey 217, 220-221）。またブルック
スが、過去にとらわれ未来も自由も失っている点で、ジョー・クリスマス
（Joe Christmas）とクエンティンが類似していると言及し、さらに、クエン
ティンの自殺の原因は、彼が名誉という規範に感情的に傾倒し、現実社会と
のつながりを失った結果その抽象的な規範を拒絶することも満たすこともで
きなくなったことにあると述べている（Brooks 330,337）。このように、クエ
ンティンの自殺は、時間という概念と一体化した、現実社会の規範や秩序か
ら逃れようとする彼の頽廃的性向を反映したものと見なすこともできるかも
しれない。

　しかし、彼が生きた時代背景を考慮すればここで疑問が残らないわけでは
ない。クエンティンの独白がなされる 20 世紀初期において、ミシシッピー
州では、生活形態として家父長制度を生活の基本とするプランテーションの
名残をいまだとどめていた（Holtz 97）。そうした状況下で、「南部社会の規
範と風習に縛られた南部紳士を誇張した人物である」（Davis 93）と評される
ほど南部社会の規範と風習を重んじるクエンティンが、つまりコンプソン家
の名誉を何よりも重視し、長男としての強い自覚を持つ彼が、なぜ自殺とい
う行為によって、来たるべき家長としての役割を放棄しようとしたのだろう
か。それほどコンプソン家の名誉を大切にするのであれば、生きて自身の家
の没落を食い止めようとするのが理にかなった行動のはずである。

　クエンティンがキャディ（Caddy）との近親相姦を試みようとした際に、
その試みに対しキャディが脅威を感じていないことや、その際クエンティ

ンが男性の性の客観的相関物（Objective Correlative）としてのナイフを落とすことから見て、クエンティンは性的に不能である（Ross and Polk 130-131）。もちろんこれを比喩の次元でとらえて、時の流れをはじめとした、抗うことのできない自然の力に対する彼の無力な状態を示す寓意と解することもできるだろう。

　しかしその一方、現実の相で見た場合、家父長制の名残を強くとどめる固有の文化の中で生きるクエンティンが性的に不能であるという事実は、やはり彼自身とコンプソン家の名誉を守ることと関わって、彼が自殺する要因として作用しているのではないか。コンプソン家の嫡子が性的に不能で自身の子孫を残せないことは彼自身にとってはもちろんのこと、一家にとっても不名誉なことだからである。「僕の知っていることは誰にもわかりはしない」（178）という彼の独白は、そうした固有の悩みを誰にも打ち明けることのできない苦しい胸のうちを吐露したものだと考えられる。

　実際、自殺直前にクエンティンの脳裏に浮かぶ次の父の発言には、コンプソン家の男性にとって、性と名誉の概念が密接に結びつくことが示唆されている。

　　そして父　お前がハーバードへいくことが、お前が生まれてからのお
　　母さんの夢だったということ、そしてコンプソン家の者は決して女性
　　（a lady）を失望させたことがないということをお前は思い出すだろう。
　　（178）

社会的地位を重視するコンプソン夫人の考えを伝えたここでの父の発言は、ロスとポークが指摘するように、「性を彷彿させるジョークともなり、とりわけクエンティンが性的に不能であることを考えれば、そのジョークに無気味な印象すら加わることになる」（Ross and Polk 151-152）。この父の言葉に対しクエンティンは、「そういうことにしておきましょうそうするほうが僕にとってもまた家族のみんなにとっても良いのでしょう」（178）と答えるが、この返答には、自分の抱える悩みを明らかにしないことで、自分にとって、

ひいてはコンプソン家の者にとっての不名誉な事態を表面化させまいとする彼の心境が表されていると言える。

　『響きと怒り』につけられた「付録」（Appendix）には、初代のクエンティン・マクラカン（Quentin MacLachan）以来、コンプソン家の嫡男がいかに名誉を死守しようとしてきたかが述べられているけれども、クエンティン3世である彼も例外ではない。クエンティンが「何よりも死を愛した」（Cowley 704-716）のも、また「もし時間があれば」（137）といったつぶやきが示すように時間が残されていないと彼が感じているのも、この名誉を守ることと関わっていると言えよう。彼自身およびコンプソン家の名誉を守るためには、何よりも死を愛さざるをえなかった、つまり、彼自身の不名誉を顕在化させる時の経過を待たずに自らの命を断ち、弟のジェイソン（Jason）にコンプソン家の嫡子として役割を委ねざるをえなかったのである[3]。

　自然の時の流れに身を任せたまま生き延びていては、早々にも自分の不名誉を、ひいてはコンプソン家の不名誉をさらしてしまう恐れが出てくる。クエンティンは社会の秩序と一体化した時間という概念、いわば直線的時間である時計時間だけではなく、自然や生命の営みと結びつく円環的時間[4]をも避けようとする姿勢が見られるが、それはこうして時間の経過とともに、不名誉な事態を招く危惧を彼が抱いているからだと考えられる。

　もちろん、クエンティンとしては、自ら命を断つという行為が名誉あるものであることを示さなければならない。「お前を苦しめているのは自然であってキャディではない」（116）、という父の言葉は、名誉を守ろうとするクエンティンが性的に不能ゆえ、つまりは男性が備えるべき自然の属性を備えていないがゆえに、自然の時の流れに苦しめられている彼の偽らざる状況と、それを隠すためキャディを隠れ蓑にしようとしている彼の心境を言い当てたものであろう。この言葉を認めようとせず、むしろ自らの意志による死を正当化して、「勇気ある者は悪事が行われるまで目を覚ましている必要はありません」（176）と父に述べるのは、自分の抱える固有の問題を表面化させないままに、自殺をあくまで名誉ある行為に高めようとする手段にほかならない。

　「付録」においてはまた、コンプソン家初代のクエンティン・マクラカン
と二代目のチャールズ・スチュアート（Charles Stuart）は、敗北を受け入れ
ることを拒否したことが述べられている（Cowley 713）。クエンティンの人物
像を考えるにあたって忘れてはならないことは、彼もまた同様に、この敗北
を拒否する姿勢を備えていることである。クエンティンが時計の二本の針を
もぎ取ることで時間を止めようと試みた際、その試みに失敗し血を流すのを
見てうずきを感じることや、ジェラルドに失神するほどまでに殴られた際に
血を流しうずきを感じることから見て、血は彼にとって敗北の象徴であると
言えるが、その血を必死になって落とそうとする行為は、敗北を拒否しよう
とする姿勢を彼が備えていることを示している。

　こうしてみると、時間を止めることを正当化する考え、すなわち自らの死
を正当化する考えをクエンティンが受け入れ、その死の時刻として、「風に
向かって突き進むカモメ」を彷彿させる時刻を選んだ理由が明らかになるよ
うに思われる。もちろん、そのカモメの姿があたかも時間や空間における静
止状態を表しているように見えるという意味では、それは「あらゆる変化を
引き起こす時の流れとは無縁な、静かで安全な領域へと逃れようと願う彼の
思いを反映したもの」（Ross and Polk 55）と見ることができる。

　だが、それだけではない。クエンティンは時の流れから逃れようとしなが
らも、あくまで敗北を拒否しようとしているのである。「風に向かって突き
進むカモメ」（a gull tilting into the wind）の姿と同様に、彼の目に時間や空間
における静止状態を表して映る光景として、「流れに逆らっているかに映る
静止した太い矢のような影」（a shadow hanging like a fat arrow stemming into the
current）（116）をあげることができるが（Ross and Polk 102-103）、これら二つ
の描写において類似して示唆される静止のイメージに着目することにより、
時の流れに流されながらも、その流れに逆らおうとする彼の思いが浮かび上
がるように思われる。

　川の流れの中に静止する影と空中に静止したかのように見えるカモメの羽
は、いずれもその場所に止まるためには一見何の努力も要しない観がある。
しかし、"stem" が流れに逆らうことを意味し、"tilt" が傾くという意味のほ

かに "into" を伴って突進することを意味するように、川の流れの中に静止するためには流れに逆らって進もうとする力を加える必要があり、空中に羽を留め突き進むためには空気の抵抗に耐え、立ち向かおうとする力を働かせる必要がある。このように、死を象徴する静そのものに見える姿の中に生を象徴する動の働きが作用していることから見て、彼は風に向かって突き進むカモメの姿に、死に対する決意と同時に、生、すなわち再生に対する願いと決意を込めているのである。つまりその姿に、死によって自身の再生を果たそうとする思いを込めているのである。

　自殺の時刻として定めたカモメを彷彿させる姿は、こうして彼にとって悲しみの象徴であると同時に、新たな生を象徴した姿に映る。ボストンの時計店で「今日は何の祝いか」(84) と尋ねられたクエンティンは、「今日はただ個人的なお祝いなんですよ。誕生日なんです」と答えているが、それはやはり、自殺することに決めたこの日が人生の終わりの日であると同時に、新たな出発の日、誕生の日であると彼が受けとめていることを表している。

2　たそがれ時に向かう転換点の意識化を避けようとするクエンティン

　風に向かって突き進むカモメの姿は、クエンティンに死と生及び憎しみと憧れという矛盾対立する感情をもたらしている。市街電車を降りたクエンティンは、「目に見えない電線に止まっているかのように、船尾の上を舞う三羽のカモメ」(90) を目にする。この光景は、「真昼の幽霊のように見える船」とそれに乗る「葉たばこ色に焼け、腰まで裸になった男」(89) を彼が見た後、つまり幻想的な死を喚起する光景とたくましく男らしい姿を象徴するような光景を彼が見たことによって導きだされたものである。そして彼にとってその男らしい姿とは、「軍隊のカーキ色のシャツ」(92) を着て、「世界中の海という海を渡った」(150) ドールトン・エイムズ（Dalton Ames）の姿そのものである。

　このようにクエンティンの脳裏でエイムズの姿が死のイメージと結びつく

のは、彼がクエンティン自身とは対照的に、男性としての性のエネルギーの
強さを象徴するたくましさを備えているからである。クエンティンは、コン
プソン家の名誉と不可分なキャディの処女を奪ったエイムズに復讐し同家の
名誉を回復する必要があると感じたものの、たくましいエイムズに一方的に
圧倒されただけであった。結局、彼とは対照的に自分が男性として無力であ
るとの想念、すなわちコンプソン家の嫡子を残せないという想念に導かれた
彼としては、コンプソン家の名誉は自身の死によってしか保つことができな
いと思わざるをえなかったのである。

　しかし、「クエンティンはライバルに対して憎悪と憧憬のアンビヴァレン
トな感情を抱いている」とブレイカスタンが述べているように（Bleikasten
108-109）、このエイムズのたくましく男らしいイメージも、彼を死の想念へ
と追いやった憎しみという側面を持つ一方で、自分が持ちえない男らしい特
徴を備えているエイムズへの憧れが結びついており、ここで目にするカモメ
の姿にも、この矛盾対立するイメージが投影されていると考えられる。

　クエンティンが憎しみと同時に憧れを感じるのはドールトン・エイムズだ
けではなく、彼と同じ南部の出身のジェラルド・ブランド（Gerald Bland）に
対しても同様であり、その矛盾対立する感情は、やはりカモメの描写を介し
て表現されている。

　　けれどもジェラルドだけは例外だ。彼もまたいわば威厳を持って、一人
　　で正午を横切り、正午の中から漕ぎ出て、まるで神の化身のように、ま
　　どろむような無限の中へと昇っていくだろう。そしてそこには彼とカモ
　　メしかおらず、カモメの方は恐ろしいまでにじっとしたまま動かず、彼
　　の方は惰性そのものである機械的な一本調子で漕ぎ続けるだろう。そし
　　て世界は太陽に映った彼らの影の下では、ちっぽけなものに見えるだろ
　　う。キャディ　あのならず者とは　あのならず者とは　キャディ（斜体
　　原文）（下線引用者）（120-121）

時間の支配を受けないカモメと同様、あらゆる物を押し流し破壊する時間

の支配から逃れているかのように見えるジェラルドの勢いは、何をもってしても止めることができない。たとえば、まだ流氷が多い三月の初め、北極探検隊が着るような毛皮のスーツを着た母親に見守られながら、周囲の警告を無視してジェラルドはボートを漕ぎだすが、白昼堂々と常識から逸脱したかに見える彼の行動を、自然の力にさえ逆らったかに見えるその行動を誰も止めることができない。クエンティンには、思いのままに振る舞えるジェラルドの姿がまるで「神の化身」のように思える。

　こうしたジェラルドの行動は母親のブランド夫人が指図したものであるかぎり、ジェラルドの姿がクエンティンには彼女と一体化したものとして映るとしても不思議ではない。「ブランド夫人の階級意識に母親のコンプソン夫人の階級意識が投影されているようにクエンティンには映る」（Ross and Polk 78-79）とロスとポークが述べているように、気位が高く、名門意識を抱き続けようとしている点で、ブランド夫人とコンプソン夫人は共通しているが[5]、クエンティンがジェラルドに対して抱く嫌悪と憧憬の感情の原因は、この二人の母親の類似性とともに比喩表現によって描かれるコンプソン家とブランド家の置かれた状況の相違、いわば両家の歴史における現在の位相の相違に着目することで明らかになるように思われる。

　「ジェラルドがきらきら光る午前の陽光の中を厳かに昇っていく」（105）、「あのおふくろさん朝の10時前に手紙などよこして、何の用事があるのだろう」（105）といったクエンティンのつぶやきが示す通り、ブランド家の二人に関する描写が午前の時間の描写と結びついている一方で、コンプソン家に関する彼の回想描写はたそがれ時と結びついている[6]。このことは、両家の歴史における位相において、現在のブランド家が午前に位置しているのに対し、現在のコンプソン家は夕刻に位置していることをクエンティン自身が感じ取っていることを示唆している。その状況は、たとえて言えば、ブランド家はまだ午前中の昇る勢いのある太陽である一方で、コンプソン家は夕方のたそがれ時に見る沈みつつある太陽であり、この勢いの違いが、ブランド家とコンプソン家の双方に影響を及ぼし、両家の相貌を変化させていると考えられる。

　また、シュリーヴがブランド夫人を揶揄して、息子のジェラルドをしつけているのは、いつか公爵夫人を誘惑するためであると述べた際に、彼はまたブランド夫人を「おそろしく古風な女だといつも思うようになった」（106）と述べている。この「おそろしく古風な女」という言葉には、ブランド夫人とコンプソン夫人に共通する特質がいみじくも述べられているのではないか。つまり、いかにも世俗的に見えるブランド夫人が、より高貴な立場をめざそうとする保守的で、過去から現在に至るまでいつの時代にも見られた気位の高い女性であるという意味が込められており、それはブランド夫人のみならず、コンプソン夫人にも当てはまるのではないか。そしてこの共通する特質を持つ二人の相貌の違いは、やはり両家の歴史的推移の中で現在位置する位相の違いと関わっているのではないか。

　「神の化身」であるかのように、何物も恐れない行動が成功を呼び込むブランド夫人と、意図したことがことごとく失敗し、病気がちで悲嘆し続けるコンプソン夫人。このように、類似した気質を備えていても行動の結果がことごとく異なるのは、ちょうどウィリアム・ブレイク（William Blake）の『無垢の歌』（*Song of Innocence*）と『経験の歌』（*Song of Experience*）において、同じ内面の感情でもたとえば善の側面と悪の側面という、相貌が対照的に変化した様態が描かれているように、本来的に同一の根源を持ちながらも、時の流れにより対照的な相違が見られるに至ったブランド家とコンプソン家の様態をここでは描いているものと考えられる。言いかえれば、今や没落しつつあるコンプソン家も、かつては現在のブランド家と同様に意図した事態がことごとく好転していくような時代があったのであり、そこではかつてのコンプソン夫人が抱く高い気位が、コンプソン家をより上位の階層へと押し上げていく原動力の一因として作用していたにちがいない。

　しかし、時は流れ、コンプソン家を取り巻く事情も一変した。コンプソン家の推移を描いた「付録」において、「誇りはたいていの場合虚栄と自己憐憫に変貌してしまった」と述べられている通り（Cowley 713）、かつては、自分たちを上位の階層へと押し上げる原動力の一部となっていた力としての誇りが、今や虚栄と自己憐憫に変容し、自分たちの没落を助長する推進力の

一部となってしまっているのである。過去には広大な土地を所有していたコンプソン家も、もはやベンジー（Benjy）所有の牧草地だけになってしまっていたが、そのなけなしの土地も、長男のクエンティンをハーバード大学に進学させるというコンプソン夫人の長年の夢を実現するために売却を迫られた。「ハーバード」という言葉の後で、クエンティンは何度も白痴の弟ベンジーが泣きわめく場面を回想しているけれども、そこには、遊学するほど資金的に余裕のないコンプソン家の状況の中で、弟の唯一の財産を売却してまでハーバードに進学した自責の念とともに、自分のプライドを満たすためには手段を選ばなかった母親への非難の気持ちが込められているにちがいない。「もしお母さんと呼べたら」(95)(172)と繰り返し嘆き、母親が「地下牢そのものになる」(173)光景をクエンティンは想像するが、そこにはまた、こうしてもはや余裕のない状況下にもかかわらず名門意識にこだわり、その結果、子供である自分たちに十分な愛情を振り向けることがなかったコンプソン夫人を咎める気持ちが込められているように思われる。

　だが、そのクエンティンにしても、母親のコンプソン夫人をたそがれと結びつける一方で、彼女の姿を投影したブランド夫人を午前のイメージと結びつけていることに示唆されているように、ブランド夫人やジェラルドに感じる苦々しさ、ひいては彼にとっての悲しくも苦々しい事象の背後には、人間の内面感情も含めた、根源を同一にする事物の相貌の変化をもたらす存在、すなわち転換点を境として、根源が同一の事物の相貌をもまったく異なるものに変えてしまう時の流れという存在を感じ取っているのである。

　こうしてみると、彼が正午のサイレンを何とかして避けようとするのは、時間の節目である正午という時刻が、彼の恐れる時間を顕著に意識させるためという理由だけではないことが明らかになるだろう。コンプソン家の没落の根本的原因は時間の経過にあるという認識を抱き、その没落をたそがれのイメージと結びつけるクエンティンにとって、太陽の上昇と下降の転換点となる正午は、時間がたそがれへと向かう転機を彼に意識させる時刻である。それゆえ、クエンティンによる正午という時刻の回避は、その時刻を転機にたそがれ時へと向かうという危機感を感じることを避ける行為、つまりはた

そがれと結びつく悲しみの感情が意識に上ることを避ける行為にほかならない。

3　クエンティンの目に、時を越えるカモメの姿と重なって映る故郷南部の黒人の姿

　ブランド夫人とコンプソン夫人の対比によって浮かび上がるように、クエンティンが時間の意識化を恐れるのは、たとえ根源が同一であっても、その事物の相貌をことごとく変えてしまう時の流れへの恐れが根底にあった。そもそもこの時の流れ、すなわち時間という概念は、大別して進歩や合理性と結びつく工業的な直線的時間、言いかえれば時計時間と自然と季節の循環、つまり自然や生命の営みと結びつく円環的時間の二つに分けることができる。オマリーは時計時間を「進歩」、円環的時間を「静止」と言いかえているが（オマリー 44）、時計時間と産業の進歩は一体不可分となって人々に影響を与えてきたと言えよう。リアーズによれば、南北戦争後の産業資本の成長に伴って、アメリカ人の多くは、ますます時間厳守の圧力を感じるようになり、また少なからぬ抵抗にもかかわらず、1890 年までには時計時間の優位性が揺るぎないものになったという（Lears 10-11）。クエンティンにとりわけ時間を意識させるのは、工場のサイレンの音によって表されるこの工業的直線的時間、時計時間であるが、それは一方向に流れる不可逆な性質を備えると同時に無駄のない整然たる秩序を備えたものであるがゆえに、彼にとって北部の冷徹で節制のきいた雰囲気を連想させるものである。

　自殺の場所を定めた後、クエンティンは空腹を感じてパン屋に入る。彼がそこに入ったのは、焼けたばかりの温かなパンを想像してのことであったにちがいない。だが入るなり彼が感じたのは、パン屋の温かなイメージとは裏腹に、整然として暗く冷徹なまでに節制の行き届いた雰囲気であった。そのとき彼は、店員のかける「こざっぱりした灰色縁の眼鏡が、まるで電線に止まっているかのように、どこかの店の銭箱のように近づいてくる」（spectacles in neat gray rims riding approaching like something on a wire.）（125）の

を目にする。つまりそのとき彼は、死を喚起するイメージによって導きだ
された「電線の上に止まったカモメを連想させる光景を目にする」（Ross and
Polk 112）が、それはやはり、こざっぱりとして灰色で冷徹なまでに節制の
行き届いたパン屋と店員の雰囲気が、彼にカモメのイメージの一つである悲
しい死を彷彿させるからである。

　もちろん、クエンティンが不快に感じ避けようとするのは時計時間だけで
はない。彼はまた時として、自然や生命の営みと結びつく円環的時間さえ避
けようとしている。たとえば、時計店で彼が時計の音を耳にした際に、「中
ではカチカチという音が、まるで9月の草むらのこおろぎみたいに騒がし
かった」（83）と述べられているように、時間を直接的に意識させる時計の
音への不快感を表す比喩として、草むらのこおろぎの鳴き声が用いられてい
ることはそのことを示している。

　しかし、クエンティンは人工的な時計時間に対して強い嫌悪を示している
のとは異なり、生命や自然の営みと結びつくこの円環的時間には、嫌悪を示
す一方で、他方では愛着を示しているとすら言える。それは彼の心情におい
て、時計時間が冷徹なまでに秩序立てられた北部の雰囲気と結びつくのに
対し、円環的時間が南部の豊かな自然と結びついているからだと考えられ
る。言いかえれば、進歩と結びつく時計時間が、等質的で一方向に流れる不
可逆な性質を備えるがゆえ、未来を閉ざされたクエンティンを精神的に追い
込むのに対し、自然と結びつく円環的時間が、客観的数量では決して推し量
れないという意味における異質性を備えているがゆえ、彼に一種の安堵感を
与えるからではないか。すなわち、等質的時間とは対比をなすものとしてベ
ルグソンが、「数とは何の類縁性もないような質的諸変化の継起」（ベルグソ
ン 126）と述べる「純粋持続」と同様の側面を持つものとしてクエンティン
が円環的時間を受けとめるがゆえ、そこに彼自身の救済の余地が残されてい
ると感じるからではないか。

　クエンティンによって、厳格な北部の雰囲気とは対照的に描かれるの
が、南部の包み込むような豊饒な雰囲気である。北部の人工的で「一時し
のぎ」（makeshift）（113）のように映る自然に比べて、南部の自然は「幻想」

（chimaera）と言ってよいほど、「静かで情熱的な豊饒さ」に満ちているとク
エンティンは感じる（113）。秩序立てられていながらも、奥行の深さを感じ
られない北部の自然に比べて、南部の自然は混沌としているがゆえに神秘や
謎に満ち、何かしら不安を感じさせながらも、人を魅きつけずにはおかない
要素を備えていると彼は感じている。

　またこの回想場面において、クエンティンの述べる「煙突」（113）とは、
北部の象徴とも言える工場の煙突を指すが、その存在を彼が気にするのは、
工場が正確な時計時間を知らせる「サイレン」（whistle）（119）を鳴らすから
である。そうしたサイレンの音を彼は故郷の南部で聞くことがなかった。た
しかに南部においても、「僕とヴァーシュ（Versh）が一日中猟をしたとき僕
たちはよく昼食を食べずにいたので、正午になると腹がへった」（112）と回
顧している通り、空腹になることによって、彼は正午という存在に気づかず
にはいられなかった。だが、静かで情熱的な故郷の豊饒な自然は、彼の「空
腹感さえも満たしてくれた」（113）のであり、その豊かな自然の中で黒人の
ヴァーシュと一緒に猟をした際には、「1時頃まで腹をすかしたままでいる
と、突然空腹を忘れてもう何とも感じなくなった」（112）。つまり情熱に満
ちた南部の豊かな自然は、秩序と一体化した側面を見せる時間という存在さ
え、さらに言えば、空腹を感じることで否応なく意識せざるを得ない、生命
の流れや営みと結びつく時間そのものの存在さえ、彼に忘却させる作用をも
たらしたのである。

　また北部の人工的なサイレンの音とは対照的に、南部で聞いたいくつかの
音は豊かな自然に溶け込んでいたかのように彼には感じられる。その南部
の豊かな自然の中で、クエンティンが時間を忘れる経験をしたのは黒人の
ヴァーシュと一日中猟をしたときのことであった。「クエンティンは独白の
間中、再三にわたって黒人に思いを馳せている」とデイビスが述べている
ように（Davis 94）、彼にとって黒人はかけがえのない存在となっていること
が認められるが、この場合においても、彼にとって時間の忘却という経験は、
ヴァーシュという黒人の思い出と密接に結びついている。

　そして、彼が南部で自然に溶け込んでいるかのように聞こえる音を聞い

際にも、その音が、とりわけルイス・ハッチャー（Louis Hatcher）のような黒人の声を連想させていることは意義深いと言える。黒人ルイスの声は「角笛よりももっと澄んでもっと豊かに響き、まるでその声が暗闇と静寂の一部である」（115）かのように聞こえる。ルイスがカンテラを持ち歩くのは、大水を防ぐためである。ペンシルバニアで洪水があった際に、自分たちが助かったのは、そのカンテラを掃除したおかげであると彼は信じて疑わない。北部の特徴と言うべき厳然たる秩序、冷徹な合理性を目にしたクエンティンは、自然の威力に対する畏敬の念の強さから生じたこのルイスの不合理で迷信深い考えを、ひいてはそうした姿勢を持つルイス自身を、愛着を込めて回顧するのである。

　この日クエンティンは市街電車の中で、「山高帽をかぶり、ピカピカの靴をはき、火の消えた葉巻の吸いさしを持つ」（86）黒人の姿を目にする。都会ずれしているように見えるその黒人の姿から、思わずそれとは対照的なディルシー（Dilsey）やロスカス（Roskus）といった、故郷の素朴な黒人たちへの懐かしさが込み上げ、その後彼はクリスマス休暇の帰省途中に窓から見た故郷の光景を回想する。クエンティンの回想においては、南部の豊かな自然は彼に秩序と、さらには時として、生命の流れや営みと密接に関わる円環的時間さえをも忘却させるものであり、その自然はヴァーシュやルイスといった故郷の黒人と一体化していたが、帰省途中のヴァージニアで見たこの黒人の姿も彼には同様に感じられる。

　帰省の際に、クエンティンが目にした黒人の男性は、故郷の南部の自然に溶け込み、自然の光景の一部となっていた。そう見えたのは、頭を毛布の切れはしで包み、鞍をつけずに騾馬にまたがる姿が「丘そのものから刻みだされたかのように」（86-87）見えた、つまり、騾馬にまたがりじっと辛抱強く汽車を待つ彼の姿が、みすぼらしく素朴であるがゆえに、果てしない持続状態が続くことを感じさせる南部の自然に溶け込んでいるように見えたからである。

　みすぼらしい姿で、いつ動くとも知れぬ汽車をじっと待つその黒人の姿は、以前であればクエンティンにはむしろその不合理とも思わせる光景ゆえに、

いらだちさえ感じさせるものに映ったであろう。だが、北部で暮らした後に見るその姿にクエンティンはむしろ郷愁の念を強く感じざるをえない。そのとき彼は、秩序を優先するがゆえに少しの不正をも許さない観がある北部の雰囲気とは対照的な南部の雰囲気、すなわち豊かな自然の中に溶け込み、大らかで一種の秩序としての時間を無視したかのような故郷の雰囲気を改めて感じ、そしてまた彼には、敗北感すら感じさせるその黒人の姿に静かな優しさや温かさを感じたのである。

　止まっていた汽車が再び動きだし、クエンティンはその騾馬にまたがった黒人を後にする。彼の目に映ったみすぼらしい黒人は、「果てしない忍耐」（timeless patience）と「じっと動かぬ落ち着き」（static serenity）を身につけているように見えた (87)[7]。この姿には、果てしない忍耐力で時の流れに耐え続けることができるという意味において、時の流れに影響を受けない人物であることが示唆されている。時の流れに抵抗する力を備えているかに見えるこの黒人の姿はクエンティンにとって、時の流れに影響を受けることのない故郷南部を象徴している（Davis 100-101）、あるいは、彼が郷愁の念を抱く、記憶の中で静止した過去の生活を象徴していると言えよう（Ross and Polk 58）[8]。

　だがそれだけではない。注目したいことは、この黒人の姿が、時の流れとは無縁で、あたかも何の努力も要しないまま静止した状態を保っているかに見えながらも、「果てしない忍耐」を伴った姿として描かれていることから見て、クエンティンはその姿の背後に忍耐という目に見えない動きが秘められていることを感じている、と解釈できることである。そしてこのように、クエンティンがその黒人の姿に、静止の背後に隠れた動きを見てとっているかぎり、彼にはその姿が羽をほんのわずか水平から浮かび上がって左右に延ばし、静止しながらも空を突き進んでいくカモメの姿、直線的な時を越え自らの再生を果たす象徴としてのカモメの姿と重なったと考えられる。

4　結び

　これまで見たように、クエンティンによって描かれるカモメの描写には、嫌悪と憧れというアンビヴァレントな感情が込められており、そうした感情はキャディの処女を奪ったドールトン・エイムズに対してだけではなく、彼と同じ南部の出身であるジェラルド・ブランドに対しても向けられていた。そのジェラルドに対する嫌悪と憧れの感情は、日の昇る勢いのブランド家とたそがれ時の描写に象徴される没落寸前のコンプソン家という、いわば両家の置かれた位相の違いが彼の気持ちに投影された結果であった。

　クエンティンの目から見て、結局、このような位相の違いをもたらした原因は時間の流れであり、彼にとってそれを克服できる手段は一つしか残されていない。その手段とは、彼自身の意識を変え気持ちの中で、時間の忘却や静止状態とも結びつく円環的な時間の概念を心に抱き続けるということである。つまりそれは、クリスマスの帰省途中に彼がヴァージニアで見た汽車を待つ黒人が体現していたような姿勢、貧弱で頼りなさそうに見えながらも、果てしない忍耐と落ち着きによっていかなる直線的な時間の流れにも抗していくことができるように見えた、その黒人が象徴する姿勢を心の中で持ち続けることにほかならない。

　そしてクエンティンはこの黒人の姿に、風に向かって突き進むカモメの姿を重ねることにより、自らの死を契機に再生を果たすという願いを込めているのである。もちろんその再生は、名門コンプソン家の長男として生まれ、自己のプライドを捨て去ることができなかった彼自身がそれまで果たせなかったものであった[9]。しかし彼は、自分の置かれた立場を乗り越える手段として死を選び、カモメの姿を彷彿させる時刻を死の時刻と定めた。

　彼がそのように定めたのは、南部の黒人の姿が投影されたそのカモメの姿に、つまり、みすぼらしくすら見える姿が南部の自然と一体化して見えるがゆえ、果てしない忍耐と落ち着きでいかなる時の流れにも抗していけるかに見えるその姿に、死を機に再生し時の流れを越えようと願う彼自身の思いを込めたからにちがいない。

注

1　テキストは、Faulkner, William. *The Sound and the Fury.* New York: Vintage International, 1990. を使用。以下括弧内にページ数を示す。訳は高橋正雄訳、『響きと怒り』、(講談社、1997 年) によるが、一部変更を加えた。

2　影＝時間の関係が成り立つことの指摘については、Pitavy (86), Polk (115) を参照。

3　「たとえ一年間ハーバードに在籍しても、ボートレースを見ずにやめれば払い戻しがあるにちがいない。それをジェイソンにやればいい。ジェイソンにハーバードで勉強させればいい」(77) というクエンティンの独白は、コンプソン家の残された財産を将来の家長であるジェイソンのために有効に利用しようとする彼の考えを示している。フォークナーはクエンティンの人物像にふれて、「彼は狂気と正気が相半ばした人物である」(Gwynn and Blotner 94-95) と述べているが、この「正気」という言葉には、こうしてクエンティンが、コンプソン家の将来について確かな現実認識を備えているという意味が含まれていると考えられる。

4　直線的時間と円環的時間に関する言及については、オマリー(40-61), モリス (11-27) を参照。

5　ブランド夫人は、息子に「クラスのほかの者ができないか、またはしようとしない別の何かをやらせようとする」(91) ように、他の者に負けたくないという意識を強く持っているが、このことに加えて、彼女がけんかの敗者が流す血を嫌悪していることから見て、敗北を受け入れることを拒否しようとするクエンティンとも類似した気質を備えていると考えられる。

6　当初この作品が "Twilight" と題されたことの意義については、Millgate (86-87) を参照。

7　また、カモメの姿を連想させる時刻を死の時刻と定めた際に、クエンティンはその姿から黒人の迷信を思い浮かべているが、このことも彼にとって、カモメの姿とヴァージニアで見た黒人を含めた、彼が親しみを感じ、南部の自然と一体化して見える黒人との密接な結びつきを示唆しているように思われる。

8　同様の指摘については、Weinstein (46-47) を参照。

9　クエンティンが南部の貴族的精神と名誉心を強く受け継いでいることの指摘については、Bleikasten (84), Davis (93), Singal (116-117) を参照。

引用文献

Bleikasten, André. *The Most Splendid Failure.* Bloomington: Indiana UP, 1976.

Brooks, Cleanth. *William Faulkner: The Yoknapatawpha Country.* Baton Rouge: Louisiana UP, 1963.

Cowley, Malcolm, ed. *The Portable Faulkner*. New York: Viking Penguin. 1946.

Davis, Thadious. *Faulkner's "Negro."* Baton Rouge: Louisiana UP, 1983.

Gwynn, Frederick. L. and Joseph L. Blotner, eds. *Faulkner in the University*. Charlottesville: The UP of Virginia, 1959.

Holtz, Daniel J. "History on the margins and in the Mainstream: Teaching *The Sound and the Fury* in Its Southern Historical Context." Eds. Hahn, Stephen and Arthur F. Kinney. *Approaches to Teaching Faulkner's The Sound and the Fury*. New York: MLA, 1996.

Lears, Jackson T. *No Place of Grace: Antimodernism and the Transformation of American Culture, 1880-1920*. Chicago: The U of Chicago P, 1981.

Lowrey, Perrin, "Concepts of Time in *The Sound and the Fury*" Ed. Henry Claridge, *William Faulkner: Critical Assessments*. The Banks, Mountfield: Helm Information, 1999.

Millgate, Michael. *The Achievement of William Faulkner*. Athens: The U of Georgia P, 1963.

Pitavy, François. "Through the Poet's Eye: A view of Quentin Compson." Ed. André Bleikasten. *William Faulkner's The Sound and the Fury*. New York: Garland Publishing, 1982.

Polk, Noel. *Children of the Dark House*. Jackson: UP of Mississippi, 1996.

Ross, Stephen M. and Noel Polk, eds. *Reading Faulkner; The Sound and the Fury*. Jackson: UP of Mississippi, 1996.

Singal, Daniel J. *William Faulkner: The Making of a Modernist*. Chapel Hill: The U of North Carolina P, 1997.

Vickery, Olga W. *The Novels of William Faulkner*. Baton Rouge: Louisiana UP, 1959.

Weinstein., Philip M. *Faulkner's Subject: A Cosmos No One Own*s. New York: Cambridge UP, 1992.

オマリー、マイケル 『時計と時間——アメリカの時間の歴史』 高島平吾訳、 晶文社、1994 年。

ベルグソン、アンリ 『時間と自由』 中村文郎訳、岩波書店、2001 年。

モリス、リチャード 『時間の矢』 荒井喬訳 地人書館、1987 年。

ジェイソンの屈折した意識の二重性

『響きと怒り』の第 3 セクションでは、コンプソン家の次男ジェイソンの視点を通した独白が語られるが、そこでは次のような発言が繰り返しなされている。

> 「おれにはそんな時間が決してなかったから。おれにはハーバードにいく時間も、酒を飲んで自分を殺してしまうほどの時間も決してなかった。おれは働かなければならなかったから ……」（下線筆者）（181）[1]

　ジェイソンの兄クエンティンは、白痴の弟ベンジーが所有していた牧場を売却した資金により北部の名門ハーバード大学に学ぶがそこで自殺し、彼の父は、娘キャディの不品行と長男の自殺に追い詰められるかのようにアルコールに溺れ死に至る。ジェイソン独特の皮肉が込められたこの発言は、財産がほとんど残されていないコンプソン家を引き継ぐことになった彼の憤りと無念な思いを表していると同時に、そうした心境が時間という概念と密接に結びついていることを示唆しているように思われる。

　ジェイソンの人物像をめぐっては、コンプソン家に対する義務感から一種の愛情を奪われた環境の犠牲者といったジェイソンに同情的な見解が示される一方で（Wagner 554-75）、フォークナーが創造した中で最も悪い人物の一人で、愛する能力に欠けた人物といった彼に批判的な見解が示されてきたが（Brooks 339）、興味深いことは、こうした対立する見解が、作者であるフォークナー自身によってもなされていることである。フォークナーはジェイソンの設定に際して、考えうる限りの悪い人物を描いたと述べる一方で

(Jelliffe 104, Gwynn and Blotner 132)、『響きと怒り』に登場するジェイソンはろくでなし（bastard）なのか、と問われた際には次のような受け答えをしている。

　　A.　いいえ。実際にはろくでなしではありません。ただ行為においてそうであるにすぎないのです。（Gwynn and Blotner 84）

　実際には悪人ではないのに行為において悪人である。この発言は、ジェイソンが完全な悪人ではないと受けとめているフォークナー自身の認識を示しているだろう[2]。

　このように、ジェイソンに対する批評家の人物評価が分かれ、また作者自身がジェイソンの設定意図とは矛盾した観すらある発言をしているのは、ジェイソンが屈折した心情を抱く語り手であることと深く関わっているのではないだろうか。つまり、彼がいわば信頼できない語り手であることにより、彼の言動が、言葉通りに表現される意味内容と言葉通りには表現されない意味内容の二重の構造を生みだしていることにその原因があるのではないか。ジェイソンの心の屈折が生みだすこの意味の二重性に着目し、彼の意識と密接に結びつく時間の概念が頻繁に表現されている箇所の描写と、信頼できない語り手である彼の特色が端的に表現されている描写を取り上げることにより、ジェイソンの時間認識と人物像を考察してみることにしたい。

1　綿相場の取引に込められたジェイソンの思惑

　まず、ジェイソンが行なう綿相場の取引を追ってみることにしたい。彼は自己の利益追求をめざしているかに見えるこの取引で、一度も利益をあげていないばかりか、むしろ相当な損失をだしているのである。

　10時の時計の音を聞いたジェイソンは電信局へ出かける。この綿相場の取引とは、将来の綿価格の予測のもとに行なわれる先物取引を指しており、2ポイントずつ上がるのを見て悔しがるジェイソンの言動から、彼はその取

引で将来の値下がりを予測して売り建てていることがわかる（Ross and Polk
156）。周囲の投資家とは反対に、ジェイソンが相場価格の上昇を苦々しい
思いで見つめているのも、彼が選択するこの投資手法によっているが、こ
のときなされる「あの東部のユダヤ人ども」「アメリカ人のポケットから金
を巻き上げるいまいましい外国人」（192）といった発言には、彼の矛盾し屈
折した心境が表現されていると言える。このユダヤ人とは、ジェイソンが
月々10ドル支払って助言を得ているニューヨークの投資顧問を指している
が、強い不満をぶつけながらも、月々10ドル支払い、かつその助言に従っ
て投資していること自体が自己矛盾した行為だからである。また彼はこれら
の独白の直前で、「何も生産しないやつら」（191）と悪態をつく一方で、彼
らと知り合いであることを巡回商人に向かって自慢している。

　この後ジェイソンは、昼休みに自宅へ食事に帰る途中電信局に立ち寄り、
そのとき、相場価格が当初に比べて3ポイント下がっているのを知る。嬉し
くなった彼は、自分よりも「抜け目なさそう」（217）に映る周囲の者に得意
気に毒づく余裕すら見せる。この時の描写から、彼は周囲の者よりも自分を
狡猾ではないと見なしていることが明らかになるが、「12時には12ポイン
ト下がっていた」ということを知るや、その嬉しさは一転して悔しさに変わ
る。3ポイント下がったといっても、自分にとって最も有利であった12ポ
イント下がった時に比べれば、9ポイント損をしてしまったという心理が働
いたからである。

　そして、昼休みに食事を終えたジェイソンは、母の目をごまかして手に入
れた小切手と姪のクエンティンからくすねた郵便為替に加え、現金10ドル
を銀行に預金して電信局に立ち寄る。だが、すでに相場の価格は最初の価格
より1ポイント高くなっていた。「これで13ポイント分損したことになる」
（226）と思うジェイソンには、「クエンティンのやつが12時に怒鳴りこんで
きて、あの手紙のことでおれを困らせたからだ」という悔しさが込み上げて
くる。結局ジェイソンは、この後2時半過ぎに「20.62ポイントで取引止め」
（234）という電報通知を受け取ることになるが、そのときも、彼を嘲笑うか
のように逃げるクエンティンを追いかける途中であった。こうしてクエン

ティンがこの日の彼の行動を規制し、損失をもたらしている。そもそもジェイソンにとって姪のクエンティンは、約束されていた銀行員の仕事を奪う原因を作った悪の元凶なのだ。

　ジェイソンにとっての皮肉はそれだけではない。この取引止めとは、彼の予想に反して綿相場の価格が上昇したことを示しており、取引続行のためには新たに証拠金を入れなければならない（Ross and Polk 169-170）。だが、そのための現金は昼過ぎに銀行に預金したばかりである。次の独白から、クエンティンに怒りを向けつつも、運命の皮肉に翻弄されることを薄々ジェイソンが自覚しているとさえうかがえる。

　　いや、おれにはその内容が初めからわかっていたんだと思う。起こり得
　　ることはあれしかない。ただおれが、銀行に小切手を預け入れるまで、
　　その事態が起こることを引き延ばされただけなんだ。（234）

運命に翻弄されている自分は相場でも搾取される運命にあり、そうなるのはただ「引き延ばされただけ」（especially holding it up）、つまり時間の問題であるという自覚を持っている観があるが、損失を被る事態が起こることをこうして「引き延ばされただけ」と表現している点から見て、運命に翻弄されるとは、時間に翻弄、搾取されることにひとしいとジェイソンは受けとめていることがわかる[3]。

　実際ジェイソンは今回の取引止めに限らずこれまで何度も取引止めにあっており、そのときの遺憾の念も、時間の概念とリンクして表現されている。

　　それにしても、ウェスタンユニオンみたいな大企業で金のある会社が、
　　市況を間にあうように（on time）知らせることができないなんてあるも
　　のか。少なくともあの連中が、取引止めの電報を打ってよこすより倍も
　　時間がかかるなんてあるものか。（227）

　この独白が取引止めの事態を知る前に述べられたものであることに加え、

助言よりも取引止めの知らせが早く来るということを強い不満の表現（Only be damned）で表明することが、これまで何度か繰り返された事態であることを示唆しているだろう。しかし、「ウェスタンユニオンみたいな大企業で金のある会社」ですら、「市況を間にあうように知らせることができない」ばかりか、取引止めの知らせより「倍も時間がかかる」、つまり時間を制御し、支配することはできないのである。したがってこの独白は、ちょうど人間が時間の流れを止めることが不可能であり、その試みは失敗に終わることが明白であるように、自分が何度相場に挑んでも失敗してしまう明白さを心の底では諦めに似た気持ちで受け入れつつも、やはりその現実に対しどうしても感じてしまう反発の気持ちを表明したものにちがいない。

　次の独白は困難な現実を認識しながらも、ジェイソンが綿相場に執着する理由を明らかにしている。

　　そうなんだ。おれは一度でいいから、やつらを叩きのめして、おれの金を取り戻したいんだ。おれはぼろ儲けしようなんて思わない。そんなものは田舎町のあの相場師どもにくれてやる。おれはあのいまいましいユダヤ人どもが、保証された内部情報でおれから巻き上げた金を取り戻したいだけなんだ。そうすればおれはやめる。その時になったら、びた一文おれから取るのにも、やつらはおれの足にキスしなきゃならないさ。（234-235）

　自分はぼろ儲けをめざすような、抜け目のない人間ではない。「保証された内部情報」をつかんだニューヨークの相場師たち、つまり汗水流さないまま自分から金を巻き上げる者たちに悔しさを晴らすために綿相場をやっているという思いが語られている。客観的には、自分の悔しさを晴らせないジェイソンがここで負け惜しみを述べていると受け取れるかもしれない。だが見逃してはならないことは、彼が取引する商品とその取引手法が彼の発言の正当性を裏づけていることである。

　具体的には、ジェイソンの取引する商品がアメリカ南部の特産品である綿

であるということと、その取引が将来の綿価格を予測して投資する先物取引
であるという二つの点に着目したい。その綿の先物取引で大儲けを狙うとい
うことは、理論的には上限のない将来の綿相場の大暴騰を期待することであ
るが、しかしそれは、綿の生産地である南部で、現実に大災害が起こるのを
期待することを意味している。ジェイソンの独白からもうかがえるように
(234)、南部の大災害とはとりわけ大洪水を指し[4]、その大洪水が起こって綿
が流されてしまえば、大幅な供給不足から綿価格が大暴騰することになるか
らだ。つまり大暴騰を期待することは、大洪水を期待することにひとしい。
こうした点から、綿相場で売り建てているジェイソンの行為により、南部の
災害を期待せず、搾取するニューヨークの相場師たちに一矢報いてやろうと
する彼の心境が浮かび上がってくるのである[5]。

　災害で作物不足による価格の上昇が生じても、巧みな相場師の利益になり
こそすれ、生産者の利益にはならない。農機具も商品として扱うジェイソン
は、言葉では「赤首の百姓」（dam red-neck）(194) と罵りながらも、生産者
である農民にことのほか同情を寄せていることがわかる。

> 「まったくあほらしい話さ」とおれは言う。「綿なんていうものは、相場
> 師の収穫なんだ。やつらは百姓たちをおだてて、うんと収穫を上げさ
> せてから、それを市場でうまくあやつって、おめでたい連中をだますの
> さ。百姓がその収穫から頂くものといいや、赤く日に焼けた首と背中の
> こぶだけじゃないか。汗水たらしてそれを畑に植える者が、やっと生き
> ていけるほどにしか儲けがないっていうことぐらい君も知っているだろ
> うが」とおれは言う。(191)

　ジェイソンは、綿の投資によって日頃感じる搾取に立ち向かおうとしたが、
結局今度も失敗してしまった。この日の綿相場の価格の推移から見て、彼が
受けた助言は適切であり、かつ彼の理念に合致していたものの、なにしろ助
言者である「ニューヨークのユダヤ人」（dam New York Jew）(263) に対して
信頼と不信という強い矛盾と屈折した心情を抱くジェイソンである。冷静

な判断は望むべくもない。「やつらのペテンにかかるのも、これが最後だ」（234）と述べたジェイソンが次のように思い至り、助言とは逆の投資手法を選択することを決心する。それは不安定で矛盾した心情が、それまでとは反対の行動に彼を駆り立てるからであろう。

> ユダヤ人の言葉を真に受けるほどの馬鹿でもないかぎり、あのデルタ地帯全体がまた去年のように水浸しになって、綿がすっかり押し流されてしまえば、相場は上がり通しに上がることぐらいわかってるんだ。毎年毎年人間の作物が流されてしまえばいいんだ。（234）

　不安定で矛盾した心情に、度重なる失敗による挫折した憤怒が加わったジェイソンには、もはや自分たちの搾取に対しての報復といった大義名分など抱く余裕はなくなっている。「買え、とおれは書いた。相場はまさに大上昇の気配あり」（244）との独白が示すように、追い詰められた彼は、周囲はどうあれまず自身の損失、つまり彼自身からの搾取に対する復讐に専念しようとする心境に至るのである。

2　北部からの搾取に対する抵抗を試みるジェイソン

　利益をめざした投資行動に出ているとはいえ、ジェイソンが相場にかかわる本来の目的は投資の収益というよりも、搾取されていることへの反抗が大きな比重を占めていた。これと同様の例を、ジェイソンとアール（Earl）の店に道具を買いにやって来た一人の農夫とのやり取りに見出すことができる。20セントと35セントのどちらの道具を買うか迷っているその農夫に対し、ジェイソンは値段が高い方を買うように強く勧めて言う。「上等な方を買った方がいいよ。安い道具で働こうとしたって、とても金儲けはできないよ」（195）。この言葉にその農夫は不審に思い、「もし、安い方がまるっきり役に立たねえって言うんなら、なんでそんな物を売ってるだ？」と尋ねる。こう尋ねられてジェイソンは答える。「だって、こっちは35セントしないからさ。

だからあっちほど良くないってわかるんだよ」。

　このように、値段に絶対的な価値基準を置こうとする発言から、ジェイソンは、他人の事情など無視して自分の金銭的利益だけを追求するエゴイストのように見えるかもしれない。だが彼の言動を追っていくと、ここで値段の高い方を買わせようとする彼の真の意図は、金儲けとは別なところにあることが明らかになる。

　このとき町にショーの一行が、はるばる北部からやって来ていた。ジェイソンはそのショーが気に入らない。それは「町には何一つもたらさず、町役場のインチキ役人どもが分け合うもの以外、何一つ残していかない」(195)からだ。しかし彼の意に反して、町の人々は、そのショーをわくわくした思いで見に出かける。そのこともジェイソンを苦々しい気持ちにさせる。彼の目には、そのような人々の姿がショーに「群れをなして金を支払いに来る」としか映らない。ショーとはジェイソンにとって町に何一つもたらさないどころか、町のほとんどの人々から25セントずつ北部へ持ち去る憎むべきものなのである。ジェイソンが高い道具を売りつけようとした真の意図もここにある。「20セントのくびきを買うのにつべこべ言って15セント倹約し、結局その金を、この町で興行するための権利金として10ドルしか払っていないあのヤンキーどもにくれてやるんだから」(230)と言って、自分の意向がままならない悔しさを表明することから明らかなように、その農夫がもし安い方の道具を買った場合、その浮いた15セントが夕食代ではなく、ショーの入場料の一部に化けてしまうにちがいないとジェイソンは踏んでいたのだ[6]。

　一年中苦労して綿の栽培で蓄えたささやかな現金を、北部からやって来たショーが一晩にしてさらっていってしまう。この場面では、北部からやって来たショーに搾取されているという思いが、「あのヤンキーども」(a bunch of Yankees) という呼び方に表われていたが、ジェイソンの北部人 (Yankees) に対する嫌悪を示す言動は、頭痛薬を買いに薬局に立ち寄った際に交わす会話の中にも、さりげなく表現されている。

「ところで」とマック（Mac）が言う。

「君は今年は、ヤンキース（the Yankees）に金を賭けるんだろう」

「何の賭けだい」とおれは言う。

「ペナントだよ」とマックが言う。「ア・リーグの中にゃヤンキースに勝
てるチームはないからね」

「ないなんてとんでもない」とおれは言う。「ヤンキースはがたがただ」
（They're shot.）、とおれは言う。「どんなチームだって、いつまでもあん
なに運良くいくものか」

「おれには運のせいだとは思えないけどな」とマックは言う。

「おれはあのルースなんていうやつのいるチームには、賭けたくないよ」
とおれは言う。「たとえそれが勝つとわかっていてもね」（252）

　二人の会話から、ペナントレースで優勝する一番人気のチームは、前年
の覇者ヤンキースであることがわかる。この前年の 1927 年のペナントレー
スでは、ヤンキースがベーブ・ルース（Babe Ruth）の大活躍により圧勝して
いるせいであろう（Ross and Polk 172-173）。その雰囲気の中で、ジェイソン
が「たとえ勝つとわかっていても」ヤンキースを支持しないことに彼の意地
が表れている。ヤンキース（Yankees）というチーム名は、彼の嫌いな北部人
（Yankees）そのものの名前だからだ。そしてヤンキースという言葉を聞いた
ジェイソンが、初めとぼけたふりをするのも、そのチームが強いチームであ
ることを意識するのを避けるためであろう。

　信頼できない語り手でありながらも、ジェイソン自身は言葉が持つ力に対
して少なからぬ信頼を置いている。ここでも、ヤンキースという言葉に敏感
に反応し不快感を覚えた彼は、その言葉の回避を試みた後、逆にそれを利用
した表現（They're shot.）を用いることにより、ヤンキース（北部人）を巧み
に攻撃しているのである。

3　家長としての義務の遂行を阻む時間の存在

　古い階級制度に固執するジェイソンはフォークナーが抱く南部の家長の
イメージと結びついている、とデイビスが指摘している通り（Davis 84-88）、
ジェイソンの人物像を語るにあたっては、かつて将軍と知事を輩出した南部
の名門コンプソン家の家長であることも忘れてはならないだろう。時として
彼は、一家のあまりの没落ぶりに戸惑いながらも、気持ちの根底では、名門
コンプソン家の家長としての少なからぬ誇りとそれに伴う義務感を抱いてい
る。彼が北部からやってきたショーの男と遊び回る姪のクエンティンを躍起
になって追い回すのも、コンプソン家の体面保持のためと同時に、家長とし
ての義務の遂行を果たそうとするためだと考えられる[7]。

　ジェイソンは、日頃恨み辛みを感じるクエンティンを罵りながら追いかけ
る。しかし、罵りの言葉とは裏腹に彼女を追いかけるその行為には、北部の
よそ者が自分の血縁者、すなわちコンプソン家の一員であるクエンティンを
連れ去ることを阻止しようとする家長としての意地と誇りが隠されている。
赤いネクタイの男と一緒に逃げる彼女の姿を見たジェイソンが、「血は争え
ない。誰もそれからは逃れられない」（243）とつぶやくのも、クエンティン
に対し彼が抱かざるをえない、憎しみといわば保護者としての父性的愛情と
いう二つの相反する感情を表していると同時に、それらの相反する感情がも
たらす心の葛藤を表わしているであろう。

　そしてこの出来事において注意したいことは、クエンティンを追いかける
際、ジェイソンが腕時計を見たため彼女を連れ歩く相手の男を見失い（231-
232）、また「時間の半分をいまいましい探偵としてつぶさなければならない
」（238）と憤慨しているように、時間という概念が彼の行動を阻み、損害を
もたらす要因であることに加えて、時間の消費が、彼を精神的に追い込む要
因として示唆されていることである。

4　結び

　これまで見てきたように、いかにも金銭的利益や自己のエゴイズムのみを
追求しているかに見えるジェイソンの言動には、北部からの搾取に対する抵
抗の意味が込められていた。かつての南部の名門コンプソン家の家長である
ジェイソンは、北部によって搾取される現実を目のあたりにし、精神的に追
い込まれ、北部への憎悪を募らせる。もっともその一方で、北部シカゴの銀
行に就職するという約束が破られたことに彼が執拗にこだわり、兄のクエン
ティンが北部の名門ハーバード大学に学んだことを何度も恨めしそうに語る
ことにも表されているように、ジェイソンは北部に対し姪のクエンティンに
対する感情と同様、時として憎悪とは矛盾対立する感情を抱いている。

　彼の人物像を描く際の単純な図式化を阻むのは、このような矛盾対立する
感情だけではない。ジェイソンが感じる北部からの搾取は、より意識下のレ
ベルでは、時間の概念と結びついており、この結びつきが搾取への思いをよ
り複雑なものにしている。彼にとって、相場で損失をだすのも時間の問題で
あり、またクエンティンが母のキャディに会い、自分を不利な状況に陥れる
のも時間の問題であった。

　さらに彼にとって、その時間の消費は物質だけではなく、精神的余裕を奪
い取る象徴的役割を果たしている。コンプソン家が没落した今や、家族を養
うため家長自らが「一日 10 時間働かなければならない」(239)、たとえこの
数字が誇張だとしても、かつてに比べ仕事で時間に追われる状況であり、父
の世代までのような優雅な時間的ゆとりはない。ジェイソンが時間の消費を
恐れるのも、それがこうして一日の大半を雑貨店の仕事に追いやり、彼から
優雅なゆとりを奪い取ったコンプソン家の没落と通底するからにほかならな
い。

　このように、ジェイソンの人物像を追っていくと、彼によってなされる言
動の背後には、北部に対して抱く微妙で複雑な心情が、時間に対して抱く心
情と一体化して表現されていることがわかる。そして、ジェイソンの心の屈
折が言葉と行動のずれの作用を引き起こし、現実における搾取と時間による

搾取といった、多様で多層的な意味内容を表現することを可能にするだけではなく、その多様な意味が、彼の矛盾対立する微妙な心情を表現することを可能にしているのである。つまり、ジェイソンが屈折した心情を抱く信頼できない語り手であることにより、豊かで多角的な広がりをもつ意味を生み出し、それにより、彼の微妙で複雑な心情をリアルに表現することを可能にしているのである。

注

1 テキストは、Faulkner, William. *The Sound and the Fury*. New York: Vintage International, 1990. を使用。以下括弧内にページ数を示す。訳は高橋正雄訳、『響きと怒り』、（講談社、1997 年）によるが、一部変更を加えた。

2 『響きと怒り』に付けられた "Appendix"（Cowley 716-18）においても、ジェイソンに同情的な記述がなされている。

3 ジェイソンは正午にアールの店にやってきたクエンティンと一騒動起こし相場取引での好機を逸するが、そこでの場面描写に時間の概念と結びついた表現が頻出する事実は（211-212）、彼にとっての時間と搾取との密接な結びつきを示唆していると考えられる。

4 ミシシッピーでは 1927 年の大洪水が原因で、約 200 万エーカーの土地が水浸しになり、約 75 万人が罹災した。（大橋 256）

5 ブレイカスタンは、ジェイソンが多少なりともアメリカ南部の精神を反映した人物として、また 1920 年代における南部の白人の不満を代弁した人物として描かれていると指摘している。（Bleikasten 169-70）

6 この差額がショーのために使われるという疑念をジェイソンが抱くことの指摘については、ロスとポーク（Ross and Polk 157）を参照。

7 ピカウリスは、ジェイソンの心に潜む南部人としての強い意識を指摘した上で、南部婦人の貞節という亡霊保持に取りつかれていることが、彼が姪のクエンティンに関わる理由であると述べている。（Pikoulis 32）

引用文献

Bleikasten, André. *The Most Splendid Failure: Faulkner's The Sound and the Fury*. London: Indiana UP, 1976.

Brooks, Cleanth. *William Faulkner: The Yoknapatawpha Country*. New Haven: Yale UP, 1963.

Cowley, Malcolm, ed. *The Portable Faulkner*. New York: Viking Penguin. 1946.

Davis, Thadius M. *Faulkner's "Negro": Art and the Southern Context*. Baton Rouge: Louisiana UP,1983.

Gwynn, Frederick. L. & Joseph. L. Blotner, eds. *Faulkner in the University*. Charlottesville: UP of Virginia, 1959.

Jelliffe, Robert A., ed. *Faulkner at Nagano*. Tokyo: Kenkyusha, 1956.

Pikoulis, John. *The Art of William Faulkner*. London: The Macmillan Press, 1982.

Ross, Stephen M. and Noel Polk. *Reading Faulkner: The Sound and the Fury*. Jackson: The UP of Mississippi, 1996.

Wagner, Linda. "Jason Compson: The Demands of Honor." in Swanee Review 79, Winter 1971.

大橋健三郎　*William Faulkner, The Sound and the Fury*, annotated with an Introduction. 東京、英潮社、1973 年。

ジェイソンの「正気なコンプソン」の意味すること

『響と怒り』（*The Sound and the Fury,* 1929）につけられた付録の中で、ジェイソン・コンプソン（Jason Compson）は、「カロデン（Culloden）以前の代以来、最初の正気なコンプソンであり、（子供のいない独身者なので）最後の正気な（sane）コンプソンである」（Cowley 716）と述べられている。また、フォークナーはインタビューで、ジェイソンは徹底して冷酷な（inhuman）人間であり（Gwynn and Blotner 132）、自分が考えうる最も悪い人物を描いたと発言している（Jelliffe 104）。こうした人物批評が彼に当てはまるとすれば、「正気な」と「冷酷で悪い」というそれぞれの属性はどのように結びつくのだろうか。そもそも、あえて付録で言明されている「正気なコンプソン」とはどのような意味を持つのか。

　ジェイソンが信頼できない語り手であることにより、彼の言動が、言葉通りに表現される意味内容と言葉通りに表現されない意味内容の二重の構造を生みだしている[1]。その原因は、時間に対するオブセッションすら抱く彼が、屈折した心情の持ち主であることで、複雑微妙な感情を生み出していることと深く関わっているであろう。

　ベンジー（Benjy）と兄のクエンティン（Quentin）は、子供の頃いつもポケットに手を突っ込んだまま歩いて転ぶジェイソンの姿を回想している（20）（23）（36）（62）（101）[2]。その中で彼が転ぶ姿を見たヴァーシュ（Versh）は、「*なんでその手をポケットから出しておかねえだよ出しておきゃあ自分で起き上がれるだに*」（斜体原文）（101）と述べている。ジェイソンの不合理な行動を彼がたしなめていることから見て、この発言はジェイソンが抱く屈折した心情を言い表したものと言える。ポケットから手を出して歩けば自分

で簡単に立ち上がることができるとの助言にもかかわらず、彼はあくまで素直に聞き入れようとしない。ヴァーシュの発言は、そうしたジェイソンの意固地で屈折した姿勢を浮かび上がらせている。

　ジェイソンの心の屈折がどのように彼自身の言動に影響をもたらしているかを理解するためには、彼の心の屈折を助長することになったと考えられる子供時分の経験をまず検討する必要があるように思われる。この検討にもとづき、子供時分の経験や独白の当日とそれに至るまでの出来事を考察することを通して、「冷酷で悪い」行動の背後にある動機とともに、彼の人物像が明らかになるのではないか。さらには、彼がなぜ「正気なコンプソン」であるのか、そして、「冷酷で悪い」という属性とその「正気な」という属性がどのような点で結びつくのかが浮かび上がってくるのではないか。

1　ジェイソンの心の屈折を助長し言動の二重性を生み出した背景

　「ジェイソンの気持ちの中で、最も重きを置きたい人物はキャディ（Caddy）ではなく父である」とストウナムは指摘している（Stonum 86）。「おれには兄貴のクエンティンみたいにハーバードへ行く暇も、親父みたいに自分を殺すほど酒に酔いしれる暇もなかったからね。おれは働かなければならなかった」（181）、「おれの手にはいるまでにコンプソン家のものが全部なくなってしまったのは親父が全部飲みつくしてしまったからだ。少なくともおれは、親父がおれをハーバードへやるために何かを売り出そうといったのを聞いたことはなかった」（197）と述べ、兄のクエンティンに比べて、自分が父から適切な処遇や配慮を受けていないと不満を繰り返し漏らしていることから見て、この指摘に見る通り、ジェイソンの気持ちの中では、自分が名前を引き継いだ父が重要な位置を占めていたにちがいない。

　たしかに、兄を優遇し、度を越した飲酒でコンプソン家の財産を喪失させた父に対して不満や恨みを抱いているように見えるジェイソンではある。しかし、その実彼にとって、父の死とそれに引き続く出来事は何にも増して耐

え難いものであったと推察できる。

　　モーリー（Maurie）叔父さんがシャベルを持つ番がくると、彼は手袋を
　脱いだ。それから、最前列の方へ近づいていったが、そこでは人々が雨
　傘をかざしながら、時々土を踏みならして足から泥を落としたり、シャ
　ベルにこびりついた泥をたたき落としたりしたので、その泥が柩の上に
　落ちるとき空しい音をたてた。それからおれは後へ下がって、馬車の方
　へいくと、叔父さんが墓石の影でびんからまた一口飲んでいるのが見え
　た。（中略）人々が父の墓の一番上の辺りまで土で埋めかけると、やっ
　ぱり母が泣きだしたので、モーリー叔父さんが母と一緒に馬車に乗って
　走り去った。お前はほかの者と一緒においで、みんな喜んでお前を乗せ
　てくれるだろうからと叔父さんは言う。（下線引用者）（201）

　この箇所で下線を引いた「その泥」、「柩」、「父の墓の一番上の辺り」とは、
原文では "it" と "the top" となっていて、この訳文のように明示されては
いない。具体的に明示せず "it" や "the top" と表現しているのは、ロスと
ポークが指摘している通り、ジェイソンはそれを見て悲しくなるため直接言
及することを意図的に避けようとしている、あるいは、直接言及することが
できないからであろう。同様に、その柩に土が当たって空しい音をたてるの
が聞こえた際、馬車の後ろへいく行為も、父の柩が埋められる光景や音を避
けるためであると考えられる（Ross and Polk 161）。こうしてみると、やはり
ジェイソンは、言葉とは裏腹に、心の中では父の死がつらく耐えがたいと感
じているのである。ここでの彼の独白が歪みを伴っているのは、悲しみが意
識に上ることを避けようとするためであろう。
　またこの場面では、土がぬかるんでいた状況から判断して、雨が激しかっ
たと推定される。雨とは、水を想起させるものである。「水を見るだけで、
おれは気持ちが悪くなるんだ。だから一杯のウィスキーを飲むのは、ガソリ
ンを飲むのと同じだろうよ」（233）と彼が言うように、水はウィスキー、ガ
ソリンと同様に、ジェイソンが嫌いな物の一つである。水は兄のチャールズ

川への投身自殺を連想させ、ウィスキーは父の死とそれに引き続くコンプソン家の財産の喪失を思い出させ、ガソリンはその臭いがもとでひどい頭痛を彼にもたらすからである（Ross and Polk 169）。

　そうした雨の中、コンプソン夫人（Mrs. Compson）が泣き始めると叔父のモーリーは彼女を馬車に乗せて連れ出す。去る際にモーリーはジェイソンに向かって、「みんな喜んでお前を乗せてくれるだろう」（201）との理由で、他の人と一緒に来るように告げる。雨の中で一人残されたジェイソンは、自分のことを一人残していった叔父と母を恨めしく思うが、この怒りと失望を感じているジェイソンの目には、再び悲しい光景が映ってくる。

　　そうだ、おれはそんなことを考えながら、人々がその中に泥を投げ込むのを見ていたが、彼らはまるでモルタルか何かこしらえているようで、それとも柵でもたてているかのようで、とにかく乱暴にたたきつけていた。そこでおれはなんとなく、こっけいな気持ちになったので、しばらくそこらを歩き回ろうと思った。（下線引用者）（202）

「そんなこと」とは、雨の中で自分を置き去りにした母と叔父に恨みと失望の念を抱いたことを指している。この失意に満ちた状態で、父の柩がまるで物であるように叩きつけられているのを目にしたジェイソンは、追い打ちをかけられたかのように悲しくなるのである。このように見た場合、ここで使われる「こっけいな」（funny）の真意はロスとポークが指摘している通り、「悲しい」となり、彼の気持ちが逆転して表現されていることになる（Ross and Polk 162）。もちろん、この「こっけいな」という言葉は文字通りの意味も併せ持つと解釈することもできる。そうすると、悲しすぎてばかばかしいためこっけいにすら感じるという意味になり、悲しみの感情とこっけいな気持ちの二重の意味を表す表現となる。気持ちをストレートに表現しない彼の屈折した性格が、ここでも多様な意味を生み出していると言えるだろう。

　父の柩が無造作に埋められるのを見るのに耐えられなくなった彼は、母と叔父以外の誰かが親切にしてくれると思いつつ町の方へと歩きだす。

　　もし町の方へ歩いていけば人々はおれに追いついて、誰かがおれを乗せ
　　てくれようとするだろうと思ったので、おれは後ろの黒んぼの墓地の
　　方へと歩いていった。杉の木立の下まで来ると、そこには雨がたいして
　　落ちてこずに、しずくが時々落ちるだけだったので、おれはそこで立ち
　　止まって、人々が終えて立ち去っていくのを眺めていた。(下線引用者)
　　(202)

　ジェイソンは、叔父に対して不信感を抱きながらも、「みんな喜んでお前
を乗せてくれるだろう」という彼の言葉を頼りに黒人墓地に向かって歩いて
いく。成人したジェイソンが日頃黒人に向かって悪態をついていることを考
えれば、このとき彼が黒人墓地の方に歩いていく行動は興味深い。歩いて
いく途中、嫌いな雨を避けることができる杉木立の下で立ち止まり、彼は
「人々が終えて立ち去っていく」のを眺める。ここで述べられる「人々が終
えて」とは、人々が墓穴を埋め終えてということを意味し、この省略表現に
も、悲しみが意識に上ることを拒否している例を見ることができる。そして、
杉木立の木の下で人々が立ち去るのを眺めながら、彼らがやって来て自分を
乗せてくれるのをジェイソンは待つことになる。だが、

　　しばらくすると、人々はみんないなくなってしまった。おれはちょっと
　　待ってから、そこから出た。(202)

　母と叔父ばかりか他の人々にも、ジェイソンは無視されたのだった。
「ちょっと待って」とは、まだ来てくれるかもしれない、という期待を示す
行動だったかもしれない。あるいは、みんなに無視された自分に茫然とした
のかもしれない。いずれにせよ、喜んで自分を乗せてくれるはずだった人々
にも、彼は冷たく無視されたのだ。
　誰かに乗せていって欲しかったが、誰もそうしてはくれなかった。つまり、
他人は誰も自分を助けてくれないという苦い思いをジェイソンは味わう。こ

のことから、「いつも言うように、おれは生きていくのに誰の助けも必要としないのだ。これまでもそうしてきたように自分一人で生きていけるんだ」（206）と彼が言うのは、言葉とは違った意味で受け取ることができよう。すなわちその言葉は、誰も助けてくれないから自分一人で生きてゆくしかないということを半ば自覚した彼が「自分一人で生きていける」と思うことで、自らを励まし生きていこうとする気持ちを表していると見ることができる。

　葬儀の後、キャディに会ったジェイソンは、「こっけいに感じたり、なんとなく腹立たしくなったり」（203）する。つまり、悲しみと悲しすぎるゆえのばかばかしさと、怒りの感情を覚える。彼女を見たとき、銀行の仕事を世話するという約束が彼女とハーバート（Herbert）との離縁により反故にされたことを彼は思い出したのである。このとき、ジェイソンは姪のクエンティン（Quentin）を一目会わせるとキャディに約束するが、この約束を実行する彼の一連の行為には、自分との「約束」を破った彼女に対する恨みの深さが表れている。

　ジェイソンはキャディと約束するに際し、「本当に一目だけだよ」（"Just a minute"）（203）と彼女に念を押し、雨に濡れるのがいやだからと言って、そそくさと貸し馬車屋へいく。そしてその後約束通り、家から連れ出したクエンティンをキャディに会わせることになる。

　　「さあやれ、ミンク（Mink）！」とおれは言う。するとミンクは馬にぴしっと鞭を当て、馬車はキャディの前を、まるで消防車のような速さで通り過ぎた。「さぁ、約束通りあの汽車に乗るんだぞ」とおれは言う。（205）

　ジェイソンは約束通りクエンティンをキャディに一目だけ会わせる。クエンティンを「一目だけ」会わせるとの言葉通り、ほんの一瞬だけ会わせた行為によってキャディから「嘘つき」（205）と呼ばれても彼は動じないであろう。彼とすればあくまでその行為によって、形式的ながらも約束を忠実に果たしたからである。彼は約束を忠実に守ることで、つまり「約束」という言

葉を利用することで「約束」を破ったキャディに復讐しているのである。次の独白は、その彼の思いが語られている。

> それからその晩、おれはもう一度金をかぞえてからしまったが、そんなに悪い気はしなかった。これで姉さんも思い知っただろうとおれは言う。今になって姉さんも、おれから仕事を奪った以上、ただではすまないっていうことがわかっただろう。(205)（中略）彼女が出ていくと、おれは気分がよくなった。姉さんも、おれに約束した仕事をおれから奪い取る前にもう一度考えるようになるだろうよ、とおれは言う。(206)

　屈折した心情を抱くがゆえ気持ちをストレートに表現しようとはしない、あるいは表現できないジェイソンの性格を考慮するならば、「そんなに悪い気はしなかった」、「気分がよくなった」と述べている彼の言葉をそのまま字義通りの意味に受け取るべきではない。これらの言葉には、キャディに対して恨みを晴らした気分のよさに加えて、なおも変わらない現実を目にして感じざるをえない自身の空虚な気持ちが込められていると考えられるからである。
　こうして、約束を破られたことに深い恨みを抱いているジェイソンは、約束を破られることに敏感になっていても不思議ではない。キャディとのやり取りにおける彼の独白の中で、約束という言葉が頻出するのも、彼女と接していると破られた約束を思い出すからであろう。
　約束という言葉に敏感になっている例は、ジェイソンが売春婦のローレイン（Lorraine）から受け取った手紙を見る時にも見られる。

> この前、おれはあいつに40ドルやった。黙ってそれを渡したんだ。おれは女に何一つ約束したこともないし、プレゼントしようとする物を前もって知らせたこともない。女をあやつるにはそれが一番なんだ。いつもやつらに想像させておくことだ。やつらを驚かす手がほかに考えつかなければ、顎に一発くらわせるのさ。(193)

　ジェイソンは、約束なんかせずに黙って行為に移す自分を誇りとしているかに見える。だが、約束という言葉に過敏であるという事実を前提にした場合、見方は異なってこよう。つまり、約束をしないという心の内には、約束をして破ってしまうことへの恐怖心が存在し、約束しないというよりも約束できないのである。この意味で、強気な姿勢を反映しているかのようなジェイソンの発言は、必ずしも裏打ちされた自信からくるのではない。むしろ「顎に一発くらわせる」といった攻撃的な、あるいは自信があるように見える強気な態度の背後には、強気に見せることで自分の恐怖心を隠し、身を守ろうとする意図があると考えられる。

2　コンプソン家の家長としてのジェイソンが抱く誇りに対する葛藤

　ジェイソンはメンフィスの売春婦であるローレインと懇意にしている。だが、コンプソン家の家長である彼としては、それをあくまで秘密にしておく必要がある。「女の手紙は切れはしでも残しておくべからずだ。(中略) 時々お前がおれに無地の封筒で手紙をよこすのは全然かまわないけれども、おれを電話で呼び出そうなんていうものなら、お前はメンフィスにはいられなくなるぞ」(194)と彼は言う。今やコンプソン家の家長であり、この町で「身分ある人間」(189)と自認する彼としては、売春婦と懇意にしているなどと知られること自体あってはならないことなのである。

　もっとも、ジェイソンが売春婦のローレインとつき合っているのは、必ずしも金銭で自分の欲望を満たそうとする気持ちからではない。このことを理解するためには、没落しつつあるコンプソン家がジェイソンの目にはどのように映っているのかを考慮する必要があるように思われる。

　多くの批評家が指摘しているように、コンプソン夫人が抱く自己中心的な価値基準自体がコンプソン家の崩壊の少なからぬ要因になっていることは否めない。だが、それは根本的な理由ではない。むしろ、コンプソン家の崩壊

の根本的理由は、「コンプソン家の人々がいまだに 1859 年か 1860 年の意識
で生活していることが一家没落の原因なのです」(Jellife 18) とフォークナー
が語っている通り、おもにコンプソン氏と夫人が、依然として繁栄時の意識
をひきずったままであることが原因しているにちがいない。先に述べたよう
に、結局その要因は、時の流れに対応できないことにより、かつて繁栄をも
たらす推進力となった貴族的義務感に代表される誇り高き意識が、今や没落
を推進する力へと転化してしまっていることにあると考えられる。

　こうしたコンプソン家の人々が抱く意識の役割の転化によってもたらされ
た事例の一つとして、コンプソン氏と夫人によるコンプソン家とバスコム家
の対立をあげることができる。かつてであれば、両家それぞれが気位の高さ
ゆえに競い合い、相手より優位な立場に立つために奮闘し努力することで、
社会的地位の上昇すらもたらしたにちがいない。だが、今やコンプソン家に
は他と競い合って上昇する勢いはなく、むしろ自ら落下することを防ぐのが
精一杯の現状である。そこで、その現状認識を避けるため、バスコム家の誇
りをけなして相対的な優位性を保とうとする行為に出る。一方、攻撃された
方のバスコム家の当事者であるコンプソン夫人も、自らの誇りを保つためコ
ンプソン氏に対して反撃する。

　ベンジーが回想する次の二人の応対がそうした状況を表していると言える
だろう。発覚したモーリーの浮気を皮肉ってコンプソン氏は言う。

> 　私はモーリーを尊敬しているんだよ。彼こそ私の言う人種的優越とい
> う点から見て、非常に価値ある人間なのさ。わしはモーリーをつがい
> の馬（a matched team）と交換する気はないのだ。ところでクエンティン、
> そのわけがわかるかい 」(43)（中略）「あたしの家だってあなたの家に
> 少しも負けないぐらい、家柄はいいんです。ただモーリーは健康がすぐ
> れないだけなんですわ」(44)

ここでコンプソン夫人が躍起になってバスコム家の誇りに固執しようとする
のは、コンプソン氏から受けた侮辱に対する、自己防衛的な意味合いをおび

た反論であることがわかる。また、クエンティン自身も、「父は自分の家柄の方を母の家柄よりすぐれていると信じていて、そのことを子供たちに教えようとしてモーリー叔父さんを愚弄するのだと、母がよく泣きながら言っていた」（175）と回想している。

　コンプソン氏と夫人が日頃言い争いをし、家族を暗い雰囲気にしていたことは、幼い頃、キャディが二つの顔の描かれている絵を破った場面を回想したクエンティンの独白からうかがい知ることができる。

　　　わたしは、あの暗い所に押しいってあの二人を引きずり出しておもいきり鞭をくれてやるわ。その絵は裂けてしまい、ぼろぼろになった。ぼくはうれしかった。でも、ぼくはその絵を思い出さずにいられず、するとついにその地下牢が母そのものになり、母と父が手を取り合って弱い光の中を上の方へ昇っていき、ぼくたちはその二人の下のどこか一条の光さえ射さないところへ落ちていくのだ。（斜体原文）（173）

　コンプソン氏の常軌を逸した飲酒癖は「一日中ウィスキーの壜を持っていた」（Cowley 716）との描写や、ジェイソンの独白及びクエンティンが回想するキャディの言葉からも明らかである。また付録中の描写から、コンプソン氏は遠い過去に思いを馳せながら厭世的な気分に浸り、皮肉な目で他の人々を見ていたことがうかがえる（Cowley 716）。こうしたことより、コンプソン氏は誰に対しても親しみや愛情を込めて接することはなく、彼の子供たちもその例外ではなかったと推測できる。

　コンプソン夫人もまた、バスコム家の血を引き継いでいると彼女が認めるジェイソンは別として、子供たちに愛情を注がなかったと言える。夫人はコンプソン氏に向かって、「ほかの子供たちはジェイソンとちがってわたしの血をわけた子ではありません、わたしには何の関係もないあかの他人と同じです」（104）と述べ、ジェイソン以外の子供たちは愛情の対象外であるとの胸の内を明らかにしている。

　「地下牢が母そのものになる」と表現していることから、クエンティンは

母親の愛情の不在に強く印象づけられていることがわかる。クエンティンがハーバード大学に入学したのは、彼が「生まれた時からのお母さんの夢」(178)を実現しようとするためであった。だが、キャディを「*中間試験でカンニングして退学になった*」、「*あのならず者*」（斜体原文）(123)のハーバートと体裁を整えるために結婚させた母親を苦々しく感じたり、彼女の気位の高さを批判したディルシーの言葉を「争いようのない真実」(170)と受け止めたりしていることから見て、クエンティンは母親の意向に従った自身の行為を、父が言う「*他人が抱く名誉の基準にあてはめるだけ*」（斜体原文）(175)の、すなわち社会的な体裁を整えようとする気持ちを満たすだけの虚しい行為にすぎなかったと感じていると考えられる。

　しかし、クエンティンが愛情の不在を感じているのは母親に対してだけではない。先の場面で「あの二人」、「母と父が手を取り合って」という表現から見て、キャディとともにクエンティンが愛情の不在を嘆いているのは父親と母親の両方に対してである。また、父と母が「弱い光の中を上の方へ昇っていく」のに対して、クエンティンとキャディは「その二人の下のどこか一条の光さえ射さないところへ落ちていく」との描写から、自分たちの価値を守ることにこだわるあまり、愛情を振り向けず彼らを精神的に追いつめた両親を彼が罪人として捉えていることが明らかになる。

　こうしてクエンティンやキャディが感じる両親の愛情の不在とは、とりも直さずコンプソン家とバスコム家のことで二人が争い、対立していたことに起因するのではないか。そしてその両家の対立の点において、重要な転機となるのが、ベンジーの意識の流れが語られる日に起こった、コンプソン夫人の母親（Damuddy）の死ではないか。バスコム家の象徴と言うべきその祖母亡き後、コンプソン家とバスコム家の均衡が急速に崩れることにより、すでに存在していたとはいえ、あまり目立たなかった両家の対立がより顕在化してきたものと考えられるからである。

　上昇していた物体が、頂上（転換点）を過ぎると下降に転じ落下し始める。その落下速度は重力加速度と落下時間の二乗の積に比例するため[3]、高い地点から落下し始めるほど地面に衝突する時の速度が速くなり衝撃も大きくな

る。次のジェイソンの独白には、彼の脳裏でその様相が一族の没落と類似していることが示唆されている。

> うちの血統は知事と将軍の血統だそうだが、王様とか大統領とかの血統じゃなくてまだ幸いだった。もしそうだったら、今頃は家中全部があのジャクソンで蝶々でも追い回しているだろう。(230)

知事や将軍の家が没落する現況を見るだけでも悲惨なのに、王様とか大統領といったもっと高い地位の場所から落ちるのであれば、その末裔が没落する状況はもっと悲惨なはずだとジェイソンは感じている。ここでジェイソンが想定する一家没落の様相はまさに、先に述べた自由落下の法則と類似しており、この法則によれば、コンプソン家の惨状が最も顕著になるのは、速度に対する時間の累乗効果が最大限となる地面に落ちる直前、すなわち没落の最終段階であることになる。そしてその段階をつぶさに見ているのが、最後のコンプソンの役割を担うことになったジェイソンである。

このことを考慮した場合、彼がコンプソン家に強い誇りを抱く一方で、その誇りを打ち消す発言をする心境が明らかになるように思われる。コンプソン家に誇りを抱きながらも一家が置かれた惨状を知り現実に対処しなければならない彼は、誇りを持ちたいという気持ちと持つべきではないとの矛盾した気持ちを抱き、その二つの気持ちに引き裂かれているのである。こうした心境に置かれた彼が発する、「ぼくには誇りなんてたいしてない」(230)という言葉には、自らの誇りを否定しようとする気持ちが込められているだけではないであろう。その言葉にはまた、自身の心をなおも引き裂こうとする誇りという概念そのものに対して、もはや辟易すらしている心境が表されていると考えられる。

ジェイソンが売春婦のローレインに魅かれるのも、誇りという概念に対して、一種の嫌悪感を抱いている表れであろう。売春婦とは誇りに最も縁遠い職業であり、とりわけ自分を偽らない「善良で、正直な売春婦」(233)のローレインは、彼を苦しめる誇りを最も感じさせない人物だからである。そ

して、彼はその意味において、「正直な売春婦であるローレインにありったけの尊敬をささげている」(233)にちがいない。付録に描写されたローレインのその後の姿は、ジェイソンが狡猾に金銭で割り切る気持ちから彼女と付き合っているわけではないということを裏づけている。

　　週末になると、丸いつばの広い帽子をかぶり、寒い季節には模造の毛皮のコートを着た、もうそんなに若くはない、体の大きい、不器量な、愛想のよい、真ちゅう色の髪をした、感じのいい女がそこへ出入りするのがよく見られ。……(Cowley 718)

　ジェイソンは、気位を感じさせない感じのいいローレインを好きなのである。そして、そのローレインに静かな安らぎを感じているにちがいない。だから、「もし、ぼくが結婚するようなことがあったら、お母さんは風船玉みたいに天に昇ってしまうでしょう」(246)と母に言ったり、母から「わたしがあと少しで死んだらお前は結婚できるだろうけれども、お前にふさわしい相手は見つからないだろうね」(246-247)と言われて、「いや、見つかるさ。そうしたらお母さんは、さっそく墓場から出てくることでしょう」(247)と言ったりするのも、冗談ではなく彼の本心にもとづいているのである。半ば冗談のような体裁をとって発言内容をぼかしているのは、コンプソン家の家長であり売春婦との結婚は許されないことを承知している彼が、母の精神の混乱を避けるため自分の真意を悟られないようにするためだと考えられる。

3　コンプソン一家が非難の目で見られていることを意識するジェイソン

　通りで「十人以上の人々が見ている」(188)中で、姪のクエンティンが自分の服を引き裂く行為を目にしたとき、ジェイソンは怒り逆上した表情を彼女に向ける。こうしてジェイソンが人目を強く意識するのは、コンプソン家の家長としての自覚を抱いている彼が、かつて名門であった一家の現状が人

から見て恥ずべき状態であるとの意識を強く抱く結果、見られるという行為そのものが自分たちへの非難の意味合いを持つと感じているからである。

　クエンティンと赤いネクタイの男を追いかける時に発せられた次の独白には、人々から見られていることを恐れるジェイソンの心境が語られている。

　　おれは帽子もかぶらず、自分まで気違いみたいな様子をして、通りに立っていた。兄弟の一人が気違いで、もう一人が自分から水死して、もう一人が夫に放り出されて街をうろついているんだから、残る一人も気違いに決まっていると、人々が考えるのは当然じゃないか。おれはいつも、人々が鷹のような目で眺めていて、いや別に不思議ではないさ、あの家族が全員狂っていると始終考えていたんだから、と言えるのはいつかと待ちわびているのがわかっているんだ。（232-233）

　兄弟の中で唯一仕事に就き、相応に現実感覚を備えているジェイソンは、世間の人々の目に敏感にならざるをえない。弟のベンジーが、かつては自分の土地だったゴルフ場に人の姿を見るたびにわめく姿を見て、「ある夜おふくろとディルシー（Dilsey）が瀬戸物のドアノブを二つと杖を使ってゴルフを始めるか、おれがランタン片手にやりだしたら、一家全員精神病院に入れられてしまう」（187）との危機感を抱くのは、彼が自分たちに対する世間の人々の意識を敏感に察知しているからにほかならない。

　そのジェイソンは、兄弟みな頭が変であるか、頭が変だと思える行動をしている以上、世間の人々が「残る一人も気違いに決まっている」と思うのは当然だと感じている（Ross and Polk 169）。コンプソン家の人々についてラスター（Luster）が、「この家の連中は、みんなおかしいんだよ」（Dese funny folks.）（276）とディルシーに向かって告げているが、無邪気な彼のこの発言は、世間の人々の一家に対する見方を表していると言えよう。

　そして、現実の感覚に敏感であるからこそ、ジェイソン自身も世間の人々やラスターと同様、コンプソン家の一員としての自分の頭脳の正常性について疑問を抱いているのである。とりわけ彼が「鷹のような目で」（216, 233）

見られることを嫌うのは、たとえ遠く離れていてもその目が対象物としての自分を細部まで正確にとらえ、コンプソン家の一員である自分を頭がどこかおかしい人物として批判し非難しているように感じるからだと考えられる。

　学生寮の窓にとまった雀の目を気にかけた例に見られるように、兄のクエンティンは他の目によって自分が評価されていることをしばしば意識していたが（Ross and Polk 161）、ジェイソンの場合は、鷹の目によってならずとも、見られるという行為そのものに自分たちへの批判と非難を感じていると言える。この彼の心情を考慮すれば、数多くの目で彼を見つめる鳩や雀に対して彼がいらだつのもうなずける。

　　　かえったばかりの鳩が百羽以上も地上にいるのが数えられた。（247）
　　　（中略）おれには、雀も鳩と同様やっかいな代物に思える（中略）だが、
　　　あれだけの雀を一発5セントの弾で打つとすりゃ、百万長者でもなけ
　　　りゃ打ちきれまい。（248）

　「かえったばかりの鳩が百羽以上も地上にいる」とジェイソンが言う通り、鳩は雀と同様一度に多数の雛をかえす。つまり彼にとって鳩は、自分を咎めるように見つめる目を一挙に増やす「やっかいな」恐るべき生き物である。このように見た場合、雀を銃で殺すには弾丸の費用が巨額にかかるといった想念がジェイソンの脳裏でよぎるのも、また「もし、あの広場に少々毒をまきゃあ、あんな鳩は一日で追っ払えるんだ」（248）と彼が息巻くのも、自分を非難するかの如く見る目を一挙に減らしたいと思う願望の表れにほかならない。

　コンプソン家が没落した今や、ジェイソンは家族を養うため一日中仕事に時間を割く必要に迫られている。「何をするにも時間がない」（235）との彼の言葉は、仕事に時間を奪われた彼が、常に時間に威圧されている心境を表している。また、仕事に遅刻したり（189）（227）、時間通り家に帰らなかったり（235）といった時間にルーズな行動を彼がとるのは、やはり彼の気持ちを圧迫する時間から逃れようとする気持ちの表れであろう。

　ジェイソンが鳥にいら立つのは、それがことのほか彼を威圧する時間を思い起こさせるからでもある。次の独白は、聖書の言葉を引き合いに出して鳥を擁護しようとする牧師を批判したものである。

　　だが、あの鳩の数がどんなに増えようが彼にはどうでもいいことなんだ。彼にはすることなんか一つもないんだから。また今何時だろうと、彼はどうでもいいことなんだ。彼は税金も払わなければ、あの裁判所の時計が動き続けるよう掃除させるために毎年自分の金が支払われるのを気にする必要もない。ほかの連中はそれを掃除させるのに一人当たり45ドルも払わなければならなかったというのに。(247)

　鳩は彼らに糞を落とし不快な思いをさせるだけではない。それはまた、正確であるべき裁判所の時計に糞を落とし時間を止めてしまうため、彼ら住民に一人当たり45ドルの掃除代を支払わせている。すなわち彼にとって鳩は、時間を維持するための経済的な負担を彼らに強いる迷惑千万な生き物である。ジェイソンはこの憎むべき鳥を保護しようとしている教会の牧師にいらだちを感じる。さらに、牧師という職業は時間に威圧される恐れもなければ、時間を維持するための税金を支払う必要もないためにいっそう、そのいらだちをつのらせるのである。

4　ジェイソンに時間を意識させ彼の気持ちを追いつめる太陽の光と鐘の音

　ジェイソンに時間を意識させるのは、太陽の光も同様である。赤いネクタイの男を追いかけながら、彼は「血が頭にのぼり」(241)頭痛を感じる。そのとき感じる頭痛は、「太陽が目にまっすぐに、いっぱいに当たる」ことによって、つまり、太陽の光が直接目に当たり、その光の威圧の程度と入射角度から午後の特定の時間を彼に意識させることによってもたらされている。兄のクエンティンの場合、影が時間を意識させ彼の気持ちを追いつめていた

が、ジェイソンの場合は、太陽の光が彼に時間を意識させ彼を精神的に追い込んでいる。それは次の例からも明らかである。

　　空は明るくなり、陽射しの中を流れる雲の影は、地表では光と影の割合が逆転し、今や光の方が多く映っていたが、彼には空が晴れあがろうとしている事実も、自分が古傷を持ったまま立ち向かおうとしている新たな戦いでの、敵のもう一つのずるい一撃に思えるのだった。(306)

　空が晴れあがり、影より光の割合が増すことで、つまり太陽の光が直接当たることでジェイソンに時間を意識させ精神的に追いつめる。それが彼には「敵のずるい一撃」に思えるのである。

　もっとも、ここで敵の「もう一つの」ずるい一撃と述べられているように、ジェイソンを精神的に追いつめているのは、太陽の光だけではない。とすると、それは何か。この場面の描写に先立って、「空中をとぎれとぎれに渡ってくる鐘の音」(301) が、ジェイソンには「命令するような」音、すなわち威圧的な音に聞こえるとの描写がなされている。また引き続いて、「鐘の音がまだ鳴っている」(302)、「鐘の音が再び鳴りだした」(305) と鐘の音を再三気にかけている描写がこの場面に至るまでになされている。こうしたことから見て、彼を精神的に追いつめる「もう一つの一撃」とは、時を告げる鐘の音だと推定できる。

　太陽の光と鐘の音がジェイソンを精神的に圧迫することを考慮した場合、次の場面における彼の言動の真意が明らかになるだろう。

　　再び鐘の音が、高く、さっとかすめていく日光の中に、明るく、無秩序に途切れながら鳴っていた。(中略)「きょうは晴れあがりそうですだよ。結局はな」と黒人は言った。「なにが晴れあがるだ」とジェイソンは言った。「きっと 12 時頃には、土砂降りだ」彼は空を見上げながら、雨のことを考え、するする滑る粘土のこと、町から数マイル離れた所で立ち往生している自分のことを考えた。彼は一種勝利感のようなものを

感じながらそんなことを考え、きっと昼食を食べそこなうことだろう、これから出発してはやる心のままに車を走らせたら、ちょうど正午には二つの町のどちらからも一番遠く離れた所にいるだろうとも考えたりした。すると彼には今のこの状況が、自分に束の間の休息（a break）を与えているかのように思えた。（下線引用者）（305）

　晴れて太陽の光が差し込むことで不快な時間を意識してしまうジェイソンとしては、晴れあがること自体を否定しなければならない。日の光を背景に、時を告げる鐘の音を聞いた直後であることも、その否定しようとする気持ちに拍車をかけているにちがいない。

　兄のクエンティンと同様、とりわけ時間の節目となる「正午」という時間を意識し避けようとするジェイソンは、近くの二つの町から聞こえてくる「正午」を知らせる鐘の音を聞きたくはない。このことを前提とすれば、「きっと 12 時頃には、土砂降りだ」との言葉は、時間の意識化を避けようとする彼の願望表現であることがわかる。もし、正午頃に土砂降りの雨となれば、太陽が隠れるため光によって正午という時間を意識する必要がなくなる。加えて、正午に「町から数マイル離れた所で」土砂降りの雨となり、そこで車が立ち往生すれば、彼らに好都合な状況をもたらす。つまりその場合、ジェイソンはいやでも二つの町から離れた場所にいることにより、双方の町で鳴らす鐘の音を聞かずにすむことになる。そうした時間から逃れるのに最も好都合な状況こそが、「束の間の休息」という絶好の機会を彼に与えるのである。

5　精神的に追いつめられたジェイソンが安らぎを感じるひととき

　ジェイソンは人間や鳥の目、太陽の光に加え、時間を告げる鐘の音によって精神的に追いつめられる。だが、彼の気持ちを追いつめる音は鐘の音だけではない。「鳩がクークーと鳴く」（247）声や、燕の鳴き声、そして「裁判

所の庭の木々の中で、雀が群がって鳴き始める」(248) 鳴き声といった、鳥
の声も同様である。そうした鳥の声は彼の耳には騒がしく聞こえる。そして
「だけどこう騒がしくちゃ、誰だって何一つ覚えちゃいられないさ」(216)
と述べ、かくも騒がしい音を伴った騒ぎに巻き込まれてしまっている (in all
this hurrah) との不満を訴えているように、騒がしく聞こえる音そのものが、
彼を精神的な窮地に追い込み、日常の頭痛をもたらす原因ともなっている。
その騒がしい音の中でも、ジェイソンがとりわけ嫌いなのは、女性が口論し
争う際のかん高い声である。「おれは多くを期待しているんじゃない。ただ、
二、三人の女が家の中で口論したり、泣いたりしないところで、食事をした
いだけなんだ」(220) という独自は、コンプソン家の中で、女性のかん高く、
耳に響く声によって気持ちが休まらない状態になっていることを示している。
ジェイソンは喧騒から逃れた平和な場所を求めている。つまり、日頃自分を
悩ます頭痛を感じなくてすむ静かな場所を求めている。彼にとってそのよう
な場所はあるのだろうか。

　この日の朝、遅刻して店に出勤したジェイソンは、年老いた黒人のジョブ
(Job) が耕作機を組み立てる手助けをするようアール (Earl) から命じられる。
そのときジョブは、「一時間にねじ釘三つの割合で、その木枠をはずしてい
た」(189)。この非効率的なジョブの仕事ぶりを見たジェイソンは彼に向っ
て、「お前もおれの家で働いた方が良さそうだな、この町の無能な黒んぼは、
残らずうちの台所で食ってるんだから、お前もそうするんだな」(189) と毒
づく。このとき、ジョブの仕事の能率の悪さを見かねて、アールもジョブを
どなり出したほどである。そのときジェイソンは思う。

> この国が必要としているものは、白人の労働力なんだ。ああした糞の役
> にも立たない黒んぼどもは、ここ二、三年のうちに餓死させりゃいいん
> だ。そうすりゃ、やつらも、どんなに楽をしているかっていうことがわ
> かるんだ。(190-191)

ここでジェイソンは、無能な黒人を自分のような有能な白人が食べさせて

やっているのだ、と気炎をあげている。けれども、この表現は必ずしもジェイソンの真意を表したものではないということが、次の彼の反応から明らかになる。ジェイソンは午後5時過ぎに予定の時間より遅く店に戻ったため、アールに詰問をされた後、店の裏の戸口へ回る。そこには朝から作業をしているジョブがいた。

　　とうとうジョブも耕作機を組み終えていた。そこは静かだったので、た
　　ちまちおれの頭痛は楽になった。(246)

　言葉では、無能であると散々に毒づきながら、体は素直に快適であるとの反応を示している。一日中頭痛を感じている彼が、このときだけ痛みが楽になるのだ。ジョブのいる所をなぜジェイソンが静かに感じるかと言えば、「一時間にねじ釘三つの割合で」仕事をすると表現されているように、ジョブは時間にとらわれずに仕事をする人間だからである。時間に無頓着であるということは、時間の概念が彼にもたらすあわただしさや喧騒と無縁であることを意味する。そうした時間の概念を意識する必要のない静かな場所で、彼の頭痛は「たちまち」楽になるのである。
　もちろん、ジョブ自身は、時にはアールに怒鳴られるほど作業が非効率的に見えるからといって、決して怠惰なわけではない。むしろ、アールが「ジョブにかぎって、こっそり出ていきやしない。あいつは信頼できるやつだ」(248)と発言することから見て、ジョブは実直で、勤勉な人間であることがわかる。一所懸命働きながらも、時間にとらわれてあくせく働いているようには見えないジョブの姿に、ジェイソンはやすらぎを伴った静けさを感じているのである。父の葬儀の後ジェイソンが黒人墓地の方向に向かって歩いていく行動が見られたが、それはすでに子供の時分より、彼にとって心の安らぎをもたらす雰囲気を黒人の中に感じていたことを示しているにちがいない。
　ジェイソンの心の屈折が言葉と行動のずれを引き起こし、二重の意味を作り出している例をここにも見いだすことができる。彼は非効率な仕事しかで

きないように見えるジョブにいらだちを感じながらも、他方では、時間認識の欠如によるその無能ぶりを心の底で肯定しているのである。ここでもやはり、ジェイソンの信頼できない語りが、多層的な意味内容を持つ彼の複雑微妙な心情を表現することを可能にしていると言ってよいであろう。

6　結び

　ジェイソンが時間に威圧される原因は、コンプソン家の没落により時間に追われる生活に迫られたことにあった。だがもとより、一度没落をし始めたコンプソン家の状況が、時間の自然の進行に伴って悪化の一途をたどると考える彼にとって、時の流れという概念自体が彼を威圧し苦しめる原因となっていることは否めない。時間の経過とともにコンプソン家の状況は悪化するばかりである。弟のベンジーは白痴に生まれ、兄のクエンティンは水死し、姉のキャディは私生児を生んで離縁され、父はアルコールが原因で死ぬ。母はいつも頭痛を訴え樟脳を抱えて寝込むようになり、銀行の仕事に就くというハーバートとの約束は姉の離縁により反故にされ、その離縁のもととなった姪のクエンティンと言えば、やがて学校をさぼって男と遊び歩くようになる。こうして時間の進行とコンプソン家の没落が否が応でも結びつく彼には、時間が自然に流れていくこと自体が精神的な圧迫要因となっている。

　また、自然な時間の流れが彼を威圧し苦しめるのは、時間の自然な進行が生命の自然な営みの進行を伴うこととも関係している。時間の進行と共に、古い生命が滅び、新しい生命が誕生する。そしてその生命の滅亡や生命の誕生が直接の原因となって、搾取や没落がもたらされる。兄のクエンティンが死に、父が死ぬことによって衰えかかっていたコンプソン家の衰退に拍車がかかった。ジェイソンが約束された銀行員の職を奪われたのは、クエンティンという新しい生命が誕生したからであった。彼が女性に一種の嫌悪感を抱くのも、女性は自然な生命をもたらすことで搾取の引き金を引き、自分達を窮状に陥れるとジェイソンは考えるからであろう。

　弟のベンジーに対する去勢手術が遅すぎたと語る次の独白には、こうした

時間の進行に伴うコンプソン家の生命の営みへの恐れと同時に、一家に向けられる人々の目に対するジェイソンの恐れが重ねて表現されている。

> あの手術をするのさえ、あいつが通りに飛び出して、女の子の親父が見ている前で追い回そうとするまで待っていなければならなかったんだ。そうなんだ。いつも言うように、うちでは手術（cutting）するのが遅すぎたし、しかもやめるのが早すぎたんだ。(263)

　ベンジーが去勢された直接の原因は、門を抜け出し少女を襲ったからである。もっともベンジーとすれば、少女の姿とキャディの姿が重なり彼女に話しかけようとして必死で追いかけたに過ぎない。だが傍目には、白痴の大男が少女に暴行を試みたとしか映らなかった。

　ベンジーが回想する父とジェイソンの会話の中で、ジェイソンは、コンプソン家の体面をこれ以上汚さないようにするため、ベンジーを施設に入れるべきだと主張している（52）。このことを何度も主張してきたと彼が語っていることから見て、その門の鍵を開けたのはジェイソンであると推定できる。さらに、そこでジェイソンが繰り返し自分の行為を弁明していることから、おそらく彼はこの時にかぎらず、以前に何度も門の鍵を開けておいたのであろう。コンプソン家に対する世間の目を気にする彼は、門の鍵を開けてベンジーが少女を襲うように仕向けてまでも、白痴のベンジーを去勢させなければならなかった。彼の目から見て、自然のままに放っておけば、本能的な欲求が抑えられないベンジーが女性を襲おうとするたびに騒ぎを起こすのは必至であり、最悪の場合、同じ白痴の子供が生まれてしまう可能性すらある。

　ジェイソンが独身でいるのも同様の理由であろう。たしかに、自分は正気で、独立して生きられる人間だと自身に言い聞かせてはいる。しかし、心の中では、おそらく世間の人々が思っている通り、兄弟が皆どこか頭が変（funny）なのだから自分も正気（sane）である根拠などどこにもなく、そんな自分が子孫を残せばまた頭が変な人間が生まれてしまう可能性がある、と彼は恐れるからだ。コンプソン家の体面を保つためには、結局自分自身も、

自然のままに子孫を残しては具合が悪いのだ。

　彼が売春婦のローレインとつき合っている一つの理由もコンプソン家の体面の保持と関わっているであろう。売春婦とつき合っているかぎり結婚する義務はないため、子孫を残す必要もない。つまり、メンフィスの売春婦との密かな交際は、コンプソン家の体面をこれ以上汚す恐れがない。彼が「正直な売春婦であるローレインにありったけの尊敬をささげている」（233）という言葉の直後に、「おふくろの健康や地位のこともあるのだから」と述べているのも、コンプソン家の生活に直接影響を及ぼすことがないローレインとの密かなつき合いにより、一家の体面とひいては母親の健康が脅かされることはないとジェイソンは考えるからにちがいない。

　このように見てみると、彼が "fix" や "cutting" という言葉を好んで用いているのは、コンプソン家の状況のさらなる悪化を防ぐために、自然な時間の流れに伴う自然な生命の進行を何とかして食い止めようとする志向が反映されているためであることがわかる。つまりその言葉には、自然な生命の進行を食い止めるべく弟のベンジーを去勢（cutting, fix）し、自分もコンプソン家の子孫を残すまいとして交際相手は売春婦にとどめ独身のままでいるように取り計らう（fix）という、彼の意向が表われている。

　策略をめぐらしてまでベンジーを去勢したり、結婚の責任を免れるべく売春婦と交際を続けたりといった、いかにも自己本位的で冷酷なジェイソンの行動は、結局のところ、将来的に弟と彼自身の遺伝子を残さないという観点、すなわちコンプソン家の名誉を守るという観点からすれば正当であり、「正気な」気持ちにもとづいたものである。しかも彼自身は仕事をして一家を支え、終生独身を通しつつコンプソン家の最後の処理を成し遂げている。

　こうして、コンプソン家の最後の家長としてジェイソンは、かつての名門コンプソン家の名を世間に対してこれ以上汚すまい、コンプソン家の惨状をこれ以上見せて世間をいたずらに騒がすまいとして、時間の流れに伴う自然な生命の進行を是が非でも止める（fix, cut, break）ことに執念を燃やし、自分も独身のままで留まり（fix）、また仕事をして一家を支えながらコンプソン家の清算を果たそうとし続けたのである。この意味で、彼はまさに最後の

「正気な」コンプソンだと言えるのだ。

注

1　加藤良浩、「信頼できない語りのもたらす効果」『ふぉーちゅん』第 14 号、新生言語文化研究会（2003 年 3 月）、pp.79-88.

2　テキストは Faulkner, William. *The Sound and the Fury*. New York: Vintage, 1990. を使用。以下括弧内に引用ページ数を示す。訳は高橋正雄訳、『響きと怒り』、（講談社、1997 年）によるが、一部変更を加えた。

3　自由落下の法則。

引用文献

Cowley, Malcolm, ed. *The Portable Faulkner*. New York: Viking Penguin, 1946.

Gwynn, Frederick L. and Joseph L. Blotner, eds. *Faulkner in the University*. Charlottesville: Up of Virginia, 1959.

Jelliffe, Robert A., ed. *Faulkner at Nagano*. Tokyo: Kenkyusha, 1956.

Ross, Stephen M. and Noel Polk, eds. *Reading Faulkner: The Sound and the Fury*. Jackson: UP of Mississippi, 1996.

Stonum, Gary Lee. *Faulkner's Career: An Internal Literary History*. Ithaca and London: Cornell UP, 1979.

ディルシーの否定を肯定に逆転させる結末

　『響きと怒り』の第 4 セクションは、登場人物の意識の流れを通して語られた第 3 セクションまでとは異なり、一日の出来事が客観描写の形で表現されている。フォークナーがジーン・スタインとのインタビューで語ったところによると、ベンジーのセクションでは語りきれなかったことを表現しようとして、クエンティン、ジェイソンの視点からそれぞれ別なセクションを書いたものの、その時点で混乱してしまったため、物語をまとめる意図で自分が代弁者となりこのセクションを書いたとのことである（Jellife 104-105）。

　復活祭の一日の出来事を描いた第 4 セクションは、4 つの場面に分けることができる。すなわち、ディルシーが登場し仕事に取りかかるコンプソン家の朝の場面、教会でのシーゴグ牧師（Rev. Shegog）による説教の場面、ジェイソンが姪のクエンティンを憤然と追いかけようとする場面、墓参りにいこうとして、ラスターがベンジーを馬車に乗せ南軍兵士の銅像のある広場まで連れていくまでの場面にである。そして、この最後の場面の結末部分においては、ティー・ピー（T. P.）に代わってベンジーを馬車に乗せ墓参りに連れていこうとしたラスターが、いつもティー・ピーがするのとは違って馬車を南軍兵士の銅像の左側につけたことにより、ベンジーが絶望的なうめき声を発する姿が描かれている。 この彼のうめきは何を意味しているのだろうか。

　ハゴピアンは、作品全体の意味は結末部分において集約的に表現されると述べた上で、『響きと怒り』の結末部分におけるベンジーのうめきは、作品のニヒリズムを表現していると結論づけている（Hagopian 45-55）。また、ウイリアムズは、この作品の結末部分には一種ペシミズムの響きが漂ってい

ると述べている（Williams 94-95）。ハゴピアンやウイリアムズが言うように、ベンジーのうめきは、『響きと怒り』におけるニヒリズムやペシミズムの表現を意図したものとして受け止めるべきなのであろうか。

　しかし、第4セクションの主人公としてディルシーをとらえた場合、フォークナーはこのベンジーのうめきをニヒリズムやペシミズムの表現を意図して描いたというよりも、むしろより肯定的主張を意図して描いたものとして解釈することができる。フォークナーの語りにおいて多くの場合、否定的な意味から肯定的な意味への逆転が見られるが、この結末部分においても、とりわけそのことがあてはまると考えられるからである。

　ディルシーに関しては従来、忍耐という美徳の力で、崩壊しつつあるコンプソン家を支えたといった主張が多くの批評家によってなされてきている。だが、彼女の忍耐という美徳と絶望的なベンジーのうめきとの関わりについてはこれまで論じられてはいないようである。本論では、その結びつきについて考察することにより、このセクションの結末部分に認められる、否定から肯定への意味表現の逆転を明らかにしたい。

1　時間と壮絶な対峙をしてきたディルシーの姿

　第4セクションは、1928年4月8日の夜明けの時点における荒涼としたコンプソン家の屋敷を背景に、ディルシーが一人小屋から出てくる場面で始まる。寒々として物悲しい雰囲気に満ちた朝が明けると、「北東から射し込む壁のように映る灰色の光」（a moving wall of gray light out of the northeast）(265)[1]が湿気となって空中に溶けるというよりも、「毒を孕んだ微粒子」（minute and venomous particles）に細かく分解され、ディルシーが小屋のドアを開けて外に現れたとき、「その光は、湿気というよりもむしろ薄くいまだ完全には固まっていない油のような性質をふくんだ物質を降らせながら、彼女の肉体のなかに横ざまに突き刺さって」くる。こうして、「毒を孕んだ微粒子」のような「物質」が彼女に「降りかかり」（precipitating）、「壁のように映る灰色の光」を構成する有毒な微粒子が、「彼女の肉体の中に横ざまに

突き刺さる」(needled laterally into her flesh) ことから見て、ストウナムが指摘しているように、この冒頭部分では、彼女自身に敵対的な力が加えられていることが示されていると考えられる (Stonum 89)。また、陰鬱で閉ざされ、何かが壊されたかのような印象を与えるここでの描写は、「崩壊のテーマを改めて象徴的に表現した」(Davis 103) ものであり、一人その崩壊を示唆する陰鬱な天候に立ち向かうディルシーの姿を描いているとも言えよう。

　ディルシーが「栗色のビロードのケープ」(a maroon velvet cape) (265) や「紫の絹の服」(a dress of purple silk) という、高貴な人物を連想させる色の服装を身につけているのは、彼女が備える高貴な人間としての威厳をフォークナーが服装に託して表そうとしたものにちがいない。しかし、同時に、彼女は当時の多くの黒人がかぶっていたような「固い黒の麦わら帽子」(a stiff black straw hat) をかぶり、また身につけるケープが、「なんの皮かわからなくなったきたない毛皮」(mangy and anonymous fur) で縁が飾られ、紫の絹の服自体も「王侯にふさわしい色」(color regal) (265) でありながらも「死に瀕したようである」(moribund) と描かれている。この聖と俗の二つの価値を表しているかのような彼女の服装は何を意味するのだろうか。

　このように、威厳を表現する一方で世俗的な側面や貧相な印象さえもたらすディルシーの服装は、たしかに、デイビスが言うように、現実に存在する人物としての信憑性を高めることを作者が意図したものと見ることができよう (Davis 104)。だが、彼女が不屈の忍耐を備えた人物であることを描いた次の描写を検討した場合、それとは別の見方が可能となるように思われる。

　　彼女はかつて大柄な女だったが、今では腹のあたりが水ぶくれみたいに張っている以外は、だらりと垂れている皮の下に骨ばかりが浮き出ていて、あたかも体の筋肉と組織が勇気や忍耐であり (as though muscle and tissue had been courage or fortitude) それが年月とともにすりへらされ (which the days or the years had consumed)、ついには屈することのない骨格 (indomitable skeleton) だけが残り、その骨格が眠っているような無感覚な臓腑の上に一つの廃墟か旧跡 (a ruin or a landmark above the somnolent and impervious guts）のように浮き出しているみたいだった。そしてそうした体の上で、骨が肉の外に出ているような朽ちかけた顔が、宿命論者とも、子供のような驚きと絶望とも見える表情をもって（with an expression at once fatalistic and of a child's astonished disappointment）、荒れ模様の夜明けの空に向けられていた。が、ついに彼女はうしろを向いて、ふたたび家の中にはいってドアを閉めた。（下線引用者）（265-266）

　かつて大柄な女性であったディルシーも、今では肉が落ち、だらりと垂れた皮の下に「屈することのない骨格」だけが浮き上がっている。また、体の筋肉と組織が忍耐でありながらも、それらは「年月とともにすりへらされ」、ついに残ったその屈することのない骨格だけが、無感覚となっている感のある臓腑の上に「一つの廃墟のように」浮き出している。こうした描写は彼女が勇気や不屈の忍耐を備えた人物であることを描いている一方で、ストウナムが述べているように、コンプソン家を含めて、すべてのものを蝕む属性を備えた時間の影響からはディルシーも免れることはできないという事実を表しているように思われる。つまり、時の流れには抗しきれない人間一般が持つ無力で凡庸な属性からやはり免れてはいない彼女が、時の流れの影響で身を「すりへらされ」ざるをえない事実と、その熾烈な時の流れに対抗しつつ生きていくためには「屈することのない」骨格以外の周囲の臓腑が、「眠っているように無感覚に」ならざるをえなかった事実を描いていると考えられる。

　先に見たように、ディルシーの服装には聖なる性質と俗なる性質が反映されていたが、ここでもまた、彼女が勇気や不屈の忍耐を備えている一方で、時の流れには無抵抗な人間一般が持つ無力で凡庸な属性を持っていると描写され、聖と俗の相反する性質が同時に表現されている。このように、同一の人物において、相反する特徴を表す属性が二つの描写で並行的に述べられている事実は、先の服装描写とここでの描写が密接に関連していることを意味するのではないか。つまり、先の聖と俗の混在した服装描写は、ディルシーが高貴な人物であることを暗示していると同時に、多くの一般の人々が備え

る無力で凡庸な属性から免れてはいないという事実を示唆しているのではないか。そしてこのような対照的な属性の描写により強調されることは、時間に対峙するという点では特別な強さを備えてはいない無力な状態であるがゆえ身をすりへらしながらも、敢然として時の流れに立ち向かってきた彼女の不屈の忍耐の尊さなのではないか。

　ディルシー自身も、自分が無力であることを感じているにちがいない。彼女の体の上にある、骨が肉の外に出ているような「朽ちかけた顔」が、「宿命論者」とも、「子供のような驚きと絶望とも見える表情」を浮かべ、荒れ模様の夜明けの空に向けられているのは、彼女が苦難に耐えてもなお無心な気持ちを保持していることを表している半面、その苦難をもたらす現実の状況の前ではどうすることもできない無力な自分を彼女自身が感じていることを示していると見なすことができる。

2　コンプソン家の重苦しい雰囲気とは無縁な無邪気なラスターの姿勢

　ディルシーは、食器棚の上の壁にかかった時計が5回打つ音を聞いて、「8時だ」(274) と認識しているように、時の流れを正確に受けとめている。こうした姿勢を持つ彼女とは対照的な人物がコンプソン夫人である。フォークナーが、コンプソン家の没落の原因として彼らがいまだに1850年代の意識で生活していることをあげているが（Gwynn and Blotner 18）、とりわけその意識を引きずっている人物はコンプソン夫人であると言えよう。先に述べたように、彼女の誇り高い気質は、かつてであればコンプソン家を隆盛へと導く推進力の役割すら果たしたものの、時の流れはそうした誇りの性質とそれがもたらす効果をも変容させる影響をもたらした。ハーバートとの結婚によりキャディの妊娠を取り繕うことを意図した夫人の策が失敗に終わり、コンプソン家の没落を早めた例が示しているように、夫人の誇り高い気質は、今や、コンプソン家の没落を加速させる方向に働いてしまっている。「冷たい愚痴っぽい様子で、真白な髪の毛をし、その目ははれぼったくてしょぼしょ

ぼしており、全部がひとみか虹彩だけでできているかのように見えるほど黒い」（279）とのコンプソン夫人の描写は、時の流れによって、誇りが没落を推進する虚栄に変容してしまった様子を表しているように思われる。

　ジェイソンもまた、時の流れに影響を受けながらもそれを拒否しようとする姿勢を抱いている。朝の食卓で夫人と「まったく同じ姿勢で」（279）姪のクエンティンを待つ彼は、「冷たい抜け目ない様子で、まるで風刺画に描かれるバーテンダー」のようである。この風貌には、功利に目ざとく強情な側面を持つ性格と同時に、時間の流れが引き起こすコンプソン家の変化を拒もうとする彼のかたくなな意地が表象となって表れているように思われる。もっとも、彼の場合、コンプソン家の現状を半ば受け止めている点が夫人とは異なっている。「この家にはわずかな誇りすら受け入れる余裕があるかどうかわからない」（221-222）との彼の独白は、誇りを保持するよりも、むしろ現実の生活に目を向けざるをえないコンプソン家の現状を彼自身が把握していることを示している。

　ベンジーは、時計の鳴る音を聞いて鼻を鳴らし泣き始めている。このように、時間の流れに拒否の反応を示すのは彼も同様である。「ベンジーは道徳的な指標となる人物ではない」（Stonum 81）とストウナムが指摘しているが、このことは彼の時間に対する受け止め方にも当てはまるであろう。ともすれば、ベンジーが時間の流れを拒んでいないかのような印象を与えるのは、彼が現在と過去を区別できないからだと考えられる。この日の朝から、「この世の声なきものの不幸を表わす、重苦しく、絶望的な響き」（316）を彼が発するのも、ヴィカリーが言うように、「柔軟性のない固定した世界に生きるベンジーが、新たな変化が起こるたびにうめきで抵抗しようとしている」（Vickery 35）からであろう。つまり、ここでの彼のうめきは、彼自身は無意識ながらも、時間がもたらす新たな変化への拒否、すなわち、クエンティンの失踪という、時間の推移に伴って起こるべくして起こったコンプソン家の新たな変化に対する抵抗を示していると言える。

　このように、ベンジーもまた、時間に蝕まれ荒廃したコンプソン家の雰囲気から免れているわけではない。熊のような足取りで歩く大男の彼の姿は、

「身体の部分部分が互いに、またそれを支えている骨格に結びつこうとしないか、現に結びつくことを拒んでいる物質でできているようであり」、「彼の皮膚は死んでいるような色をしていて毛は生えていず、水ぶくれのようにむくんでいる」(274)。病や死を連想させるこうした彼の姿は、もはや崩壊しつつあるコンプソン家の雰囲気を象徴しているとも言えよう。

　だが、皮肉にも、知性を持たないベンジーは、ややもすれば知性がもとで引き起こされる心の歪みを多くの場合免れている点が兄のクエンティンやジェイソンとは違っている。彼の目が、「ヤグルマソウ（cornflowers）のようなやさしいうす緑で澄み」、またその目が「やさしい青い瞳」(sweet blue gaze)(297)で、「澄んでいて清らか」(serene and effable)(319)であるのは、知性が引き起こす心の屈折を免れることで、彼が無心な気持ちを抱くことが可能となっていることを示している。

　暗く、重苦しいコンプソン家に、クエンティンの失踪という新たな不幸が襲う。朝、「どこからともなく現れた二羽のかけす（two jaybirds）」が次第にその飛ぶ数を増していくのは、一家の不幸を象徴するかのようである。

　だが、こうした状況の中で、底抜けな明るさを見せるのは無邪気なラスターである。この日の朝も、「何食わぬ風」(innocently)(268)に現れた彼は、薪を山と積んでやっと運び、「一気に雷のような音」(thunderous crash)をたてて箱の中へ投げ込む(269)。コンプソン家の屋敷の暗さを象徴するような「じめじめした土と青かびとゴムの匂いがむんむんしている地下室の暗闇」(273)の中で、前日ショ—　で見た演奏者の真似をする際も、ディルシーが「30年以上もかた焼きパンをこねるために使った使い古しの木づち」(287)を使って平然とのこぎりを打つ。そして地下室から「何食わぬ顔をしてひょっこり出て来た」(Luster emerged quickly and innocently)(272)とき、ディルシーに自分のしていた行為を見破られたと感じても、「何ら悪びれることもなくあっけらかんとした様子」(blandly, innocent and open)(273)である。

　このように、ラスターの "innocent" な特性が繰り返されているのは、まさに彼のもつ無邪気な性質が行動に表れているからだと言える。ジェイソン

にショーの切符を見せびらかされた彼は「おら1セントも持っていないだよ」（"I ain't got no money."）(254) と表明するが、それはやはり、所有しているものが皆無であるがゆえ、何ものにもとらわれることのない、無邪気な彼の気持ちの状態を比喩的に示していると考えられる。

　加えて、ラスターはベンジーを扱うのが上手であり、この日の朝も、「いかにも熟達した、超然たる手つきで」(276) ベンジーに食事をさせる。ショーで聞いた演奏を思い出し放心状態となっているラスターは、「時々スプーンを上げるふりだけするので、ベンはからっぽの空気に口をぱくつかせていた」が、小さなラスターが大きなベンジーを操るこの光景は、まるで「狭いドックの中で一隻の引き船が不器用なタンカーを引きずるみたいに見えた」(285)。こうして彼ら二人がもたらす滑稽で無邪気な行動は、暗いコンプソン家の中の騒動とはどこか無縁のようである。

3　シーゴグの説教で語られる無力なものの秘める途方もない力

　復活祭（Easter）のこの日、ディルシーはベンジーを連れて黒人教会にいく。途中出会った娘のフローニーはディルシーに向かって、ベンジーを教会に連れていくべきではない、とみんな言っていると告げる。その言葉に対し彼女は、「神様は利口だろうが馬鹿だろうが、そんなことはおかまいなしだって、そいつらに言ってやる。そんなことを気にするのは白人のろくでなしだけだ」(290) と答え、ベンジーを黒人教会へ連れていくことをためらおうとはしない。

　ディルシーの毅然とした性格は、夫のロスカスとも対照的であることがベンジーの回想からもうかがえる。気は優しいが少し臆病で迷信深い面を持つロスカスは、コンプソン家に次々と起こる不幸を見て、「この屋敷は縁起が悪い」(29)(31) と繰り返し、次に起こる死の前兆（the sign）を見たと言うのに対してディルシーは、「だってよ、死なねえ人間がいたらお目にかかりてえだよ。おお、イエス様」(29) と反論し、また、ベンジーは普通の人

が知らないことを知っているばかりか、魔法をかけることができるほど人並み外れた能力を持つ、とのロスカスの言葉を信じたフローニーに向かって、「よさねえだが。お前はもうちっと利口だと思っていただぞ。なんだってとっつぁんの言うことなんか聞こうとするだ」(32) と言って彼女をたしなめている。

　風雨にさらされ、荒涼として奥行きのない景色を背景にたたずむ教会は、尖塔が不釣合いにそびえており、薄っぺらで奥行きもなく、「平らな地面の一番はずれに一枚のペンキの塗られたボール紙が立てられている」(292) かのように、みすぼらしい建物に見えた。飾りつけも貧相であり、「それぞれの菜園や生け垣から摘まれた花」と、「色つきのちりめん紙の吹き流し」でまばらに飾られ、説教壇の上には「打ちへらされたクリスマス・ベル」がかかっていた。このいかにも安普請で、滑稽味すら感じさせるほどみすぼらしい様子の教会に、「偉い説教師」(290) と評判のシーゴグ牧師の話を聞くため、人々は期待に胸をふくらませて集まってくる。

　だが、堂々とした風格の彼の姿を思い描いていた人々の予想は裏切られることになる。実際のシーゴグ牧師は、「背が低く、みすぼらしいアルパカの上着を着て、小さな老いぼれた猿のような、しなびた黒い顔」をしていたからである。彼の姿を見た人々の間からは、「ため息とも、驚きとも、失望ともつかない声」(293) がもれる。彼らはまた、合唱隊の子供たちが歌っている間中、堂々たる体格をした自分達の牧師に圧倒されて、「小人のように小さく田舎っぽく見える貧相なその男」を「驚がくに似た表情で」見つめる。そして、張りのある朗々たる調子で自分たちの牧師から紹介されるや、いよいよシーゴグの貧弱の度合いが増し、人々の驚きや失望の度合いはいっそう大きくなるが、こうしてみすぼらしさの程度が極まった状態でシーゴグ牧師の説教は始まる。

　だが、体に似合わず大きな彼の声は、「アルトホルンのような悲しげな音色をもって響きながら、人々の心の中に沈みこんで」(294) いく。そして彼の声がやんだ後も再び、消えながらも幾重にも重なるこだまとなって聞こえてくると、やがて人々の目には、彼の貧相で脆弱に見える姿が、その

脆弱性ゆえにこそ逆に、たくましい強靱な精神を備えた姿に映るようになる。「フォークナーの創作プロセスには、弱いものから強いものを引き出すといった逆転の作用が多々認められる」（Bleikasten 205）とブレイカスタンが指摘しているように、この場合においても弱さから強さへの反転が認められると言ってよい。人々の目に彼がたくましく映ったのは、「無慈悲な大地（implacable earth）と争いながら長い間監禁され、背中から弓なりに前かがみになった、彼のやせた姿」が、彼らには、無慈悲な大地と争い抜いてきても倒れなかった不屈の人間の象徴的姿として思えてきたからである。つまり、彼の姿がいかにも弱々しく見えるゆえにこそ、その姿に、弱々しい状態に至ってもなお打ち負かされることのない、不屈の魂の存在を感じたからである。

　彼の貧相な姿が不屈の強さへと変化するこの逆転は、無力に映るものの存在が、途方もない強い力を持つものへと変転する可能性を人々に意識させたように思われる。彼が猿のような顔を上に向け、穏やかな十字架上の苦痛の姿で一呼吸ついたとき、その姿は「みすぼらしさも貧相さも超越して、そんなものはなんら取るに足らないと人々に思わせる」（295）。そのとき、聴衆の間からは長いうめくような吐息がもれ、一人の女は甲高い声で、「はい、イエス様！」と叫ぶ。このような人々の反応は、彼の言動によって彼らが、無力に見えるものの中にこそ、不滅の力を秘めた魂が存在する可能性があると感じそのとき覚えた彼らの感動を象徴的に示していると考えられる。

　無力に映るものが強い力を秘めた存在に逆転する可能性があることは、シーゴグ牧師の説教の中でも示されている。

　　「おらは神の子の小羊の思い出を持っているだ！（中略）哀れな罪人たちよ！あれらの揺れ動く戦車はエジプトで消えうせただ。そして多くの年月が過ぎていっただ。かつて金持ちだった者どもは今はどこにいるだ？なあ兄弟よ。かつて貧しかった者も今はどこにいるだ？なあ姉妹よ。おお、よく聞くがいいだ。もしお前たちが古き救済の乳と露に授からなければ、長く冷たい年月が過ぎていくとき、どうなると思うだ。（中略）

ああ、兄弟たちよ。ああ姉妹よ。お前たちは神の小羊の思い出と血を持っているだか？なぜなら、われは天国にそんなに重荷を負わせようと思わぬからじゃ！（中略）兄弟たちよ。あそこに腰かけているあの幼児を見るがいいだ。イエスもかつてはあんなふうだっただ。（中略）よく聞くがいいだ、兄弟たちよ。おらはその日を見て知っているだ。マリア様はイエスを、小さなイエスを膝にだいて、戸口のところに座っているだ。あそこにいる幼児みたいな、小さなイエスをだ。（中略）おらには聖なる木々の生えたゴルゴダの丘が見えるだ。おらには一人の強盗と一人の人殺しと、あの小さき人の姿が見えるだ。（中略）おらには何もかも一呑みにする洪水が天国とこの世の間に押し寄せて来るのが見えるだ。（中略）おらにはイエスのよみがえりと栄光が見えるだ。おらにはやさしいイエスが、彼らがわれを殺したのは汝らが再び生きるためだと言うのが見えるだ、（中略）兄弟たちよ。なあ、兄弟たちよ！おらには最後の審判の日の雷鳴が見えるだ。そして黄金の角笛が神の栄光を叫ぶのが聞こえるだ。そして神の子羊の血と思い出を持っている死者だけがよみがえるのが見えるだ！」(295-297)

"I got de ricklickshun en de blood of de Lamb!" ... "I see de light en I sees de word, posinner! Dey passed away in Egypt, de swingin chariots; de generations passed away. Wus a rich man: whar he now, O breddren? Wus a po man: whar he now, O sistuhn? Oh I tells you, ef you aint got de milk en de dew of de old salvation when de long, cold years rolls away!" ... O breddren? O sistuhn? Is you got de ricklickshun en de Blood of de Lamb? Case I aint gwine load down heaven!" ... Breddren! Look at dem little chillen settin dar. Jesus wus like dat once." ... "Listen, breddren! I see de day. Ma'y settin in de do wid Jesus on her lap, de little Jesus. Like dem chillen dar, de little Jesus." ... "I sees Calvary, wid de sacred trees, sees de thief en de murderer en de least of dese." ... "I sees de whelmin flood roll between." ... "I sees de resurrection en de light; sees de meek

Jesus saying Dey kilt me dat ye shall live again; I died dat dem whut sees en believes shall never die. Breddren, O breddren! I sees de doom crack en de golden horns shoutin down de glory, en de arisen dead whut got de blood en de ricklickshun of de Lamb!"

　「揺れ動く戦車」や金持ちも貧しい人々も含めた「何世代にもわたる人々」が、まるで「天国とこの世の間に押し寄せる洪水」によって一呑みにさらわれ、跡形もなくなってしまったように、「長く冷たい年月」という時の流れに流され、消え去っていった。だがその中で、復活し栄光の光に輝いて見える人物がイエス・キリストである。

　弱き子供特有の、純真で無垢な姿勢を維持することの必要性を述べたこのシーゴグの説教は、ロスとポークが言うように、小さき者を尊重する重要性を説いたマタイによる福音書 25 章 40 節にもとづいているにせよ（Ross and Polk 183）、あるいは、弱く小さな子供の備える精神の重要性を説いた同書 19 章 14 節にもとづいているにせよ、それが貧相な姿をした彼によって説かれることにより、意味が強められ説得力が増してくるように思われる。小さき者こそが強き者であるとの説教をする彼自身が、初めはみすぼらしく見えながらも、不屈で威厳ある姿に逆転する様子を人々は見ているからである。

　『征服されざる人々』（The Unvanquished）の中では、主人公のベイヤード（Bayard）が、無垢な気持ちを持っていた頃の彼自身の心の様子を蛾にたとえ、それが小さく抵抗する力さえ持たないがゆえ、逆に、ハリケーンの暴風にも吹き飛ばされることのない力、すなわち無力であるがゆえのとてつもない力を備えていることが示唆されている。シーゴグの説教においてもこれと同様に、小さく無力であるものこそが、「天国とこの世の間に押し寄せる洪水」や「長く冷たい年月」に押し流されることはないとする逆説の主張がなされていると言えよう。すなわち、暴風にも吹き飛ばされないハリケーンの中の蛾のように、小さく無力で流れに抵抗する力さえ持たないほど弱小な存在であるゆえにこそ、それは押し寄せる洪水にも流されることのない強靭な強さを秘めている、という主張がなされているのである。

4　結び

　クエンティンが失踪したこの日、「重苦しく、絶望的な響き」(316) すら
発していたベンジーは、クイニーに引かれた馬車に乗り、ゆっくりと墓地へ
向かい始めた時になってようやく泣き止み、澄んで、「何の苦労もなさそう
な、うつろな眼差し」(320) になる。だが、この平穏な様子も、ラスターが
馬車を記念碑の左側へ向けたことで一変する。一瞬ベンジーは茫然とするが、
次の瞬間に彼は恐怖とも、苦悶の響きとも表現できないうめき声を発する。

　　一瞬、ベンは茫然となりじっと座っていた。すると、彼がわめきだした。
　　わめきわめき、その声はほとんど息つくひまもないようにして高まって
　　いった。それは恐怖であり、衝撃であり、盲目的な、言葉で表すことの
　　できない苦悶であり、ただの響きにすぎなかった。そしてラスターの眼
　　は、その瞬間、ぎょろりとひっくり返って白眼になった。(320)
　　For an instant Ben sat in an utter hiatus. Then he bellowed. Bellow
　　on bellow, his voice mounted, with scarce interval for breath. There
　　was more than astonishment in it, it was horror; shock; agony eyeless,
　　tongueless; just sound, and Luster's eyes backrolling for a white instant.

　彼が墓地にいく際、記念碑の右に馬車をつけ、それを右回りするのがいつ
もの決まったルートであったが、彼のうめきはやはり、そのルートの変更を
余儀なくされたことへの、つまりこれまでとは違った変化が起こったことへ
の拒否の姿勢を示していると言えよう。抵抗すらかなわないことへの絶望を
表現しているようなこの彼のうめきは、ハゴピアンが言うように、セクショ
ンの最後の場面で描かれるゆえ作品のテーマを集約的に表現しているという
印象を受けなくもない。だが、ベンジーの絶望的なうめきを作品の集約的表
現と見るという立場をとる場合にせよ、そのうめきがいかなる意味を持つの
かを知るためには、彼がうめくに至った経緯を検討する必要があるのではな
いか。

　第4セクションでは、高貴な様相を示しながらも、時間に蝕まれ骨格だけになった身体を備え、子供のように弱々しげな表情を見せるディルシーの姿や、貧相な体つきでか弱そうな外見を呈しつつ、みすぼらしい教会で説教をするシーゴグ牧師が描かれていた。牧師の説教の中では、弱いながらも無垢な心を備えたキリストの比喩が象徴的に語られることで、弱いものから強いものへの逆転が起こり彼の聴衆を歓喜させることになったが、その逆転を通して、身体を蝕まれつつ無力ながらも、子供のように無心な心で時間に対峙してきたディルシーの美点が強調されていることは明らかであろう。そして無心な心を抱いているという点では、彼女の孫のラスターもまた同様であり、彼はまるでコンプソン家の不幸とは無縁であるかのように見えた。

　それでは無邪気なラスターが、なぜベンジーの絶望的なうめきに関わることになったのであろうか。このことを検討し、ラスターの無邪気な姿勢とディルシーのそれとは性質が異なることを明らかにすることにより、ニヒリズムやペシミズムとは次元を異にする作品の一貫した主張、すなわち、無心な姿勢を保持することの重要性という一貫した主張が浮かび上がってくるように思われる。

　ティー・ピーの代役を任せるにあたってディルシーは、「お前はただそこに坐って、手綱をつかんでさえいりゃいいだ」(318) という忠告をラスターに与える。だが、はやる気持ちを抑えることができないラスターは、ディルシーの言葉に聞く耳を持たず、クイニーの頭を引き上げ無理やり馬車を動かすと、「両ひじを張り、鞭と手綱を高々と上げて、尊大な姿勢をとる」(he squared his elbows and with the switch and the reins held high he assumed a swaggering attitude) (319)。このとき、「クイニーのよたよた踏み鳴らすひづめの音」や「その音に伴って、腹の中で鳴るオルガンのように低くブーブー聞こえる音」と「まったく不釣り合いのもの」(out of all proportion) であると述べられている。この描写は、奢り高ぶる気持ちを抱くことで平衡を失ったラスターの心の状態を示していると考えられる。

　そして引き続く彼の言動から明らかなように、ひとたび心の平衡を失ったラスターには、それを再び取り戻すことは困難となる。途中一人の黒人から

墓地へいくのかと尋ねられると、彼は「お前らのいく墓地とはちと違うだ」（Ain't de same boneyard y'all headed fer.）（319）と得意げに答え、広場に近づくや、「もう一度悪意をみなぎらせ」（Luster took still another notch in himself）、いくら急かしても効き目のないクイニーに鞭を当てている。

　この後、別な黒人の群れを見つけた彼はベンジーに向かって、「あの黒んぼどもに、身分のある者はどんなふうにするか見せてやるべえ、なあベンジー」（"Les show dem niggers how quality does, Benjy."）（319）と告げ、馬車を記念碑の左側へと向けることになる。ミルゲイトは、ラスターのこうした傲慢な姿勢はコンプソン家の人々から受け継がれたものであり、その姿勢が原因で彼が馬車を記念碑の左側に向け、ひいてはベンジーのうめきをもたらす大きな要因となったと述べている（Millgate 103）。ラスターの傲慢な姿勢がコンプソン家の人々から受け継がれたか否かはさておき、ミルゲイトが言うように、彼が傲慢な姿勢をとったことが惨事を引き起こす大きな原因となったことは疑いない。

　たしかに、ラスターは何も所有しない無邪気な子供であるという点では、ディルシーと通底する無力な心の状態を備えている。だが、彼とディルシーの大きな違いは、そうした心の状態を持続できるか否かにあると言える。ラスターはいかにも子供特有の無邪気ないたずらな心を備えていたけれども、それは時にベンジーを楽しませる要因となる一方で、彼に邪心を引き起こし、無力な状態の保持や持続を妨げる要因となっていた。ディルシーの言いつけを守らずベンジーをいじめたり、高慢な気持ちを抱いたりすることも、このいたずら心にもとづく邪心が働いた結果と言えるだろう。

　ラスターと異なり、ディルシーが尊大な気持ちを抱くことがないのは、彼女自身が時間の流れの中にいると感じているからである。つまり、自らが時間に影響されていると感じることにより、すべてのものを蝕む属性を備えたその時間に抗うことのできない無力な自分の姿に気づいているからである。無心な姿勢の保持を妨げる気持ちの奢りをラスターにもたらしたのは、いたずら心を抱こうとする彼の性質である。だが、ラスターがいたずらな気持ちを抱く傾向があるのは、彼が特別に邪悪な性質を備えているからではなく、

あくまで移り気で、悪ふざけを好む子供一般に見られる性質を彼自身も備え
ているにすぎないからではないか。言いかえれば、子供であるがゆえ無心な
気持ちを持つことが可能となっている彼は、やはり子供であるがゆえ、多く
の子供たちと同様、いたずらな気持ちという子供特有の性質を抑止すること
ができないのではないか。

　このように見た場合、ベンジーの絶望的なうめきという出来事の影で暗に
示されていることは、子供が備えるような無心な気持ちを単に持つだけでは
なく、それを持続的に持ち続けることの重要性である。そして、その重要性
が示されることにより、「勇気や忍耐である体の筋肉と組織を年月とともに
すりへらし」ながら、すなわち、無力でありながらも時間と正面から立ち向
かい、その無力さゆえに体をすりへらしてもなお無心な気持ちを保持し続け
る、ディルシーの姿勢の重要性が結末部分で強調されているのである。

注

1　テキストは Faulkner, William. *The Sound and the Fury*. New York; Vintage, 1990.
を使用。以下括弧内に引用ページ数を示す。訳は高橋正雄訳、『響きと怒り』、(講談
社、1997 年) によるが、一部変更を加えた。

引用文献

Bleikasten, André. *The Most Splendid Failure*. Bloomington: U of Indiana P, 1976.

Davis, Thadious M. *Faulkner's "Negro": Art and the Southern Context.* Baton Rouge:
Louisiana State UP, c1983.

Hoffman, Frederick J. & Olga W. Vickery, eds. *William Faulkner: Two Decades of Criticism,
William Faulkner:* "Interview with Jean Stein." East Lansing: Michigan State College
Press, 1951.

Gwynn, Frederick L. and Joseph L. Blotner, eds. *Faulkner in the University.* Charlottesville:
UP of Virginia, 1959.

Millgate, Michael. *The Achievement of William Faulkner*, New York: Random House.1966.

Hagopian, John V. "Nihilism in Faulkner's *The Sound and the Fury*" in *Modern Fiction
Studies* ⅩⅢ, spring 1967.

Ross, Stephen M. and Noel Polk. *Reading Faulkner: The Sound and the Fury.* Jackson: UP of
Mississippi, 1996.

Stonum, Gary Lee. *Faulkner's Career: An Internal Literary History.* Ithaca and London;
Cornell UP, 1979.

Vickery, Olga W. *The Novels of William Faulkner.* Baton Rouge: Louisiana State UP, 1964.

Williams, David. *Faulkner's Women.* Montreal: McGill-Queen's UP, 1977.

フラナリー・オコナー

Flannery
O'Connor
★
(1925-1964)

　フラナリー・オコナーは、1925年3月、父エドワード（Edward Francis O'Connor）と母レジーナ（Regina Cline O'Connor）の一人娘として、ジョージア州サヴァナ（Savannah）に生まれる。彼女の両親はともに敬虔なアイルランド系カトリック教徒であり、ジョージア州の由緒ある家柄出身であった。父方の祖先のジョン・フラナリー（John Flannery）は、1851年、16歳でアイルランドからアメリカに渡った後、南北戦争を経てサヴァナで「ジョージア州南部銀行」（Southern Bank of the State of Georgia）を設立し、1870年には聖ヨハネ大聖堂の建築の資金面での援助もしている。一方、母方の祖先は18世紀の終わりにアイルランドから渡米し、祖父のピーター・クライン（Peter Cline）はジョージア州中央のミレッジヴィル（Milledgeville）で町長を務めている。

　オコナーの父エドワードは、ジョン・フラナリーの娘であるケイト（Kate）から融資を得て不動産会社を経営していたが、本当は作家になりたかったようである。オコナーは、不動産販売よりも米国在郷軍人会での仕事のほうに興味を持つ彼を見て、「父の愛国心は私の誇りだった」と述べている。

　彼女は地元のカトリックの教区の聖ヴィンセント女子グラマースクール（St. Vincent's Grammar School for Girls）に続いて聖心グラマースクール（Sacred Heart School）に通った。その最終学年の12歳の時に、父が後に難病の紅斑性狼瘡と判明する病気の症状が出る。翌1938年、母方の実家（「クラインの館」（"the Cline House"））のあるミレッジヴィルに移り、ピーボディ・ハイスクール（Peabody High School）に通うが、翌年、エドワードがアトランタ郊外に自宅を購入すると一家はアトランタに引っ越し、彼女は当地の公立学校のノース・フルトン（North Fulton）高校に1939年から1940年にかけて在籍する。

　しかし、都会生活になじめなかった彼女と母は一年あまりで再びミレッジヴィルに戻る。エドワードは週末にアトランタから毎週通うが、まもなくして紅斑性狼瘡の病を発症してしまったため三人でミレッジヴィルに住むことになる。そして三年後の1941年、エドワードはオコナーが15歳の時に亡

くなる。愛する父親の死は彼女にとってショックだったに相違ない。だが、彼女は母のレジーナに対して、亡くなった父は今や自分たちより幸福なのだと言って母を慰めている。

　1942 年、ピーボディ・ハイスクール卒業後、ジョージア州立女子大学（Georgia State College for Women）に入学。高校と大学在学中は数多くの風刺漫画を学校新聞と大学新聞に寄稿し、大学卒業の年には季刊文芸誌『コリンシアン』（Corinthian）の編集長を務めている。この彼女の風刺漫画で用いられている滑稽な誇張法は、後の小説の中でグロテスクとダークユーモアを使用する形で受け継がれていると言ってよい。1945 年同大学を卒業し社会科学の学士号を得る。哲学科の教師の薦めもあり、同年 9 月奨学金を得てアイオワ州立大学に進む。

　当初はジャーナリズム専攻の大学院生として入学したものの、自分の進むべき道ではないと自覚した彼女は、ライターズ・ワークショップの責任者であったポール・エングル（Paul Engle）に創作科への入学を志願する。彼女が書いてきた作品が想像力に富み、生き生きとしたものであることを認めたエングルは直ちに彼女の入学を許可する。そこで彼女は、創作科では書くことを学ぶと同時にさまざまな作家の作品を読むことになる。モーリアック、ベルナノス、グリーン、ウォーなどのカトリック作家の作品とフォークナー、アレン・テイト、キャサリン・アン・ポーター、ユードラ・ウェルティといったアメリカ南部の作家や、ドストエフスキー、ツルゲーネフ、チェーホフなどのロシアの作家の作品など多岐にわたるが、とりわけコンラッド、フローベル、バルザックから多くを学び、ヘンリー・ジェイムズからは大きな影響を受けたという。

　1946 年「ゼラニウム」（"The Geranium"）が雑誌『アクセント』（Accent）に掲載される。1947 年創作科を修了し修士号の学位を取得する。その後一年間、創作科の非常勤の助手をするかたわら『賢い血』（Wise Blood）の冒頭の数章にあたるいくつかの作品を懸賞に応募し、賞金 750 ドルを手にする。この入賞をきっかけに 1948 年作家村があるニューヨークのヤドー（Yaddo）に招かれ、そこで執筆に専念する。当時はヤドーに招かれることは、2500 ドル

の賞金が給付されるグッゲンハイム（Guggenheim）奨学金を獲得するのと同
等に見なされていた。

　1949 年の初め、友人に連れられて、同じカトリック教徒であり、生涯
を通じて親交を結ぶことになるフィッツジェラルド夫妻（Robert and Sally
Fitzgerald）を訪ねる。夫のロバートは彼女を「内気なジョージア娘、顔は
ハート型で青ざめて憂鬱そうであったが、輝きをもってすべてを見るような
すばらしい目をしていた」と述べている。同年の 9 月よりコネティカット州
の夫妻の新居に付設された寝室と浴室つきのガレージで、夫妻の提案により
客待遇の下宿人として過ごしながら『賢い血』の執筆を続ける。そうしてし
ばらく快適な生活を続けていたものの、翌 50 年 12 月『賢い血』の原稿を
タイプしている時に、腕に痛みを感じ両腕を上げることができなくなる。紅
斑性狼瘡の兆候であった。

　腕の症状が悪化するにつれて、夫妻の子供たちに感染するのではないかと
恐れた彼女は、夫妻のウィルトン（Wilton）のかかりつけの医師に診察を依
頼した。診断結果は慢性関節リウマチとのことであったが、完全な検査がで
きなかったため、クリスマスに帰省した際にジョージア州の総合病院で精密
検査を受けるように勧められる。だが、その時間的余裕もなく、帰省の列車
の中で病状が悪化し、彼女はミレッジヴィルに帰るやクライン家のかかりつ
けの医師のもとで治療を受ける。コルチゾンのおかげで一命は取りとめたも
のの、高熱状態が続いたため、翌年の 2 月には、当時ジョージア一の腎臓
専門医と言われたメリル博士（Dr. Merrill）が在職するアトランタのエモリー
大学病院（Emory University Hospital）に入院する。オコナーの病気が紅斑性
狼瘡であると診断したメリル博士は、副腎皮質ホルモン剤 ACTH の多量の
注射で病勢を抑えることに成功した。だが、薬の副作用のため髪は抜け落ち、
顔は異様なほど腫れあがったため、塩とミルクを使わない食事療法が施され
た。1951 年 26 歳の誕生日の後まもなくして、彼女は自宅での ACTH の一
日 4 回の注射と厳格な食事療法の実行を条件に病院を退院する。

　娘が階段を自由に登れないことを見たレジーナは、「クラインの館」から
数マイル離れた、彼女が所有するアンダルシア農場に暮らすことを決める。

レジーナは農場管理者としてすこぶる有能であり、オコナーは亡くなるまでの 13 年間母と共にそこで暮らすことになった。農場でオコナーは普段、午前中は執筆にあて、午後は絵を描き散歩し、鳥に餌を与えたり、友人に手紙を書いたり、友人と会ったりして過ごしたという。

1951 年末には、6 年近く取り組んでいた『賢い血』が完成し翌年の春に出版された。1952 年から 2 年間ほど彼女は 7、8 編の短編作品を書いたが、「つくりものの黒ん坊」（"The Artificial Nigger"）をはじめとして、すべて気に入っていたようである。1952 年、53 年に『ケニヨン・レヴュー』（*Kenyon Reviews*）同人に推薦され奨励金を与えられる。同誌に掲載された「助ける命は自分の命かもしれない」（"The Life You Save May Be Your Own"）が 54 年の O. ヘンリー短編賞第 2 位を受賞する。この前年の暮れ頃から腰の痛みを感じ片足を引きずり始め、翌 54 年の春には杖を使って歩くようになるが、彼女自身はさして不便は感じていなかったようである。55 年には「火の中の輪」（"A Circle in the Fire"）が O. ヘンリー短編賞第 2 位を受賞し、また初めての短編集『善人はなかなかいない』（*A Good Man Is Hard to Find*）を出版する。この年の秋頃から脚の上部の骨が冒され軟化してきたため、松葉杖を使って歩き始める。

1956 年『ケニヨン・レヴュー』夏号に掲載された「グリーンリーフ」（"Greenleaf"）が、O. ヘンリー短編賞第 1 位を受賞する。この年 CBS テレビに、「助ける命は自分の命かもしれない」の放映権を譲渡するが、彼女は、そのお金で最新式の冷蔵庫を母に買ってあげられると友人たちに話していたという。57 年全米文芸協会より奨励金が授与される。

1958 年 3 月、キャサリン・アン・ポーター（Katherine Anne Porter）の訪問を受ける。いとこのケイトに誘われ、4 月の末から 5 月の初めにかけて、母のレジーナと一緒にルルド（Lourdes）への巡礼の旅行に加わる。紅斑性狼瘡の治療の副作用で腰の骨が軟化しているのを見たメリル博士は彼女の旅行には当初反対であったが、途中十分な休養を取ることを条件に参加を認める。アイルランドの空港でオコナーと母は一行と別れると、フィッツジェラルド夫妻が当時住んでいたミラノ近郊のリグリア（Liguria）に向かう。その後数

日二人は夫妻が当時住んでいた別荘で過ごした後、サリーも二人と同行して、サヴァナから来た一行と再びパリで合流しルルドに向かう。もとよりオコナー自身はルルドの聖水に体を浸すことにはためらいがあったが、その気持ちを覆したのは、ケイトを失望させまいとしたサリーの強い勧めであったようである。ローマでは法王ピオ 12 世と謁見し、松葉杖をついていたオコナーは法王から特別な祝福を受ける。

　帰国後は『烈しく攻める者はこれを奪う』（*The Violent Bear It Away*）の執筆に取りかかり翌 59 年に完成し、60 年に出版された。また 59 年にはフォード財団より奨励金を授与されている。

　62 年、ノートルダム・聖メアリー大学（St. Mary's College, Notre Dame）より名誉文学博士号、63 年スミス大学（Smith College）より名誉博士号を授与される。63 年「高く昇って一点へ」（"Everything That Rises Must Converge"）が O. ヘンリー短編賞第 1 位を受賞する。この年のクリスマスの数日前に貧血で意識を失って倒れる。64 年 2 月、貧血の原因が腺維腫瘍で良性ではあるが体力を消耗するものとわかる。摘出手術が必要だった。ボールドウィン郡病院で手術を受けた後、一時は回復に向かったように見えたものの、4 月に紅斑性狼瘍が再発する。「啓示」（"Revelation"）が『スワニー・レヴュー』（*The Sewanee Review*）春号に掲載される。これが彼女の在命中の最後の印刷された作品となった。5 月末から 6 月にかけて 1 か月ほどアトランタのピーモント病院（Piedmont Hospital）に入院する。すでに病状が進み、メリル博士も手の施しようがない状態となっていた。7 月下旬腎臓の病状が悪化しミレッジヴィルの病院に入院するが、8 月 3 日昏睡状態のうち 39 歳の生涯を閉じる。

参考文献

Cash, Jean W. *A Life of Flannery O'Connor.* Knoxville: The U of Tennessee P, 2002.

Fitzgerald, Robert. "Introduction" in *Everything That Rises Must Converge.* New York: Farrar, Straus and Giroux, 1965.

Gooch, Brad. *A life of Flannery O'Connor.* New York: Little, Brown and Co., 2009.

「火の中の輪」
──主人公の不安と恐怖──

　フラナリー・オコナーは、アメリカ南部に固有の人種や階級の問題を扱い
ながら、人間の心に潜む悪を描いた作家である。サザン・ルネサンスの作家
の系譜に属するオコナーだが、陰惨でグロテスクな描写を頻繁に行うことか
ら、彼女はまた多くの場合、サザン・ゴシックの作家とも呼ばれている。オ
コナーが描くゴシック的作品の中でも、第一短編集『善人はなかなかいな
い』（*A Good Man is Hard to Find*, 1955）に収められた「火の中の輪」（"A Circle
in the Fire", 1954）は、心の不安や恐怖を描いているという点で、すぐれてゴ
シック的特徴が表れた作品と言えるだろう。

　主人公は、南部で広大な森林と農場を所有するコープ夫人（Mrs. Cope）で
ある。彼女は「グリーンリーフ」（"Greenleaf", 1956）におけるメイ夫人（Mrs.
May）と同様に、その所有財産を自らの勤勉によって築き上げたのであった。
ある日、コープ夫人のもとへ 3 人の少年がやって来る。彼らはコープ夫人を
不安や恐怖に追い込んでいき、ついには彼女の所有する森に火をつける。そ
の光景を目にしたコープ夫人の顔には、当然なことにみじめな表情が浮かぶ
のである。

　しかし、この当然な反応には、単純なだけに何か腑に落ちない雰囲気が
あって、読者は結末でいささか戸惑いを感じないではいられない。たとえ
ば、コープ夫人を擁護する意味合いの描写がなされてはいないせいか、「森
の火事を目にしたコープ夫人は何ら啓示を受けてはいない。彼女が感じてい
るのは、悲しみやみじめな喪失感にすぎない」（Martin 37）といったように、
コープ夫人の表すみじめな表情を否定的にとらえる見解がある。そうすると、
単に自分の所有物を失う恐怖におびえ最後にそれを失うというだけの悲哀の

物語となり、その結果、深みのない魅力に欠けた作品にすぎなくなってしまう。一方、「コープ夫人のみじめな表情は、不安から解放され、神の祝福を受けるために耐えなければならない多大な苦しみを表している」（Giannone 86）といったように、コープ夫人のみじめな表情を肯定的にとらえ、作品に重要な意味を読み込もうとする見解も示されている。だが、この見解に至る具体的な根拠が提示されてはいないために、説得力に欠ける観があることは否めない。

　コープ夫人は勤勉に働くことで農場主として成功を遂げていくが、財産を築いていくにつれ、それを失うことへの恐怖を強く抱くようになる。そして、あたかもその恐怖心そのものが財産の喪失を招いたかのように、彼女は瞬時にして多くの財産を失う。このように、財産の蓄積がコープ夫人を恐怖へと追いやるプロセスが物語の進行とともに明らかになるが、もとより、コープ夫人の所有する財産が、彼女の勤勉な労働によってもたらされたものであるかぎり、財産の蓄積に伴って彼女が感じる恐怖心や、反対に財産の喪失に伴って彼女が示すみじめな表情は、彼女が抱く勤勉という概念と密接な関わりがあるように思われる。

　ここでは、コープ夫人にとって、勤勉という概念が彼女の心にどのような作用を及ぼしているのかということの検討を通して、先の疑問とひいては作品のテーマについて考察してみることにしたい。また併せて、「火の中の輪」特有のゴシック性が、そのテーマの描写に際してどのような効果をもたらしているのかについて考察してみることにしたい。

1　勤勉という概念を絶対視するコープ夫人

　コープ夫人は広大な森林を保有するかたわら、数人の使用人を雇い農場を経営している。だが、多くの財産を保有するコープ夫人は不安が尽きない。たとえば風の強い日に、娘のサリー・ヴァージニア（Sally Virginia）に火事が起こらないことを祈るようしきりに促すのも、風の強い日に火事が起これば、大切な森林を瞬時にして失ってしまうという不安が彼女の脳裏をよぎるから

である。またコープ夫人は、自分の暮らす郡の中で、「一番手入れの行き届いた牧草地を持っていることを誇りとしている」(178)[1]が、自然に生えてくる雑草やはますげは、彼女の財産を脅威にさらす邪魔な存在である。それらを引き抜く際の彼女の様子は、「まるでその草が彼女の牧場をぶっつぶすために悪魔が送り込んできた悪そのものであるかのように見える」(175)けれども、それは自分の所有物を奪う悪を排除しようとする彼女の気持ち、言いかえれば、自分を不安に感じさせる原因を根こそぎ排除しようとする彼女の気持ちを表している。

　彼女の財産を奪う元凶は火事や雑草だけではなく、雇っている黒人たちも同様である。彼女から見て彼らは、「はますげと同じように破壊をたくらみ、人間らしさがまったくない」(177)。つまり彼女から見て、徹底して怠惰である彼らは、自分の財産を奪う悪そのものであるように思える。このようなコープ夫人の思いは、黒人のカルヴァー (Culver) が家畜小屋からトラクターを運転してくる場面で端的に示されている。

　　「柩の中で、あの人は片腕で赤ちゃんを抱いていましたよ」プリチャードさんは話を続けたが、その声はトラクターの音で消されてしまった。黒人のカルヴァーが家畜小屋からの道を運転してきたのだった。トラクターには荷車がつながれてあり、もう一人の黒人がその後ろに腰かけて、荷車の動きに合わせて<u>はずむように上下に揺れながら、両足を地面から 30 センチ位のところでぶらぶらさせていた</u> (bouncing, his feet jogging about a foot from the ground)。トラクターを運転しているカルヴァーは、左側の畑に通じる門の前を通り過ぎていった。

　　振り向いたコープ夫人は、カルヴァーが門から入らなかったことに気づいた。あの男はひどい怠け者だから、降りて門を開けようとしなかったのだ。わざわざ遠回りして自分に余計な金を使わせようとしているのだ。「トラクターを止めて、ここに来るように言いなさい！」コープ夫人は叫んだ。(下線引用者) (176)

　コープ夫人に向かって、鉄の肺（呼吸を助けるために使われる鉄製の医療器具）の中で出産し死亡した女性の話を続けようとしたプリチャード夫人（Mrs. Pritchard）の声は、黒人のカルヴァーが運転するトラクターの音に容赦なく打ち消されてしまう。この後カルヴァーは、いつものように門から畑に入ることを避けようとする。門から入ろうとすれば、草刈り機の刃を上げなければならないからだ。コープ夫人の目にそのカルヴァーの行為は、ただ労を惜しんで彼女に余計なガソリン代を支払わせようとする行為、彼女の財産の破壊をもくろむ行為としか映らない。

　コープ夫人にとって、このカルヴァーの行為が怠慢な性質を帯びたものとして映ることは、トラクターにつながれた荷車の後ろに座るもう一人の黒人の描写によって強調されていると言えよう。その黒人は、荷車の動きに合わせて「はずむように上下に揺れながら、両足をぶらぶらさせている」(176)といったように、規律や節度とはいかにもかけ離れた態度を備えた人物として、すなわち勤勉というイメージとは無縁な人物として描かれている。

　次のコープ夫人の発言からも、勤勉を美徳と見なす彼女は、カルヴァーのような怠惰な人間を決して許容することはできないと考えていることがうかがえる。

　　「わたしはこの郡で一番手入れの行きとどいた農場を持っているんだけど、なぜかわかる？　わたしがよく働くからですよ。わたしはこの牧場を守るために働かなければならなかったし、ちゃんとしておくために働かなければならなかったのよ」彼女は移植ごてを振りながら、ひとことひとことに力を入れて言った。「わたしはどんなことにも負けないようにしているし（I don't let anything get ahead of me.）、必ずしも面倒なことに巻き込まれたいと思っているわけではありませんからね。面倒なことが起こった時には、素直に受け止めるのよ」

　　「いつかそういうことが一度に起こったら」とプリチャードさんは言いかけた。

　　「一度に起こることなんてないわよ」とコープ夫人は鋭い調子で否定

した。(178)

　コープ夫人は娘のサリー・ヴァージニアを女手一つで育ててきただけではなく、数人の使用人を雇いながら、立派に農場を経営してきた。もちろん、それらはすべて彼女が勤勉に働くことによって可能となったのである。もとよりコープ（Cope）という名前は、直面する困難に自らの力で対処しようとする性質を彼女が備えていることを示唆しているように思われるが、そうした困難に立ち向かい「郡で一番手入れの行きとどいた牧場」を所有するに至ったのも、彼女が勤勉であったからにほかならない。

2　自ら築いた財産に執着することによって生まれるコープ夫人の恐怖心

　コープ夫人がこれまで現実的に成功してきた要因としては、勤勉であることに加えて、努めて物事を楽観的に見ようとしてきたことがあげられるだろう。この場面でも、「面倒なことが起こった時には、素直に受け止めるのよ」、面倒なことは「一度に起こることなんてない」と述べているように、コープ夫人は物事を楽観的に解釈しようとしている。たしかに、プリチャード夫人の悲観的な見方に鋭い調子で否定することに表れている通り、コープ夫人も根底においては不安や恐れを感じていることは否めない。だが、少なくともこれまで、こうしたコープ夫人の楽観的な物の見方が現実の成功に寄与してきたことは、常に物事の暗い面を見ようとするプリチャード夫人との対照的な描写、とりわけ二人がかぶる帽子の対照的描写によって示されているように思われる。

　二人のかぶっている帽子はもともとまったく同じだったけれども、「今では、プリチャード夫人の帽子は色あせて不恰好になっているのに対し、コープ夫人の帽子はまだしっかりしていて、明るい緑色を保っている」(175)。これらの対比的な描写は、悲観的で「受動的な生活態度を保とうとするがゆえに悪に抵抗できないプリチャード夫人」（Paulson 95）とは異なり、楽観的

で積極的な生活態度を保つように努めてきたコープ夫人が現実的に相応の成
功を収めてきたことを示唆していると考えられる。

　「コープ夫人は、プリチャード夫人のように物事を悲観的に見る種類の人
間を扱うのが得意だと自負していた。プリチャード夫人がいろいろな不吉な
前兆を見ると、コープ夫人は冷静にその正体をあばいて、疑心暗鬼の結果起
こる空想であると見破っていた」(189) と述べられているが、この描写には、
常に物事の暗い面ばかりを求め、不幸を増幅させようとするプリチャード夫
人と、彼女の不幸が自らの疑心暗鬼が招いたものであることを見破るコープ
夫人という関係、すなわち、自ら現実の失敗を求めるプリチャード夫人と成
功を導く冷静な現実感覚を備えたコープ夫人という関係が示されていると言
える。

　また、コープ夫人はプリチャード夫人に向かって、「神に感謝すべきこと
がたくさんある」(184)、「毎日わたしは感謝の祈りを捧げています」(177)
と述べている。もちろん、自分の財産の保全を前提に捧げられるこれらの
感謝の言葉は、カーター・マーティンが述べているように、「コープ夫人は、
神に向かって祈っているというよりも自分の財産に向かって祈っている」
(Martin 34) と言えるかもしれない。だが、コープ夫人が、勤勉に働いた労
働の成果を神の報酬として感謝し、その感謝の気持ちを心の支えとして労働
に従事し続けたとすれば、財産を築く過程においては、この神に感謝しよう
とする姿勢はコープ夫人にとって大切な役割を果たしてきたとも言える。問
題なのは、コープ夫人が抱く感謝の気持ちには、たえず不安や恐怖心が伴っ
ているということである。二人のかぶる帽子が「もともとはまったく同じ
帽子であった」(175) と述べられているのも、物事に対応する姿勢の違いに
よって成果を異にしてきているとはいえ、本来二人がともに不安や恐怖心を
心に抱いていることの比喩的表現であるように思われる。

　コープ夫人の場合、こうした心の不安や恐怖は、財産への執着と密接に結
びついている。たとえば、自分たちが何でも所有できていることに感謝の祈
りを捧げていると述べた後、豊かな牧場と木々の生い茂った丘を見回しなが
ら、「まるでそれらの多くの財産が背中に重くのしかかるのを払いのけたい

とでも思っているかのように」首を横に振る（177）。つまり、多くの財産を
所持していることに感謝の祈りを捧げながらも、他方ではそれを所持するこ
とを重荷と感じているのである。その重荷は、やはり財産を失う恐怖や不安
が原因となっている。財産を所有するほど保持しようとする執着が強まるゆ
えに、それを失う恐怖や不安が強まる。多くの財産を所持したコープ夫人が、
「誰かが牧場でけがをして、自分を告訴し、全財産を取り上げるのではない
かといつも恐れている」（180）のも、また感謝の祈りを行なう際に恐怖や不
安を感じるのも、この財産への執着が原因となっているからにほかならない。
　コープ夫人が財産を築くことができた最大の要因は、彼女が勤勉に働いた
ことにあった。「わたしはどんなことにも負けないようにしている」という
先のコープ夫人の言葉からは、勤勉に働くことで決して何者にも出し抜かれ
まい、着実に築いた財産をさらなる勤勉によって守り殖やしていこうとする
強い決意と姿勢をうかがうことができる。しかし、この勤勉に絶対的価値を
置こうとする姿勢こそが、彼女に財産への執着をもたらし、ひいてはそれを
失う恐怖をもたらすのではないか。
　財産を築くにつれ、コープ夫人の気持ちの中では、勤勉に働きさえすれば
財産が将来確実に保障されるという思いが強まっていったと考えられる。そ
して、所有する財産の維持発展を願うかぎり、この勤勉に働くということを
自身の生活信条とすることは好都合に思えたにちがいない。彼女から見て、
勤勉な労働は他人から称賛されるべき大義ある行為として成り立つ。加えて、
それは財産の着実な増加をもたらしこそすれ、決して減少をもたらすことは
ない。つまり勤勉な労働を信条とすることは、それが大義あるものだけに
いっそう、財産の減少を容認したくない彼女の気持ちを正当化するからであ
る。こうして勤勉への信頼が、財産の保障を願う彼女の思いを一種体裁の良
い形にすり替えることを可能にするために、勤勉に対する信頼が強まるほど
財産への執着が強まり、その結果、財産を失う彼女の恐怖がもたらされるの
である。
　また彼女が述べる、「どんなことにも負けない」という言葉には、勤勉に
働くことで、他のものに負けることを許容しないコープ夫人の姿勢が示され

ているけれども、この言葉にも、財産に執着しようとする彼女の姿勢が反映
されていると言える。常に他のものに勝ろうとする志向は、自分が他よりも
多く獲得する、いわばプラスの方向により多く進むという考えを前提にした
ものであるかぎり、マイナスの方向に進むことを許容する余地はない。ちょ
うど「森の景色」("A View of the Woods", 1957)において、主人公フォーチュ
ンが進歩（progress）という概念を絶対視し権威化することで、自らの破滅
を招く要因を作ったのと同様に[2]、コープ夫人は、勤勉を絶対視し蓄財のみ
に価値を置くことによって、他のものに負けることへの恐怖、すなわち財産
を失う恐怖という自らの破滅を導く要因を心に抱くまでになっている。

3　「火の中の輪」の意味するもの

　コープ夫人は、農場にやって来たパウエルたち三人の少年が発する怪奇で
不気味な雰囲気に恐怖を感じずにはいられない。やがて彼らは、森や家畜小
屋に火をつけるそぶりを見せるようにすらなるが、彼らの行動に恐怖で耐え
きれなくなったコープ夫人は、自分の農場を守ろうと共同体の行動規範や法
律をたてに、少年たちを追い出そうとする。だが、その試みも虚しく、農場
の向こう側にある森からの火事という、彼女が最も恐れていた光景を目撃す
ることになる。

　そのときコープ夫人は、声を張り上げて黒人たちを呼びはじめる。彼らは
作業を中断しシャベルを持ったままコープ夫人の方にやって来るが、急いで
土をかけるようにせきたてる彼女には目もくれないまま、「煙の方に向かっ
て、ゆっくりと原っぱを横切って」(193)いく。彼らのゆっくりとした様子
にコープ夫人はいらだち、「急いで、急いで、あれが見えないの！あれが見
えないの！」と金切り声で叫ぶ。だが彼らは、彼女の焦りには少しも影響さ
れることがないかのようである。中でも黒人のカルヴァーは、「おらたちが
あそこに着く頃にも、あれはちゃんとあそこにあるですよ」と答え、肩を前
に突き出して「それまでと同じ歩調で」進んでいく。

　森から駆けつけてきたサリー・ヴァージニアは、燃え上がる森を見つめる

コープ夫人の顔を見上げる。この直前の場面で、少年たちが森に火をつける
のを目撃しその場から立ち去ろうとしたサリーは、「それまで感じたことの
ない、言葉で言い表すことができないみじめさ（some new unplaced misery）」
(193) を感じてしばらく身動きができなくなってしまったが、このとき見た
母親の顔には、「彼女が感じたと同じみじめさ」が表れていることに気づく。
ただ母の顔に表れた場合のそれは、「昔からあった、誰のものであってもい
いように見えた。つまりそれは、どこかの黒人か、ヨーロッパ人か、あるい
はパウエル自身のみじめさであってもいいように見えた」(193)。

　コープ夫人の表情がみじめさを伴ったものに見えたのは、サリーと同様に、
人為的力では解決できない事柄の前では完全に無力な自分自身に気づいたか
らだと考えられる。所有する財産の喪失を恐れたコープ夫人は、共同体の行
動規範という無言の力や、法という強制的な権力によってそれを維持しよう
としたものの、その試みは失敗に終わった。彼女もまた、そうした人為的力
が及ばない事柄の前では、自分自身が完全に無力であることに気づかざるを
えなかったのである。

　この場面で、コープ夫人の表情に表れたみじめさが誰のものであってもい
いように見えたのは、彼女が財産を失い、何も所有していないという心的状
態になったことに起因すると考えられる。その無所有の心の状態は、頼るべ
きものを何も持たないという意味では無力でみじめな状態と言えるが、それ
は人種や生まれた場所とは無関係に、生まれてくる際には誰もが共通して備
えた状態にほかならないからである。

　そして、コープ夫人の恐怖心が財産への執着によって起こっていたことを
考慮した場合、ここで彼女が表すみじめな表情には、否定的な意味にとどま
らない肯定的な意味を読み取ることができるのではないか。つまり、財産の
喪失に伴って表れたその表情が、彼女にとって恐怖からの解放と結びつくか
ぎり、苦しみを伴うと同時に心の解放を伴うそのみじめさは、今後彼女が恐
怖から逃れる姿勢を保持していくのに欠かせない心的態度を示唆したものと
受けとめることができるのではないか。

　次の場面は、母親の顔にみじめな表情を認めたサリーが、彼女の後方で燃

え上がる森の光景を目にしたものである。

> 　少女が急いで振り返ると、<u>二人の黒人がゆるやかな足取りで歩いていく
> 姿の向こうに</u>（past the Negroes' ambling figures）繁る木々の葉がつくる花
> 崗岩色の輪郭の内側で、煙の柱が何ものにも妨げられずに立ち昇り、広
> がっていくのが見えた。彼女は緊張して立ち、耳をすますと遠くに、2、
> 3度荒々しい高らかな歓喜の叫びが聞こえた。それはあたかも預言者
> たちが燃えさかる炉の中で踊っているかのようだった。天使が切り開
> いた輪の中で、預言者たちが踊っているかのようだった。（下線引用者）
> （193）

　サリーは、預言者たちが燃えさかる炉の中で踊る姿を思い描く。この光
景は、旧約聖書、ダニエル書の中（3.1-30）の「燃え盛る炉に投げ込まれた
3人」（*The Image of Gold and the Fiery*）からの援用である。ダニエル（Daniel）
の仲間であるシャドラク（Shadrach）、メシャク（Meshach）、アベド・ネゴ
（Abednego）の三人の少年は、金の像を礼拝せよというネブカドネツァル王
（King Nebuchadnezzar）の命に反したかどで、火の燃える炉の中に投げ込まれ
る。炉のあまりの熱さに三人を導いた者さえ焼死してしまうほどであったが、
彼ら三人は神への信仰の厚さゆえに火の中を歩いても何ら損傷を受けなかっ
たという。対するコープ夫人は、神への感謝の気持ちを口にしながらも、心
はたえず不安や恐怖の念にかられていた。つまりコープ夫人が抱く信仰心は、
不安や恐怖に満たされているがゆえに一種の欺瞞をおびてしまっていたと言
える。
　森から煙が立ち昇るのを発見して以来、コープ夫人とは対照的な態度を示
すのは、カルヴァーをはじめとする黒人たちである。火事を消し止めるよう
にと気も狂わんばかりに焦るコープ夫人をよそに、彼らは「ゆっくりと」煙
の方に向かって歩いていくが、とりわけカルヴァーは、コープ夫人が急ぐよ
うせきたてる声にまるで影響を受けないかのように、急ぐ必要は少しもない
と彼女に答えた後、「それまでと同じ歩調で」進んでいく。コープ夫人の焦

りにまったく動じないかのようなこうした彼らの姿は、サリーによっても認められており、彼女は、高らかな歓喜の叫びを聞く直前に、ゆるやかな足取りで歩いていく彼らの姿を目にする。

このように、財産への執着から恐怖の念さえ抱くコープ夫人とは対照的に、彼女が怠け者だと蔑視するカルヴァーをはじめとする黒人たちは、財産への執着とは無縁であり、それゆえ、不安や恐怖心とは無縁であるかのように振る舞うのである。先の場面において、プリチャード夫人が、鉄の肺の中で死亡した母子の話題という、聞く者に不安を掻き立てるような話題を取り上げようとした際に、彼女の声がトラクターを運転してきたカルヴァーによって打ち消されるのも、またその際、荷車に乗る黒人の様子が、足をぶらつかせ、ことさらのんびりとリラックスしているかのように描かれているのも、不安や恐怖とは無縁な彼らの姿勢が強調されているためだと考えられる。

サリーは、燃え上がる森を見つめる母の顔に「それまで見たことのないみじめさ」（the new misery）を認めたが、この "misery" という言葉が示唆するように、自らの勤勉によって財産を築き上げたコープ夫人にとって、それを失うことはみじめさを伴うと同時に、大変な苦しみを伴う経験であったにちがいない。しかし、彼女が蓄積といういわばプラスの方向に進むことを正当化する姿勢を保持するかぎり、財産を失うことへの不安や恐怖は免れることはできない。

結局のところ、コープ夫人が不安や恐怖から逃れるためには成功をもたらしてきた勤勉という概念を相対的にとらえる姿勢が必要であるが、このような姿勢を持つことは、彼女にとって強い悲しみやみじめな喪失感を伴うものにちがいない。だがその姿勢は、彼女が怠惰だと見なしてきたカルヴァーをはじめとする黒人たちによって、自然な形で体現されているのである。オコナーがこの作品の題名を「火の中の輪」としたのは、火の中にあってもその火に影響を受けない輪を作るように、苦しみやみじめさを感じる不幸の中にあってもその不幸に影響を受けることのない姿勢、すなわち勤勉を相対的にとらえる姿勢を保つことの重要性をこの比喩表現で示すためであったと考えられる。

　そして、この勤勉という概念を相対化する姿勢の存在は、ゴシック的雰囲気がもたらす効果によって強調されていると言える。三人の少年たちが作り出す怪奇で不気味なゴシック的雰囲気は、コープ夫人が感じる不安や恐怖をあおりたてる効果を果たしていたが、それと対比的に、不安や恐怖とは無縁なカルヴァーたち黒人の姿勢が示されることにより、彼ら黒人の姿勢を明確に浮かび上がらせる効果を果たしているからである。

4　結び

　これまで見たように、財産を築いたコープ夫人は、その財産への執着により不安や恐怖を抱くまでに至った。作品中では、この不安や恐怖が、すべての事を悲観的に見ようとするプリチャード夫人や、怪奇な風格を備えた三人の少年がもたらすゴシック的雰囲気によってコープ夫人をいっそう精神的に追い込むプロセスが描かれている。そしてコープ夫人の不安や恐怖が極限に達したかのように見えたとき、三人の少年による森への放火が起こり、彼女は多くの財産を瞬時に失う。

　しかし、悲しみやみじめな喪失感を感じさせるこの出来事は、コープ夫人を恐怖から解放する契機となると同時に、恐怖を感じることのない心的態度を彼女に示唆する契機となるのである。それだけではない。彼女の目に不幸に映るその出来事の傍らで、そうした不幸とは無縁な姿勢を容易に保持しているかのような人物の描写を通して、コープ夫人が保持すべき望ましい姿勢が示されている。つまり、不安や恐怖を取り去るための姿勢を自然な形で保持している人物の描写を通して、ちょうど火の中にあってもその影響を受けることのない輪の中にいるように、不幸の中でもそれに影響されない姿勢が暗に示されているのである。

　このように見た場合、不安や恐怖の高まりがそれらの感情とは無縁な姿勢をいっそう浮かび上がらせるという意味において、「火の中の輪」におけるゴシック性は、不安や恐怖の雰囲気を強調すると同時に、それらの感情を回避する姿勢を逆説的に強調する効果をもたらしていると言うことができる。

注

1　テキストは Flannery O'Connor. *The Complete Stories*. New York: Farrar, Straus and Giroux,1971. を使用。以下引用の後、括弧内にページ数を示す。訳は、須山静夫『オコナー短編集』（新潮文庫、1974年）によるが、一部変更を加えた。

2　フォーチュンが進歩という概念の絶対化により自己崩壊を招くことへの言及については、拙論、「Morality Play としての「森の景色」」、『英語英文学叢誌』第 33 号（早稲田大学英語英文学会、2004 年 1 月）pp.95-107. を参照されたい。

引用文献

Giannone, Richard. *Flannery O'Connor and the Mystery of Love*: New York Fordham UP, 1999.

Martin, Carter W. *The True Country: themes in the Fiction of Flannery O'Conno*r. Nashville, Tenn.: Vanderbilt UP, 1969.

「つくりものの黒ん坊」
──表象がもたらす二重性──

　フラナリー・オコナーの短編「つくりものの黒ん坊」（"The Artificial Nigger"）は、作者自身が気に入り、かつ最も優れていると言っていた作品である（Fitzgerald, *Habit* 101, 209, Magee 60）。この作品は 1955 年春『ケニョン・レビュー』に掲載されたが、周知のように、この年の冬には、黒人への人種差別撤廃を求めるバス・ボイコット運動がアラバマ州モンゴメリで起こっている。オコナーによれば、当時の社会状況に配慮した編集者のランサムは、誤解を招きかねない題名の変更を望んだにもかかわらず、彼女はあくまで "The Artificial Nigger" という題名に固執したという（Magee 21）。

　オコナーの作品の多くは、人物の心の中における悪の認識を描いていると言ってよいだろう。そこでは高慢や貪欲に満ちた主人公が、衝撃的出来事を介して自己の存在意識を根底から揺さぶられる。「つくりものの黒ん坊」においても、そうした衝撃的出来事が起こるのだが、それは『賢い血』「善人はなかなかいない」「森の景色」といった作品に見られるような死や暴力を伴ったものではない。

　作品のプロットは、ジョージア州の片田舎に住むヘッド老人（Mr. Head）が、孫のネルソン（Nelson）を教育する目的でアトランタへ連れていき、そこで神の啓示を受けるという一日の出来事で構成されている。ヘッド老人の考える教育の目的とは、黒人が多く住み、不潔な都会の実態をネルソンに知らせることであったが、途中ヘッド老人の裏切りにより、二人の仲は決裂してしまう。だが、黒人を模った石膏像である、つくりものの黒人像を見ることが彼らに神の恵みの如き働きをもたらし、不可能に思えた二人の和解が可能になるのである。

　つくりものの黒人像によって彼らが救われるという事実は何を意味するのだろうか。このことに関しては、「逆境に鍛えられた白人の大人と少年が、彼らが抑圧してきたつくりものの黒人の中に救済を見いだす」(Giannone 94)、あるいは「つくりものの黒人像によって示される黒人の勝利」(Whitt 68)といったように、この出来事を一種アイロニーと見なす見解が示されてきている。たしかに、それまで侮辱し差別しようとした黒人によって救われたという意味においては、このような見方も可能だが、しかし一方で、次のような疑問を残すことは否めない。その黒人像と神の恵みの如き働きとはどのように結びつくのか、なぜその像が「つくりものの」(artificial) 黒人像でなければならないのか。

　またオコナーは「つくりものの黒ん坊」を書くにあたって、「黒人の負わされてきた苦悩が、私たちみんなにとってのいかなる贖罪と結びつくのかを示唆することを心に留めた」と述べているが (Fitzgerald, *Habit* 78)、このことに着目した場合、彼女の言う贖罪とつくりものの黒人像によって彼らが救われるという事実との間には、どのような関わりを見出すことができるのか。

1　優越意識を競い合うヘッド老人とネルソン

　ヘッド老人とネルソンの特徴として際立つことは、彼ら二人があまりにも似ていることである。

> 少年の顔は老人の顔と形がほとんどそっくり同じだった。二人は祖父と孫だったが、あまりよく似ているので兄弟のようであり、しかもそれほど年齢が離れていない兄弟のようだった。(251)[1]

　この二人の姿や性格の類似性、同一性は、後に引き離されることになるヘッド老人とネルソンの和解を明示する伏線となっていると考えられるが、注目したいのは、彼らの間にひとたび差異が生じた場合、その差異がこうした二人の共通性、類似性を通していっそう明確に強調されるということであ

る。そしてこの場合の差異とは、二人のうちどちらが優れているかといった優越の差を意味する。たとえば、60 年という年齢を重ね、「落ち着きと知恵」（249）を備えたかに見えるヘッド老人は、ネルソンよりもはるかに知識や経験に優ると考えている。彼が黒人についての知識を持たないネルソンを蔑むのもこの優越意識に起因している。一方のネルソンも、ヘッド老人が自分より先に起きるといつも機嫌を悪くし、朝食を作りながら「ヘッド老人よりも先に起きたことの満足感を全身で暗示する」（251）ように、自己の優越性を示そうとすることには余念がない。

　アトランタにいく途中の汽車の中で、ヘッド老人は黒人を認めるとネルソンに見るように促す。それは堂々たる身なりをした褐色の肌の大柄な男であり、「ボタンをかけた上着」（254）の内側に腹が張り出し、悠然と歩くその姿は、彼がついさっき車内で見た「頭を通路に突き出し」、「襟ボタンをはずした」、いかにもだらしがないように見える白人の男とは対照的であった。「あれは何だった？」（255）と白人としての優越感を感じるヘッド老人は尋ねるが、ネルソンは「人間だよ」と答え、「自分の知力を侮辱されるのにはあきあきしたといったふうに憤怒の目で祖父を見る」。

　もちろん、それまで黒人を見たことがなく、「生まれた時と同様に何も知らない」（254）ネルソンには、祖父の指す黒人が何であるのか知る由もない。彼は祖父から黒人とは色の黒い人間で、褐色の人間だとは聞いてはいなかったからだ。祖父に無知を諭されたネルソンは、その黒人は自分をばかにするためにわざわざこの通路を歩いていったと感じ、激しいむき出しの憎しみを抱く。

2　ヘッド老人の裏切り

　ヘッド老人がネルソンをアトランタに連れてきた目的は、彼に黒人を見せるために加えて、下水溝に象徴される醜悪な実態を見せるためであった。彼はネルソンを下水溝のある角の方へ連れていき、歩道の下にゴボゴボ音を出して流れる水の音を聞かせる。さらにヘッド老人は、「この都市全体に下水

道がはりめぐらされていることや、汚水が全部そこに流れ込んでねずみで
いっぱいになっていること、そして人間が誤って足をすべらせそこに落ち込
んでしまえば、そのまま果てしない真っ暗なトンネルの中に吸いこまれてし
まうこと」(259) を彼に説明する。

　下水の中は、「汚水」(259) や不潔な「ねずみでいっぱい」になっており、
その下水は、「真っ暗なトンネル」(pitch-black tunnels) を連想させる。ま
た彼の説明から明らかになるように、「汚水」が「真っ暗な黒人と結びつけ
られている」(Paulson 79) と同時に、「汚水」でいっぱいの「下水溝」は、
「真っ暗なトンネル」とイメージとして重なる「地獄の入り口」(the entrance
to hell) と結びつけられる。つまりここでは、「汚い」「暗い」「地獄」「悪」
というネガティブなイメージが「黒人」と結びつけられているのである。こ
うしてヘッド老人は、不潔、恐怖、悪といったイメージと「黒」というイ
メージを結びつけながら、ネルソンに醜悪な都会の実態を教えていく。

　アトランタで道に迷った彼らは黒人居住区に入り込んでしまうが、ヘッド
老人は自らのプライドから黒人に道を尋ねようとはしない。一方、黒人に恐
れを抱き始めつつあったものの、まだ無垢な状態を留めているネルソンは、
家の戸口に立つ大柄な黒人の女を見て思わず道を尋ねる。そのとき、彼女
に抱きしめられることさえ願った彼は、「自分の息がこの女の黒い目に吸い
こまれる」(261) のを感じ、まるで「真っ暗闇のトンネルの中を、よろめき
ながら進んでいく」(262) ような気持ちを抱く。この部分の描写に関しては、
ネルソンの母胎への回帰願望であり、異性への目覚めであるという解釈もな
されている[2]。たしかに、生まれた際に亡くなった母親をネルソンが心の底
で求め続けているとすれば、その欲求がここで顕在化したと受け取ることも
可能かもしれない。しかし、悪を連想させるはずの「黒い目」と黒い体を備
えたその女性に魅了されると同時に、汚れた悪の象徴となっている「真っ暗
闇のトンネル」に彼が引き込まれると感じるのはなぜなのだろうか。

　途中、疲れて眠り込んでしまったネルソンを見たヘッド老人は彼から隠れ
る。自分がいなければどんなに困るかということをネルソンにわからせるた
めである。だがしばらくして、目を覚ましたネルソンは祖父の姿を見失った

とわかるとすぐに、気の狂った暴れ馬のように通りを駆けだし、一人の「老婦人」(264) を突き飛ばしてしまう。足首をくじいたとわめく彼女は、ネルソンと瓜二つのヘッド老人に向かって治療費を請求し、警察に引き渡すと言い張る。その間、ヘッド老人の周囲を「正義が行なわれることを見届けるために集まった」見物人の女性たちが囲む。これまで悪事とは無縁で、警察に呼びとめられたことさえなかった善良なヘッド老人は、恐怖心と警戒心に駆られるあまり、「この子は私の子ではない。私はこの子を見たことがない」(265) と言い、ネルソンとの関係を否定する。彼はペテロによるイエスの裏切りを思わせるこの言葉によって、ネルソンを裏切ったのである。見物人たちはぞっとしたようにヘッド老人を見つめ、自分と姿形も同じ子供との関わりをきっぱりと否定するこの男に手を触れるのもごめんだとばかりに、彼が通り抜けることができる隙間をあけたまま後ずさりする。善良な人物に見られたいとひたすら願ったヘッド老人は、こうして明白な嘘で最愛のネルソンを裏切り彼の信頼を失ったばかりか、善良とかけ離れた人物と見なされるに至ったのである。

3　つくりものの黒人像を見ることでもたらされた二人の和解

偽証という罪を犯したヘッド老人は、自分の目の前に地獄の「うつろなトンネル」(265) が広がっているのを感じる。彼が信じて疑わなかった自身の賢明さが、もろくも崩れたのだ。ネルソンを拒絶した意味の深さを感じ始めた彼は、これから自分が「生きているあいだずっと」(267)、ネルソンの憎しみが続くように思えた。一方のネルソンは、以前には見せたことのないほどの威厳を示し、祖父の和解の申し出を拒否する。「彼は心を凍らせ、その中で祖父の裏切りを最後の審判の日まで保存しておこうとしているかのように」、つまり今後生きているかぎり、祖父を決して許すまいとしているかのように見えた。

　ヘッド老人は、もはや地獄に落ちるのは確実な自分の姿を想像する。絶

望した彼は、この日まで抱いていた自己のプライドを否定し、「道に迷って、どこにいるのかわからなくなってしまった」（267）と告白する。彼は初めて、神の救済がなければ人間はどういうものになるのかを理解したのだった。彼らが「つくりものの黒ん坊」に出会うのはこのときである。ヘッド老人はネルソンと同じくらいの大きさのその黒人像を見て、「つくりものの黒ん坊だ」（268）と思わずささやく。それは「表情があまりにもみじめ」に見えたために、「若者を意図したのか、老人を意図したのかは、まるっきり見当がつかない」ほどであった。ネルソンも、「つくりものの黒ん坊だ」とヘッド老人とまったく同じ口調で繰り返すが、みじめに見える黒人像を見たこのとき、引き離されていた二人の心が再び一つになるのである。

> そのとき二人はほとんど同じ角度で首を前につき出したまま、そこに立ち尽くしていた。彼らの肩はほとんど同じかっこうで曲がり、ポケットに突っ込んだ手も同じように震えていた。ヘッド老人は年老いた子供のように、ネルソンは小型の老人のように見えた。彼らは立ったまま、ある偉大な神秘、誰かほかの人間の勝利の記念碑に向かい合っているかのようにつくりものの黒人像を見つめていた。そして彼らは、ともに敗北したことで一つに結び合わされたのだ。その黒人の像が神の恵みの働きのように、自分たちの不和を溶かし去ってくれるのを二人は感じた（They could both feel it dissolving their differences like an action of mercy.）。（下線引用者）（268-269）

　みじめに見える黒人像が、まるで「神の恵みの働きのように二人の不和（differences）を溶かし去る」。まずこの "differences" は文脈上「不和」と解釈できるが、これを「溶かし去る」ことは、「罪の加害者と被害者の違いによって引き起こされる不和を溶かし去る」（Feeley 123）ことなのかもしれない。また、不可能に見える二人の和解を成立させるのは神の恵みにほかならないという点では、その像を「はりつけにされたキリストの像」（Orvell 155）と解釈することも可能かもしれない。しかしその場合、キリスト像がなぜ黒

人像である必要があるのかという疑問が残る。たしかに、罪がないにもかかわらず苦悩を背負ったという意味ではキリストと重なるものの、この作品中では黒人に結びつく黒い色は、汚れた悪の象徴として描かれていたはずである。

　ここで思い起こしたいのは、本来、容貌のみならず性格の点でも同一性、類似性を持つ二人が、知識や経験にもとづく賢明さの違いを躍起になって示そうとしていたことである。自己の優位さを保つ目的で、相手との「差異」を作り出そうとするこの彼らの行為は、自分が他より必ずや優れているという傲慢な気持ちに支えられた行為であると言える。深い罪を犯したヘッド老人は、自己の罪深さを認めざるをえない状況に追い込まれ、絶望し、苦悩することによって、その傲慢な気持ちを取り去ることができた。この意味において、「差異」が溶け去る（dissolve）ことは、二人の不和が解消したということに加えて、傲慢な気持ちが溶け去ったことを示している。つまり、苦悩を感じたヘッド老人は「つくりものの黒ん坊」を見ることにより、「神の恵みの如き働きが炎のように彼の傲慢さを覆い、それを焼き尽くした」(The action of mercy covered his pride like a flame and consumed it.)（230）と感じるのである。それではつくりものの黒人像を見たとき、なぜ彼は「神の恵みの如き働き」を感じたのか。また、そのとき彼らが見る像が、なぜ「つくりもの（artificial）」でなければならなかったのか。

4　つくりものの黒人像が示唆する表象の二重性

　次のヘッド老人の内面描写は、ストーリーをより立体的にすべきであるというキャロライン・ゴードン（Caroline Gordon）の忠告を受けてオコナーが書き加えた部分であるが（Fitzgerald, *Habit* 78）、ここで描写される、人間固有の罪としての原罪を認識しその重要性を理解すべきとの考えが、そうした疑問を解く鍵を握るように思われる。

　　彼は以前に自分が救いがたい罪人であると考えたことがなかった。しか

しいま、本当の邪悪さは、彼が絶望におちいることのないように、これ
まで彼の目には隠されていたのだと知った。彼はアダムの罪を自身の心
にやどした生涯の最初の瞬間から、哀れなネルソンを否認した今日に至
るまでの罪が、神によって赦されたことを知った。(下線引用者)(270)

　本来人間が邪悪であるとするこうした原罪の意識は、とりわけカトリック
の教えにおいて重要視されているものであるが、この立場から引用部分を見
た場合、次のような解釈が可能となるだろう。

　アダムという先祖を抱く人間は、みな罪を背負って生まれてくる。善良で
あると自認する者でさえ本当は邪悪に満ちており、ただその事実は、人間が
絶望することのないように神の配慮で隠されているにすぎない。善良であ
り、悪を善と対立すべきものとしか見なせなかったヘッド老人は、悪の概念
を真っ暗な地獄、さらにはその連想がもたらす黒人や汚れた下水に結びつけ、
それを有害で排除すべきものと考えた。しかし本当は彼自身こそが、その黒
く忌まわしい悪に満ちているのであり、悪を否定し排除することは彼自身を
否定し排除することにひとしい。

　自ら犯した罪の深さに絶望し、苦悩し、傲慢な気持ちを捨て去ったヘッド
老人は、「神の恵みの如き働き」を感じ、悪に満ちた自分の真の姿を見るこ
とができた。注目すべきは、このような「神の恵みの如き働き」を感じた直
接の契機が、「黒い色」の「みじめに見える」つくりものの黒人像を見るこ
とによってもたらされたということである。この結びつきを重視すれば、深
い自責の念にかられ、地獄に堕ちる自分の「敗北」した姿を思い描いていた
ヘッド老人は、絶望した自己の姿を苦悩に満ちた「みじめに見える」黒人像
に重ね合わせたとき、彼にとって悪や地獄の象徴と映る「黒い色」のつくり
ものの黒人像に彼が見たものは、彼自身の中に潜む黒く罪深い悪なのである。
その黒い悪が神秘に満ちた存在として彼に認識できたのも、絶望、苦悩とい
う敗北感が彼の傲慢な気持ちを溶かし去ったからにちがいない。

　またヘッド老人が現実の黒人を模った像を見たということは、彼がそのと
き感じる人間の原罪に対する意識が現実の相に当てはまることを意味するだ

ろう。苦しみに満ち、あまりにも「みじめに見える」その「つくりものの黒人像」に彼が見たものは、その黒人像が表出する苦悩を引き起こした、彼自身の中に潜む黒く罪深い悪であり、それはつまり優越意識という黒い悪、深い罪にほかならない[3]。オコナーが "The Artificial Nigger" という題にあくまで固執したのも、ヘッド老人が黒人像の中に見る苦悩が、彼自身の中に潜むこの黒い悪によって、つまり差別や排除を現実にもたらそうとする黒い悪によって、あくまで人為的（artificial）に作りだされたものであることを表現し、強調するためだったのではないか[4]。

　一方ネルソンが、「つくりものの黒ん坊だ」とヘッド老人と同じ口調で繰り返したとき、彼もその黒人像に、苦悩によってしか見いだすことのできない「神秘に満ちた」人間の姿を見ていたように思われる。ヘッド老人が理解したように、「苦悩から生まれてくる神の恵みは、いかなる人間にも与えられるが、それは子供たちには不思議な方法で与えられる」(269)。「天の御国は子どもたちのためにある」という聖書の一節[5]を思い起こさせるこの見解は、子供の特質である「無知」な状態が賢明さを逆説的に備えていることを意味するだろう。この日ヘッド老人から、黒人とは自分たちより劣った人間であると教えられたとはいえ、まだ無知から完全には抜け出ていないネルソンは、ヘッド老人が敗北の苦悩を経て初めて理解した人間の神秘を「不思議な方法で」瞬時に直感し、理解できたのである[6]。

　そして無知ゆえのこうした能力が、ネルソンが黒人女性に道を尋ねた際に、言葉では表現できない魅力にとりつかれた理由を説明していると言える。まだ無知な状態を保持したネルソンは、「その女の黒い目で自分の息が吸いこまれる」のを感じたとき、賢明にも黒人女性の中に「真っ暗闇のトンネル」に象徴される、否定すべくもない人間とは一体不可分の悪を見いだしたのである。ネルソンがつくりものの黒人像に会う途上で、自分の中のどこか奥深いところから「黒い不思議な一つの形」(267)が浮かび上がってくるのを感じたとき、その黒い形が「その彼の凍りついた幻影を一瞬の熱で溶かしてしまう」かのように感じるのも、そうした黒い悪の存在が自分にとって必要なものとなっていると直感したからにちがいない[7]。

5　結び

　これまで見たように、つくりものの黒人像は、人間の固有の罪としての黒い悪と、その悪が優越意識となって現れ、差別や排除という形で現実に引き起こしてきた黒人の苦悩という二重の意味を結びつける役割を果たしている。つくりものの黒人像を見るまでのヘッド老人にとって、黒人を連想させる黒は、不潔、邪悪、地獄といったネガティブなイメージを伴った悪の象徴でしかなかった。しかし、表象がもたらす二つの要素の密接な結びつきが、すなわち人間とは一体不可分である黒い悪と、それが黒人に対して現実に引き起こした罪である黒い悪との密接な結びつきが、いわばアリストテレスの言う逆転（Peripety）[8]の意味作用をもたらし、それまで積み重ねられ、強調されてきた黒や悪の想起するネガティブなイメージが、ポジティブなものへと、つまり、排除すべき意味合いを備えたものから不可欠であるという意味合いを備えたものへと逆転するのである。

　つくりものの黒人像が果たしている役割はそれだけではない。ヘッド老人にとってその像は、悪の存在を認識し苦悩する必要性と同時に、それを苦悩により溶かし去ることの必要性という、いわば逆説的な二重の必要性を示唆している。彼にとって、人間が本来備えた黒く罪深い悪は、人間とは切り離すことができないばかりか、その確かな存在を無心に受け止め、深い苦悩を経ることなしには「神の恵みの如き働き」を感じることはできない。しかしまた一方で、たえずその悪を溶かし去るための深い苦悩を経ることなしには「神の恵みの如き働き」を感じることもできないのである[9]。

　こうして、ヘッド老人にとっての確かな悪とは、優越意識という自らの心が作りだした黒い悪であったが、つくりものの黒人像を見た彼は、その悪を無心に受け止め、溶かし去ることができた。この困難な行為を彼が成し遂げることができたのは、自己を引き裂くみじめな敗北感に絶望した彼の苦悩が、つくりものの黒人像が表すみじめさを伴った苦悩と共鳴し合い、その共鳴した苦悩が、「神の恵みの如き働き」を引き寄せたからにちがいない。

注

1 テキストは O'Connor, Flannery. *The Complete Stories of Flannery O'Connor*. New York: Farrar, Straus and Giroux, 1971. を使用。以下引用の後、ページ数を示す。訳は、須山静夫『オコナー短編集』（新潮文庫、1974 年）によるが、一部変更を加えた。

2 （Asals 86, Paulson 78, Wood 114-115, Walters 119-120）

3 オコナーは、「わたしの著作に影響を与えた環境上の事実は、南部人であることと、カトリック教徒であることの二つである。これはありそうにない組み合わせだと多くの人は考えるらしいが、私は非常に可能な結合だと実感している」（Fitzgerald, *Mystery and Manners* 196）と述べ、アメリカ南部の人間としての現実的側面とカトリック教徒としての精神的側面が密接に結びついているとの信念を明らかにしている。

4 またオコナーは、「われわれの生きる現実生活の中に贖いの原因となるものが何もないとしたら、贖罪は無意味である」（Fitzgerald, *Mystery and Manners* 33）と述べ、贖罪と現実生活との結びつきを重視する姿勢を示している。

5 マタイによる福音書第 19 章 14 節。

6 彼は決してキリストの子どもとしての聖なる特質が与えられているわけではない（Fitzgerald, *Habit* 78）。彼が苦悩を免れつつ真実を直観するのは、ひとえに無邪気な状態を保持しているからである。だがその無邪気さも、いずれ成長し分別を身につければ失わなければならないものである。実際、ネルソンはヘッド老人に賢明な知恵を求め、「人生の神秘を明確に説明してほしいと訴えているように見える」（230）が、この事実は、いずれ無邪気な状態を抜け出た彼が賢明さを求める必要性に迫られることを示唆しているだろう。

7 作品冒頭部では、ネルソンの近くに置かれた汚水壺が、「小さな守護天使さながらに彼を見守っているかのように見えた」（211）と描写されている。このように、汚水壺が彼にとって身を守ってくれるような重要な存在であることが示唆されているのも、それが悪のイメージと符号する不潔な状態を伴っていることが原因していると考えられる。

8 アリストテレス、藤沢令夫訳『詩学（創作論）十一、逆転と発見と苦難』（筑摩書房、1966）22-23 ページ。

9 賢明さを備えただけのヘッド老人は「髭剃用の鏡の中に月の半分」（210）しか見ないのに対し、苦悩を経た後、神の恵みのような働きを感じた彼は「皓々たる輝きを取り戻した月」（230）を見る。このように、神の恵みを受けるにあたっての苦悩の重要性は、月および月の光の比喩描写によっても示唆されていると言える。

引用文献

Asals, Fredrick. *Flannery O'Connor: The Imagination of Extremity*. Athens: U of Georgia P,

1982.

Feeley, Kathleen. *Flannery O'Connor: A Voice of Peacock*. New Brunswick, NJ: Rutgers UP, 1972.

Giannone, Richard. *Flannery O'Connor and the Mystery of Love*. Fordham UP, 1999.

Fitzgerald, Sally and Robert, eds. *Mystery and Manners: Occasional Prose*. New York: Farrar, Straus and Giroux, 1957.

Fitzgerald, Sally, ed. *The Habit of Being*. New York: The Noonday Press, 1979.

Magee, Rosemary M., ed. *Conversations with Flannery O'Connor*. Jackson: UP of Mississippi, 1987.

Orvell, Miles. *Indivisible Parade: The Fiction of Flannery O'Connor*. Philadelphia: Temple UP, 1972.

Paulson, Suzanne Morrow. *Flannery O'Connor: A Study of the Short fiction*. New York: G. K. Hall & Co.1988.

Shaw, Mary Neff. "The Artificial Nigger." A Dialogical Narrative. Eds. Rath, Sura P. and Mary Neff Shaw. *Flannery O'Connor: New Perspective*. Athens: The U of Georgia P, 1996.

Whitt, Margaret. *Understanding Flannery O'Conner*. South Carolina: U of South Carolina P, 1995.

「森の景色」

——道徳劇としての寓意性——

　フラナリー・オコナー（Flannery O'Connor, 1925-1964）の「森の景色」（"A View of the Woods"）は、祖父と孫娘が森の景色をめぐって対立し、暴力の果て、ついには双方が死に至るという衝撃的な作品である。実際この作品は、暴力を描いたオコナーの数多い作品の中でも、現実の表現レベルにおいて、最も暗く、暴力的で突飛な出来事が起こる候補の一つ、とも評されている（Whitt 127）。

　たしかに作者自身も、この「森の景色」が読者に与えるであろう暗く、陰鬱な印象を意識していたにちがいない。たとえば、「クリスマスに気持ちを元気づけるもの」（Christmas cheer）（Fitzgerald, *Habit* 186）として「森の景色」を送ったフィッツジェラルド（Fitzgerald）夫妻に対し、この作品が「気分を明るくさせるものではない」（not cheerful）という理由で、クリスマスの時期が終わるまで読まないよう勧めている。しかし一方、その同じ手紙の中で、「森の景色」はちょっとした道徳劇（morality play）であるとも述べられ、この作品が暴力的で暗い結末の描写に付随するイメージとは遠い、人間の魂の救済を扱う作品であると作者によって示唆されていることは興味深い。

　作品のおもな登場人物は、79歳になるフォーチュン（Fortune）と、彼が最も愛し、彼と外面的にも内面的にも瓜二つの孫娘メアリー（Mary）である。オコナーは手紙の中で、森が意味するもの、およびフォーチュンとメアリーにふれて次のように述べている。

　　森は言ってみれば、キリストの象徴です。話の緊張感を作っているのは、メアリーと老人がそっくり同じでありながら、結末では正反対になって

しまうという点です。片方は救済され、片方は罰せられる。それを避けることはできません。この点は、はっきりとさせておかなくてはなりません。(*Habit* 190)

　作者によれば、二人のうち罰せられるのは森の景色を軽視しようとするフォーチュンであり、救済されるのは、その彼に立ち向かったメアリーである。ブルームはオコナーのこの説明に疑問を呈し、メアリーがフォーチュンと同様に罰せられるべきであるのは確かなのに、なぜメアリーが救済されフォーチュンが罰せられるのかが理解できないと述べ、オコナーの読者としては、この作品をあまり高く評価できないと述べている (Bloom 6)。またポールソンは、フォーチュンをはじめとした登場人物が深みに欠けていることを指摘し、この作品を哲学的、および心理的な豊かさに欠けるという理由で劣ったものと結論づけている (Paulson 25)。いずれも、図式化されたかのように単純に描かれる人物描写、あるいは悲惨な光景と結びつく現実の描写から導きだした評価と言えるが、しかし、作者が述べているように、この作品を道徳劇として見た場合には評価は大きく異なってくるのではないか。道徳劇であるかぎり、現実の描写としてよりも寓意を表す手段としての役割により重きが置かれることになるが、この「森の景色」においても、一見暗く冷酷に見える現実の描写、あるいは単純化された人物描写は寓意表現の手段として成り立っており、その寓意表現が、オコナーの言う「キリスト教的世界観」(Fitzgerald, *Mystery and Manners* 112) を示していると考えられるからである。

　本論では、「森の景色」を道徳劇として見た場合、そこにはどのような寓意表現が見られるのか、そしてその寓意表現から浮かび上がる「キリスト教的世界観」とは何か、ということを作品の具体描写を追うことにより検討することにしたい。

1 「進歩」という概念しか受け入れようとしないフォーチュン

　冒頭部では、フォーチュンと孫娘のメアリーが釣りクラブ建設のための工事を見学する場面が描かれている。森一面を見渡せるその場所は、かつてフォーチュン所有の牧草地であったが、「進歩」(progress) (335)[1]という概念を至上のもの、「自分の味方」(his ally) (337)とすら見なす彼は、その場所を売ることを厭わない。「進んだ考えの持ち主」(a man of advanced vision) (338)であることを自認し、自負する彼にとっては、ただの牧草地よりも、便利な生活を享受することを目的とした町の発展の方が重要なのである。そして自宅前を舗装して町ができた暁には、自分の支配力を後世にとどめるがごとく、その町の名を「フォーチュン・ジョージア」にしようと考えている。

　フォーチュンは娘夫婦の家族であるピッツ (Pitts) 一家を10年前から自分の敷地に住まわせているが、彼の支配欲の強さは、彼らに対する振る舞いにも表れている。彼がピッツ一家から家賃を受け取ろうとしないのは、たえず彼らに自分への恩義を感じさせるためである。また井戸が枯れた際、新しい井戸を決して掘らせようとしないのも、自分の支配下にあるという自覚をいつも彼らに抱かせるためである。だが、10年も住んでいると、「ピッツ一家はこの土地を自分のものと思うようになってきた」(336)と感じる彼は、とりわけその主人であるピッツが気に入らない。フォーチュンから見てそのピッツは、金儲けとは縁遠い、うだつのあがらない人物であるが、それだけではない。ピッツは土地を引き継ぐため、彼を「深さ8フィートの穴の底」(337)に埋める日を待ち焦がれているのである。彼にとってピッツは、まさにその名前が落とし穴、地獄 (pit) という言葉と結びつくような、暗く、邪悪な精神を備えた人物にほかならない。

　また疎ましさの点では、フォーチュンが実の娘に抱く感情も同様である。もちろん、彼とは性質がことごとく異なり、金儲けの下手なピッツと結婚したこともその理由の一つではある。だが、何より娘を疎ましく思うのは、何の見返りも求めずして、父親である自分の世話をすることを義務と感じ、そ

の義務を果たすことを誇りと感じる人間だからである。つまり、無償で世話をすることにより、彼に恩義を感じさせ、彼を精神的に支配しようとする人間だからである。

　ただしピッツ一家の中でも、メアリーだけは例外である。彼女は外面的にも内面的にも彼と同質性を備えた、まさに「彼の生き写し」（a small replica of the old man's, a throwback to him）（336）であるからだ。フォーチュンには、メアリーがピッツ家の一員であることが、彼女にとってまるで生まれながらに見舞われた「災難」（338）であるかのように思えてならない。70歳の年齢の開きがあるとはいえ、フォーチュンは、二人の間の精神的隔たりがわずかしかないメアリーを「これまで見たこともないほど利口でかわいい子」（336）だと感じる。このように、彼にとって「紛れもない類似性」（337）を備えたメアリーだけが、ピッツ家の中で「敬意」（336）を感じる人物なのであり、彼はそのメアリーに自分の全財産を残すことに決めていた。

2　フォーチュンにとって不可解な森の存在意義

　ピッツ一家をことごとく支配しているのがフォーチュンである。しかし、その彼といえども、ピッツがメアリーに行使する父親としての権限だけには力が及ばない。ピッツはメアリーを理由も説明もなく連れ出しては、身につけたベルトをはずして彼女を鞭打つ。フォーチュンは、この行為が「ピッツの自分への復讐」（341）であると気がついているけれども、その行為は彼から見て、卑劣なピッツによるあくまで「不当な醜い恨み」（340）にかられた暴行でしかない。

　だが、彼が理解に苦しみ、腹が立つのは、ピッツに連れ出される際、メアリーが恐怖とも尊敬とも見える表情を浮かべることであり、さらにはベルトで打たれても、メアリーが無抵抗でいることである。フォーチュンは彼女に向かって、「なぜ打ち返さなかった？　お前の根性はどこにいったんだ？」（340）と責めるが、メアリーは父のピッツをかばうかのように、「誰もぶってなんかいない。ぶつやつがいたら殺してやる」（340,341）と繰り返し、自

分が打たれたという祖父の言葉を否定し、森の中に駆け込んでいく。

　このようにメアリーが父のピッツに抵抗しないのは、フィーリーも述べているように、ピッツが打っているのはメアリー自身ではなく、彼女の中に感じられるフォーチュンの「像」(image)であることを彼女が知っているからであり（Feeley 125）、つまりピッツがフォーチュンに感じる怒りに対し、メアリー自身がある共感を覚えるからだと考えられる。とすると、なぜメアリーは自分の中にあるフォーチュンの「像」を打つことに共感を覚えるのだろうか。そしてなぜ、彼女はこのとき森に駆け込んでいくのだろうか。

　フォーチュンの家は道路から200フィートほど奥まったところにあるが、彼は未来の「進歩」に貢献するため、その家の前の空き地を売り、ガソリンスタンドを建てる計画をたてている。ガソリンスタンドができれば、遠くまでガソリンを入れにいく必要はなくなり、周囲に店もできて生活がぐっと便利になることは間違いない。娘が気取って「芝生」(342)と呼ぶその場所は、彼にとっては「雑草の生えた原っぱ」にすぎないばかりか、憎きピッツが子牛に草を食べさせている場所である。これまでも土地を20エーカー売るたびに血圧が20高くなっているピッツが、そこを売ったショックで脳卒中の発作を起こして半身不随にでもなれば、もうメアリーをベルトで打つこともできなくなる。こうして「進歩」の大義を保持することにより、すべて良い結果がもたらされるとフォーチュンは考えるが、興味深いことは、この彼の行動において、「進歩」という論理を推し進めようとする願望と、異質であるがゆえ、自分に不安や不快感をもたらしうる要素を排除しようとする願望とが、一つの行動に一体化して表現されていることである。

　フォーチュンは家の前の土地を売り、売却で得た代金でボーナスを与えようとメアリーにもちかける。だが彼の予想に反し、その話を聞いたメアリーは不機嫌な表情になり、ボーナスの提案を拒否する。その理由としてメアリーは、ガソリンスタンドが建てば自分たちの遊び場がなくなってしまうこと、森の景色が見えなくなってしまうこと、さらには、その場所は父のピッツが子牛に草を食べさせる場所であることを列挙する。だが、この最後の理由にフォーチュンは激怒し、牧草地を売却する決意をいっそう固くしていく。

　メアリーに計画を打ち明けた後の昼食の席で、フォーチュンは他の家族の者にも土地売却の話をする。娘は失望で愕然とし、メアリー以外のピッツの子供たちは口々に文句を言う。ピッツは昼食を食べるのをやめて立ち上がり、フォーチュンの隣に座るメアリーを見るや、「お前がこう仕向けたんだな」（344）と言い放ち、彼女に一緒に来るように命じる。ピッツはやり場のない怒りをフォーチュンそっくりのメアリーにぶつけようとするのだが、ここでも彼女は、いらだつフォーチュンを尻目に、ほとんど駆けるようにしてピッツについていくのである。

3　森の幻影の中に表れた不快な「神秘」

　フォーチュンは、メアリーがまるで「自分より好きな誰か」（347）であるかのように見入っていた森の景色をじっと見つめる。彼にとって目の前に見える森は、「山でもなく、滝でもなく、何かの花や植え込み」（348）でもなく、「ただの森」にすぎない。松の幹は松の幹であり、木が見たければこの近くにいくらだってある。こう考える彼は、起き上がって森の景色を見るたびに、その場所を売る自分の「賢明な判断」を改めて確信する。

　だが、三度目に森を見るために立ち上がったとき、フォーチュンはこれまでとは違う森の景色を感じる。すでに夕方6時近くになっており、太陽は森の背後に沈んでほとんど姿を隠していた。彼の目には、ひょろ長い松の幹が、沈む太陽の赤い光に照らされて成長しているかのように感じられる。

　　老人はしばらくじっと見つめていた。未来に通じるあらゆる喧騒からへだてられ、それまで理解していなかった不快な神秘（an uncomfortable mystery）のただ中に置かれたように感じた。彼は見た。幻想の中で、森の背後にいる何かが傷つき、木々が血にひたっているのを。（中略）老人はベッドに戻って目を閉じた。まぶたの裏で、地獄の火のような赤い木の幹が、黒い森の中で立ち上がった。（下線引用者）（348）

　未来に通じるあらゆる物音から隔てられたフォーチュンは、これまで理解しなかったある「不快な神秘」のただ中、つまり、混沌としているがために、不安で不快な気持ちを抱かせるような神秘のただ中に置かれたように感じる。このとき彼は幻想の中で、森の向こうにいる何かが傷つき、木々が血にひたっている姿を見るのである。これは何を意味するのか。

　より便利で快適な生活のための「進歩」を至上と考えるフォーチュンにとって、整然と目に見える形での進歩発展こそが絶対的善である。また、彼にとってその「進歩」とは、ちょうど、正の次元での数の加算によって絶対値が大きくなっていくように、過去から未来へ進むにしたがって、より着実に積み重なっていくべき説明可能な論理、明快で整然とした論理を備えたものであり、そこには曖昧で不合理に映る価値は入る余地はない。そして「芝生」を守ろうとするピッツを批判して、「牧草地が大事だからといって進歩を妨げるようなばかな奴は、信用できない」(335)と発言することからも明らかなように、彼は「進歩」の論理を妨げようとする行為は愚かで、排除すべきものと考えている。

　しかし、フォーチュンが見落としていることは、整然とした論理だけでは説明のできない、時として、その論理とは矛盾対立する現実の「神秘」が存在することである。フォーチュンは、それが一見些細で不合理に見えるがゆえに、こうした厳然と存在する現実の「神秘」、オーヴェルの言葉を借りれば、表面的な無用さ(apparent inutility)、あるいは見掛け上の不合理(ostensible absurdity)に満ちた精神的、審美的特質(spiritual and aesthetic qualities)(Orvell 15)を見逃しているのである。彼が幻想の中で、森の向こうにいる何かが傷つき、木々が血にひたっている姿を見るのは、この明快な説明を阻むような現実の「神秘」を無視する彼の姿勢への警鐘を示している。そして、警鐘としての比喩表現により、現実に潜む一見些細で、不合理な「神秘」の存在を認識し、価値を認めることの重要性が強調されているのである。

　このように見てみると、森の景色がフォーチュンによって阻まれようとした際、メアリーが自分の中にある彼の「像」を打つことに共感を覚えるのも、

また鞭で打たれたことを否定し、森に駆け込んでいくのも、祖父とは対照的に現実の「神秘」を尊重しようとする彼女の姿勢を示唆していると考えられる。

4　進歩の概念の絶対化による対立概念の蔑視

　メアリーまでもが土地の売却に猛反対していることを痛感したフォーチュンは、ティルマン（Tilman）の店ができた場合の「利点」（advantages）（348）をあれこれ考えてみる。ガソリンを入れるのにわざわざ遠くまでいかなくてすむ。パンが必要な時も、ティルマンの店の裏口まで一足だ。ティルマンにミルクだって売ることもできる。ティルマンは人好きのする男だから、他の店も建つようになるだろう。もし自分たちにこれほどの利益をもたらすティルマンの事業に彼の娘が反対するとすれば、娘がティルマンに優越意識を抱いているからであり、今度の件がその思い上がった意識に打撃を加えるいい機会にもなる。すべての人々は「自由と平等」（349）に作られたのだ。そしてこの「自由と平等」という言葉に愛国心を刺激されたフォーチュンは、未来に貢献するためにも、あの牧草地を売るのが自分の責務とすら考える。「進歩」という論理を何より優先しようとする彼は、こうして自己の行為を正当化する大義名分を獲得するに至る。

　フォーチュンが土地を売ろうとしているティルマンは、地元の企業家である。彼は雑貨屋、ガソリンスタンド、屑鉄商、中古車置場、ダンスホールといったさまざまな事業を一括して経営している。フォーチュンから見てティルマンは、口数が少なく、行動の素早い人間であるばかりか、進歩の波と同時に進むのではなくいつもそれを先取りするタイプの人間である。だが、フォーチュンが「進歩」の実践者と認めるこのティルマンは、イブを誘惑する蛇を彷彿させる人物として描かれている。ティルマンは、小さな逆三角形の頭を「蛇のように」（352）ゆっくり動かし、緑色の目は「とても細く」、少し開けた口からは、いつも舌が見える。この描写は、フォーチュンが破壊しようとしている土地が一種のエデン的楽園であり、彼が推進しようとする

「進歩」は堕落であることを示唆しているかのようである。

　フォーチュンはメアリーの機嫌を取ろうとして、かねてから彼女が欲し
がっていたボートを買うことを提案したりするが、メアリーは一向に聞き入
れない。いったいどうしたのか、気分でも悪いのかとフォーチュンが優しく
尋ねると、メアリーは彼の顔を直視しながら、「芝生のこと。父ちゃんがあ
そこで牛を飼ってる。芝生がもう見られなくなる」(351)と、激しい口調で
切り返す。フォーチュンには、ベルトで鞭打つ父のピッツをかばおうとす
るメアリーの心境を理解することはできない。さらに、自分よりもピッツ
に味方する彼女に怒りを覚える彼は、「お前はフォーチュンなのか。それと
もピッツなのか。白黒はっきりさせてもらおう」(351)と選択を迫る。彼に
とってメアリーは、フォーチュンかピッツかのどちらかであり、その中間は
ありえない。フォーチュンの問いに対しメアリーは、「あたしはメアリー・
フォーチュン・ピッツ」と答えるが、それを聞いた彼は、「おれは**生粋の
フォーチュンだ**」(強調原文)と叫ぶ。父がピッツで、母方の家系がフォー
チュンであるメアリーにとって、「メアリー・フォーチュン・ピッツ」とい
う両家の名が混在した自分の名前は何ら不自然ではない。しかし、自分とは
異質な性質を許容することができないフォーチュンにとって、フォーチュン
以外の要素が加わった名前、とりわけ、自己の価値観とは相容れない性質を
備えているがゆえに、自己の価値を侵害する不安、ひいては不快な感情をも
たらすピッツという名の異物を彼自身の心の内に許容することができない。
彼にとってピッツは、「不潔」(340)、「醜い」(340)(346)、「欠陥」(346)の
イメージを有する、あくまで排除すべき人物なのだ。

　フォーチュンがこのように自分とは異質な要素を許容できない原因は、便
利で快適な生活のための「進歩」の概念を絶対視することにより、その概念
を権威として確立してしまうことと関わっているであろう。彼にとっての
「進歩」は、過去から未来へと一方向に「前進」(advance)すべきものである
が、それは相対的優劣を明白化させる論理にもとづくものであるために、そ
のいき着くところは「進歩」という概念の権威化であり、ひいてはその権威
による他の価値の否定、排除にほかならない。

　「進歩」の概念を権威化し、他の価値を否定、排除しようとするフォーチュンの姿勢は、たとえばピッツ一家を支配し、町の名前を「フォーチュン・ジョージア」とつけようとする行為にも表れていたが、他者を支配し、自己の権力を誇示しようとするこうした行為は、その権力を絶対化することへの希求を意味するとともに、自己とは異質な要素を排除しようとする志向を内包している。しかし彼に関して問題は、ちょうど「美しい」という概念が、「醜い」という異質な概念の存在によって初めて意味が鮮明化され、強調するように、いわば一方向の価値のみを保持しようとする姿勢からは真の姿は見えてはこないということである。そして、さらに問題なのは、こうした自己の絶対化を推進しようとする彼の姿勢は、傲り高ぶる気持ちに支えられており、この気持ちが、一見些細で、不合理な神秘を無視しようとする姿勢をもたらす要因にもなることである。

5　フォーチュンが悲劇の末に初めて見る真実

　ティルマンと土地の売買契約を交わしたフォーチュンは、安堵の胸をなでおろすが、それも束の間、メアリーが店の戸口で二人に向かって次々とびんを投げつける光景を目にする。フォーチュンは、わめき暴れ回るメアリーをなんとか捕まえ、車に押し込み、急いで発車する。9年もの間、最も可愛がってきた孫が自分に向かって癇癪を起こしたのだ。このことにショックを受けた彼は、メアリーが暴れ回った原因は、これまでの彼女に対する自分の甘い態度にあると考え、「この子がこれといった正しい理由もなくピッツを尊敬するのは、あいつが鞭打つからだ」(353) と結論づける。二度とびんを投げないためには、もはや孫を鞭打つことは避けられない。そう判断した彼は、ピッツがメアリーにベルトの鞭を振るった森にいき、赤土むきだしの空き地に車を止める。「さあ、お前を鞭で打ってやる！」(354) と言うフォーチュンに向かってメアリーは、「誰もあたしを鞭で打ったことなんてない。そんなことをする奴は殺してやる」と言って拒み、眼鏡をはずす。オコナーの作品では、この眼鏡をはずす行為は戦いの態勢に入ったことを示す比喩と

してしばしば用いられるが、実際この場面でも、フォーチュンがメアリーの
くるぶしめがけてベルトを振り下ろすや、彼女はすぐさま反撃を開始する。
全身で彼に体当たりし、足で蹴り、彼に殴りかかる。まるで「小さい岩のよ
うなこぶしをふるう小悪魔たちの群れ」が襲いかかってくるようなメアリー
の勢いに圧倒されたフォーチュンは倒れ、その上にメアリーが馬乗りになる。

　勝ち誇った様子のメアリーは、敵意をむき出しにしながらも、フォーチュ
ンと瓜二つの顔で、「お仕置きされたね。私によ」（355）と言い、その後さ
らに、一語一語力を込めるように、「あたしは**生粋の**ピッツだからね」（強調
原文）とつけ加える。この言葉には、「芝生」を売ろうとしたフォーチュン
に対する彼女の頑なな抵抗の意味が込められていると考えられるが、完全な
フォーチュンでなければ完全なピッツであると見なす彼とすれば、それは単
なる抵抗を越えたもの、つまりフィットが言うように、彼との永遠の決別を
表明する宣言にほかならない（Whitt 130）。

　逆上したフォーチュンは、メアリーが手を緩めたすきに反撃に転じ、偶然
下にあった岩にメアリーの頭を二度、三度とぶつける。そして、もう動かな
くなった彼女の顔に向かって、「おれにはピッツの血は一滴も入ってはいな
いぞ」（355）と言い放ち、じっと凝視しながらも、彼を受け入れようとはし
ないメアリーの顔を見つめる。フォーチュンが見たその顔は、「敗北した自
分と生き写しの顔」そのものであったが、そこには「後悔」の色はまったく
見られなかった。まるで、敗北こそすれ、「森」の景色を守ろうとする試み
を貫いたこと自体には何の悔いも感じていないかのように。

　このように、メアリーの「**生粋の**ピッツ」（強調原文）という言葉に逆上し
たフォーチュンはメアリーを殺すことになるが、しかしついには、彼自身も
彼女から受けた攻撃が原因で死に至るのである。このフォーチュンとメア
リーの争いに関して注目したいのは、彼らが争う際の描写に、フォーチュン
が自分自身と同一性を備えた人間（「自分自身の顔」、「同じ薄青色の目」、「自分
と生き写しの顔」）（355）から攻撃を受けるという表現が頻出し、その攻撃に
よって彼がついには敗北することである。このことは、彼自身による自己へ
の攻撃を意味すると同時に、その自らの攻撃による自己の敗北を意味すると

考えられる。つまり、メアリーという彼の「小さな生き写し」(small replica) からの攻撃による敗北とは、彼の傲慢で一方的な論理が、彼自身の内部から 綻び、崩れ去る寓意としての働きをしていると考えられる。

　フォーチュンは痛む足をこらえ、やっとのことで立ち上がる。だが、ティ ルマンの店を出て以来「車ほどの大きさ」(353) までになったような気がし た彼の心臓は、動悸を打ちながら、ますます膨らむ気配である。やがて彼は 仰向けになり、松の木を見上げるが、そのとき、心臓の動きに引きずられ、 「醜い松の木々」(356) を振り放とうとしながらも、その木々と一緒になっ て森を抜け、湖の方に向かっていく幻影に襲われる。

　湖の方にいけば、「醜い松の木々」から離れて、つまり森から離れて、逃 げ込める空き地があると考えたフォーチュンだが、彼が見た空き地とは、身 を守ってくれる避難所であるどころか、そこに入れば泳げない彼が溺れてし まう湖であった。助けを求めて必死であたりを見回してみても、彼の目に映 るのは、ひたすら「進歩」を推進するかのように土をむさぼり食い続ける、 黄色い巨大な工事のクレーンという怪物だけである。

　こうして彼はメアリーの傍らで息絶えるが、この最後の描写の直前に、そ れまで懸命に避けようとした「やせた木々」(356) が密度を増して「神秘的 な暗い隊列」を組みながら、悠然と湖上を横切り、遠くへ歩き去る姿を彼は 目にする。フォーチュンはこのとき初めて、彼を助けるのはクレーンが象徴 する目に見える形の「進歩」ではなく、それまで彼が許容しようとはしな かった、些細で、不合理で、「醜く」すら見えるものの存在、つまり「森」 に象徴される「神秘」の存在であることを直感したにちがいない。彼が死の 直前に見る、湖上を悠然と力強く歩き去る「やせた木々」と、彼にはまった く無関心であるかのように動き続ける巨大な黄色いクレーンとの鮮明な対比 描写が、そのことを裏づけているように思われる。

6　結び

オコナーは「自作について」と題されたエッセーの中で、自分の作品にお

ける暴力の果たす役割について述べている。

　　現代の小説では非常に多くの暴力が使われている。その理由は作家に
　　よってさまざまだが、私の作品では、暴力が人物たちを現実に引き戻し、
　　彼らに恩寵の瞬間を受け入れる準備をさせるという点で、不思議な効力
　　を持っていることに気づく。人物たちの頭は非常に固くて、暴力の他に
　　効き目のある手段はなさそうだ。真実とは、かなりの犠牲を払ってでも
　　われわれが立ち戻るべきものである、という考えは細部まで注意を払わ
　　ない読者にはなかなか理解されない。しかし、それはキリスト教の世
　　界観においては絶対性を持つ考えなのである。　　（Fitzgerald, *Mystery and*
　　Manners 112）

　暴力によって頭の固い登場人物を「現実」に引き戻し、「恩寵」（grace）の
瞬間を受け入れさせる。「森の景色」において、この頭の固い人物はもちろ
ん 79 歳のフォーチュンであるが、彼は自分の「小さな生き写し」であるメ
アリーの反抗が原因で死に至る。たしかにこの筋立て自体は悲劇的で、何ら
救いが示されていないかにすら見える。しかし、道徳劇としてこの小説全体
を見た場合、祖父フォーチュンに対するメアリーの反抗、およびその結果が
もたらす悲劇は、森の景色が象徴する価値を尊重する重要性、すなわち、一
見些細で、不合理で、時に「醜く」すら映る「神秘」を尊重する重要性を示
した寓意を表現する役割を果たしているのである。そしてさらに、その悲劇
がフォーチュンの「小さな生き写し」によって引き起こされるという出来事
により、傲り高ぶる気持ちに支えられた「進歩」という、「神秘」を排除し
ようとする彼の一方向の論理が、決して外部の強敵からの攻撃によって滅び
るのではなく、自己の内部から綻び、崩壊するプロセスが寓意的に示されて
いるのである。ここには、明らかな「キリスト教的世界観」が示唆されてい
ると考えられる。

注

1 Flannery O'Connor. *The Complete Stories*. New York: Farrar, Straus and Giroux,1971. 以下の引用はこの版に拠る。

引用文献

Bloom, Harold, ed. *Flannery O'Connor: Modern Critical Views*. Philadelphia: Chelsea House, 1986.

Feeley, Kathleen. *Flannery O'Connor: Voice of the Peacock*. New Brunswick, NJ: Rutgers UP, 1972.

Fitzgerald, Sally and Robert. eds. *Flannery O'Connor, Mystery and Manners: Occasional Prose*. New York: Farrar, Straus and Giroux, 1957.

Fitzgerald, Sally, ed. *The Habit of Being*. New York: The Noonday Press, 1979.

Orvell, Miles. *Invisible Parade: The Fiction of Flannery O'Connor*. Philadelphia: Temple UP, 1972.

Paulson, Suzanne Morrow. *Flannery O'Connor: A Study of the Short Fiction*. Boston: Twayne, 1988.

Whitt, Margaret Earley. *Understanding Flannery O'Connor*. Columbia: U of South Carolina P, 1995.

「高く昇って一点へ」
──自己犠牲への収斂──

　「高く昇って一点へ」（"Everything That Rises Must Converge"）は、南部の貴族を祖先に持つチェストニー夫人（Mrs. Chestny）と息子のジュリアン（Julian）との葛藤を描いた作品である。人種の問題と絡めて展開されるこの二人の葛藤は、一見するとかつての南部の貴族的社会への郷愁を抱き続けるチェストニー夫人と新社会を代表するジュリアンとの対立を描いているかに見える。だが、問題を複雑にしているのは、フィットが言うように、実際にはチェストニー夫人は必ずしも人種差別主義者ではないと同様、ジュリアンは必ずしも自由主義者ではないということである（Whitt 116）。

　ジュリアンと母の葛藤は、チェストニー夫人が同じバスに乗り合わせた黒人女性から殴打されたショックで倒れ、死亡することにより終わりを迎える。作品中では母の死について直接的言及はなされていないものの、多くの批評家によって指摘されてきた通り、ジュリアンの反応や母が黒人女性から殴られた後の反応、そして彼女が高血圧であることから判断して、その事実を疑う余地はないだろう。

　この母の死をめぐっては、これまでその悲劇性に着目し、ジュリアンがいかに母に依存してきたかを知るきっかけとなる出来事、つまりは彼女の愛を知るきっかけとなる出来事であるといった指摘（Orvell 9）や、さらにはそれを犠牲の概念と結びつけ、母の死という悲劇は、彼が成長するための犠牲的な意味合いを持つ出来事であるといった指摘がなされている（Giannone 166）。たしかに、暗闇の中で「お母さん、待って、お母さん」（"Darling, sweetheart, wait!"）（420）[1]と叫ぶ彼の姿から見て、また、自己を犠牲にしてまでジュリアンを育てた母が、最後に死という犠牲を払うことにより彼の成長を促すとい

う点では、こうした見解は肯定できるものの、なお議論の余地を残していることは、ジュリアンに示すその犠牲とは、彼女の自己犠牲的行動に加えてどのような出来事や言動と関わってくるのか、言いかえれば、最後の場面で母が死ぬということが作品中でどのような一貫性を持つに至るのか、ということである。母がジュリアンに示す愛が犠牲という概念と関わるとしても、とりわけ死によって象徴されるその犠牲が偶発性ゆえの悲劇であることを前提とした場合、自己犠牲というモチーフの一貫性、つまりは説得力に欠ける観は否めない。

1　貴族的価値観を保持する無垢な母と幻想の世界に留まろうとするジュリアン

　毎週水曜日の晩ジュリアンの母は、高血圧の治療のため、町の中心部で行なわれる YWCA の減量クラスに通っている。経済的に余裕のない彼女にとって、働く女性が無料で参加できるそのクラスは数少ない楽しみの一つになっていたのだが、その際必ずジュリアンを伴うのは、白人と黒人の席の区別がなくなったバスに一人で乗りたくなかったからである。

　無料の減量クラスに参加することを楽しみにしている現状とはいえ、ジュリアンの母は、南部の名家の出身であり、彼女はその古き良き貴族的社会への郷愁の念と、名家の出身であることの誇りを捨ててはいない。「世の中はひどいことになっている」(406)、「上下がひっくりかえし」(407) と感じる彼女は、ジュリアンに向かって、「おまえのひいおじいさんはこの州の知事だった」、「おまえのおじいさんは大地主だった。おまえのおばあさんはゴッドハイ家の人だったわ」と語り、本来名門の出としての二人の立場を強調する。誇り高き彼女は、YWCA の減量クラスにいく際にも帽子をかぶり、手袋をはめ、ジュリアンにはネクタイの着用を義務づける。

　だがジュリアンには、古い時代の価値観を保持しようとする母親の感覚が時代錯誤にしか思えない。それはたとえば、彼らが住むアパートの周囲の環境に対する彼の受け止め方にも示唆されている。彼の母にとって、40 年前

に高級住宅地であったその場所は、あくまで住み心地のよい場所である。だが彼には、かつては雰囲気がよかったはずのその場所も、今では不潔で醜い姿をさらしているとしか映らない。かつての高級住宅地は、「どの二件とっても同じ家はないのに、みな一様に醜い茶褐色の丸い怪物」（406）のように見えるばかりか、今や不潔にしか感じられないそれぞれの家の周囲にある狭い空き地では、うす汚い子供が遊んでいる。

　もっともジュリアンの母は、ただ気位の高い人物として描かれているわけではない。彼女は 50 歳を過ぎており、白髪が目立つようになっているが、作品中ではいまだに無垢な子供の性質を備えた人物として描かれている。

> 彼女はもう一度帽子を持ちあげて、ゆっくり頭にのせた。血色のいい顔の両側には、白髪が二つの翼のように突き出ていたが、空のように青い目は、10 歳の頃と同じように無垢で、人生経験に汚されていなかった（but her eyes, sky-blue, were as innocent and untouched by experience as they must have been when she was ten.）もし彼女が寡婦として奮闘し、彼に衣食を与え、大学も卒業させ、そして今なお「独り立ちできるまで」彼を養っているのでなければ、彼女は彼が町に連れて行かなければならない少女であると言ってもよかった。（下線引用者）（406）

　たしかに、この無垢な彼女の特質が彼女をかつての貴族社会の価値観にとどまらせ、現実への対処を妨げていることは否定できない（Feeley 103, Walters 127, Wood 127）。しかし、その一方で、後述するように、まさに貴族的価値観の保持という結果をもたらすこの特質こそが、作品中で重要な役割を果たす布石になっているように思われる。

　さて、ジュリアンが母にいら立つのも、こうした、世間知らずで現状に適応できないといった意味における彼女の無垢な性質に対してである。彼から見て母親の生涯は、チェストニー家の財産もないのにチェストニー家の一員のように振る舞おうとしてきた闘いであった。だが、かつては 200 人もの奴隷を所有するほどの富豪であったチェストニー家も、その末裔である彼ら

に至っては、公共のバスに乗り、無料で催される YWCA の減量クラスに参加することを楽しみにしなければならない状況であり、また 7 ドル半の帽子を買う際にも、そのお金でガス代を支払おうかどうか「右往左往してしまう」(coming and going)（406）有様である。彼にとって、実態を伴わない名門意識は空虚なものにすぎない。貴婦人らしく振る舞おうと母親が身につける帽子も、詰め物がはみ出たような醜悪な様相を呈しており、それは「こっけいというよりも哀れをもよおす」（405）ものである。つまり母親が抱く名門意識が、かつて高級で美しく見えたものが今では汚れて醜くすら見えているように、もはやかつての気高い誇りが、今では醜い虚勢と化してしまっている。それはあくまで、「彼女自身の幻想の世界」（411）でしか通用しない意識なのだ、とジュリアンには感じられる。

　一方ジュリアン自身は、古い価値観にこだわる母親とは異なり、自らを新しい世界の価値基準に適応できる正しい人間と見なしている。たとえば彼は、バスの中での黒人と白人の席を差別することを是としない。今では偏狭な人種差別主義者とも見られかねない「母親の愚かな見解」（412）の下で育ったにもかかわらず、偏見のない、現実に立ち向かうことを恐れない人間であると彼は自認しており、この考えを実践するため、バスに一人で乗る時は、いわば母親の犯した罪の「償い」（409）として必ず黒人の隣に座ることにしている。しかしこうした彼の行動は、知的優越意識にもとづいた一種の自己欺瞞であると言わなければならない。彼がそのような行動をするのは、他人の差別意識という偏見の中に「不正」（412）を見いだすことである種の満足を感じるからであり、つまりは自分が他の人々より知的に優れていることを自ら感じ、それを示そうとしているからである。実際彼が接近し、会話を交わそうとするのは、教授か牧師か弁護士のように見える、一見いわば知識階級に属しているタイプの黒人である。

　ジュリアンの自己欺瞞は、母親が抱く古い世界の価値観を否定する際にも見いだされる。名門ゴッドハイ家が所有していた屋敷の広大さを誇らしげに回想する母に対し、ジュリアンは屋敷の荒廃ぶりを指摘しつつ、軽蔑した口調で応じる。しかしその口調に反して、彼はゴッドハイ（Godhigh）家の屋

敷を頭の中で考える時には必ず憧れを感じているばかりか、「その屋敷の真価がわかるのは母ではなくて自分だ」(408)と思っているのだ。こうして彼は、日頃意識レベルで否定する価値に心の奥で憧憬を感じているが、この乖離した現実と憧れの二つの意識が彼に苦痛をもたらし、彼の自己欺瞞を導く。彼としては、苦痛を回避し現状とはかけ離れた優雅な暮らしぶりをあるべき姿として肯定するためには、現在の惨状を欺瞞という形で否定するしかない。

ジュリアンは一日の大半を、「頭の内側の仕切り」(411)の中で過ごしている。現実の影響から逃れることができるこの場所なら、周囲に溶け込むことに耐えられないとき、自ら作った幻想の世界である「一種の精神的なシャボン玉」に逃げ込むことができるからだ。外から貫通される不安を全く感じることなく外を見て判断を下すことができるその場所は、唯一「彼の仲間の間に広まっている愚かさ」から解放される場所である。そしてその場所からは、かなりはっきりと母親を観察することが可能なのだ。

だが皮肉にも、ちょうどゴッドハイ家の屋敷に話題が及ぶ際、シニカルな態度の裏側に強いノスタルジーが隠されていることが明らかになるように、この幻想の世界から母を見るとき、心の奥では、母に対して複雑な感情を抱いているジュリアンの胸のうちが明らかになる。そこから彼が見た母は「かなり賢明であった」が、「もし彼女が本来あるべき正しい状態から出発していたならば、もっと彼女には期待をかけてもいい」(411)と彼には思える。時代錯誤的であると非難する一方で、母は本来極めて賢明であり、より多くのことを期待できると彼は感じているのである。しかし残念なことに、彼から見て、その賢明な特質の発揮を妨げているものは、「彼女自身の幻想世界の掟」(the laws of her own fantasy world)にほかならない。

その掟とは、<u>彼のために彼女自身を犠牲にすること</u>(to sacrifice herself for him)だったが、彼女はまず物事をめちゃくちゃにして、自分を犠牲にするための必然性を作りあげなければならなかった。もし彼が母親の犠牲を許したとすれば、彼女に先見の明が欠けているためにそういう犠牲が必要になったからにすぎなかった。(中略)これまでの彼女の生涯

は、チェストニー家の財産もないのにチェストニー家の一員のように振る舞おうとし、チェストニー家の人間が持っているべきだと彼女が考えたものをすべて彼に与えようとしてきた闘いであった。しかし、奮闘するのはおもしろいから、何も不平をこぼすことはないではないか、と彼女は言った。（中略）彼が母について許せなかったのは、彼女が闘いを楽しんだこと、そして彼女が勝ったと信じていることだった。（下線引用者）（411）

　ジュリアンの母の生涯は、ジュリアンの歯列を矯正するために自分の虫歯の治療を控えたり、自分のことはさておき息子を大学まで卒業させたりした行為に示されているように、自己を犠牲にしてまで、ジュリアンを名門チェストニー家の名に恥じぬ人物に育てることに捧げられていた。母とすれば、息子のため自己を犠牲にして奮闘するのは何より楽しいことであったが、ジュリアンにはそうした母が、先見の明の欠けた愚かな人物、あるいは幻想世界に生きている人物としか映らない。

　もちろん、幻想の世界にとどまるジュリアンが指摘する幻想世界という定義は、客観性に欠けたものであることは言うまでもない。ジュリアンは、母によってなされる自己犠牲を愚かな行為としか見なしていないけれども、しかし彼が見落としていることは、母の自己犠牲は、あくまで高貴な身分ゆえにこそ社会的義務を果たしたチェストニー家の子孫であるという誇りに支えられている、ということである。つまり、現実の生活がかつての優雅な生活とはかけ離れているとはいえ、いまだに無垢なままであるジュリアンの母は、かつてのチェストニー家の貴族的義務感をそのまま身につけており、したがって、彼女が実践する自己犠牲とは、高貴な身分の者のみが果たすべき徳義上の義務意識、いわゆる「ノーブレス・オブリージュ」（noblesse-oblige）の反映であることを彼は見落としている。

　とはいえ、富と名誉の象徴であるゴッドハイ家の屋敷に強い憧れを抱いていることから見て、ジュリアン自身も、かつての名門ゴッドハイ家の子孫であることへの強い誇りを抱いているのである。ただし問題は、無垢な母の抱

く誇りと異なり、ジュリアンの抱く誇りは、自己犠牲という義務の意識に欠ける結果優越意識のみが突出し、客観的な観点から見た場合、単なる虚勢、すなわち自己欺瞞にすぎなくなってしまっていることである。

2　旧来の価値観の保持によってもたらされた母の悲劇

　人種問題に関して、ジュリアンが母によい教訓を与えなければならないと考えるのも、彼女がもはや時代遅れの感覚を身につけていると考えるからである。しかし、それは思わぬ結末を迎える。

　大柄で派手な服を着た黒人女性が、4歳ぐらいの男の子カーバー（Carver）を連れてバスに乗ってくる。「どっしりとした尻、大きな胸、傲慢な顔」（416）をしたその女性は、ジュリアンの母と同じ緑色と紫色の帽子をかぶっていた。白人でも黒人でも子供はかわいいと感じているジュリアンの母は、人なつこく自分のところに来る黒人の男の子を指し、「この子は私のことが好きなようですよ」（417）と言いながら、母親の黒人女性に向かって微笑する。だが、ジュリアンが認めたこの微笑は、「自分より劣っている者に対して、特別に情け深くなるときに浮かべる微笑であった」（the smile she used when she was gracious to an inferior）（下線引用者）。バスに乗って以来、ジュリアンの母になつく息子の様子を見て不快感をあらわにしていた黒人女性は、その微笑を見るや、「まるで悪い病気に感染させてはいけないとばかりに、男の子を座席から無理やり引き離し」、その足をぴしゃりと平手で打つ。ジュリアンの母と異なり、「微笑という武器を持っていない」ことに怒りを感じている彼女は、そうした行為を通して、蔑まれた行為への腹いせをする。

　カーバーと彼の母親が自分たちと同じバス停で降りようとするのを見てとったジュリアンは、そのとき「恐ろしい直感」（417）を感じる。彼らが一緒に降りれば自分の母親が、ハンドバッグを開けて男の子に5セント玉をやることは間違いない、彼女にとってその行為は、「息をすることと同じように当然のこと」であるからだ。彼の制止にもかかわらずジュリアンの母は、男の子に5セント玉の代わりに手許にあった1セント玉を与える。侮辱され

た怒りが限界に達した黒人女性は、「挫折した怒りで顔をこわばらせ」（418）、ジュリアンの母に向かって黒いこぶしを赤いハンドバッグもろともに前に振りおろす。ジュリアンが察知したように、たとえ彼の母にとっては親切心からの行為であったとしても、黒人女性には自分達を蔑む白人の優越意識が発露した行為としか映らなかったのだ。

　これまで経験したことのない現実に直面したジュリアンは、まるで狼狽を隠すかのように自己の正当性を主張する。さらに彼は、母が受けた教訓に意味を裏づけすることも忘れない。

　　「あれはただ一人の高慢な黒人女にすぎなかったなんて思わないでください」と彼は言った。「あれはお母さんがめぐんでやろうとする１セント玉なんか受け取ろうとしなくなった黒人全体なんです。（中略）こういったすべての意味することとは」と彼は言った。「古い世界はすでになくなったということです。古い作法はすたれて、お母さんの情け深さは何の値打ちもなくなったということです（"The old manners are obsolete and your graciousness is not worth a damn."）」。彼は自分自身が失ってしまった家のことを考えると悲しくなった。（下線引用者）（419）

　かつては喜んで受け入れられたであろう母親の情け深い親切心が、今やただの「押しつけがましい」（condescending）（419）侮辱的行為としてしか受け取られなくなってしまったように、古い世界の価値観はすたれ、新しい価値観に変わった。こうした社会の変化を頑なに受け入れようとしない母親に向かって、ジュリアンはその誤りを指摘し、正しい方向に導こうとする。だがその言動の直後に、失ってしまったゴッドハイ家の屋敷に対する執着心が示されることから明らかになるように、この母への教訓も彼にとっては欺瞞である。彼は大学を卒業した現在もなお母親の庇護下にある。それゆえここでの彼の言動は、敬意と同時にコンプレックスを感じざるをえない母親に対し、知的優位性を示そうとする屈折した心情を反映したものと考えられる。もちろん先に述べた通り、ジュリアンにとってゴッドハイ家の屋敷への執着心が

名門の子孫としての強い誇りと結びついたものであるかぎり、知的優位性を
示そうとするこの欺瞞も、彼が抱く自分への強い誇りが自己欺瞞へと歪曲化
した例であると言えるが、より注目したいことは、この場面の後で、彼が
「お母さんにはもっと期待をかけたいな」（420）と述べることからも明らか
なように、こうした歪曲化自体が、あくまで強い母の存在を前提として成り
立っていることである。

3　「罪と悲しみ」の世界に向かって進んでいくジュリアン

　母が舗道に倒れ、彼女の身体がもはや動かなくなってしまっていることを
認めたジュリアンは、そのとき、これまで自認してきた自分の知的優位性が
母親に深く依存していたということに気づかざるをえない。結局、事実に直
面するのを恐れない人間であるという彼の自己認識も、それが「頭脳」（the
mind）（489）の中でしか通用しない自己欺瞞にすぎなかったのである。

> 「ここで待っていてください。ここで待っていて！」と彼は叫び、飛び
> あがり、遠く前方に見える明かりの群れの方に向かって助けを求めて走
> りだした。（中略）彼が速く走れば走るほど明かりは遠くへ漂っていき、
> 感覚の麻痺した足は動いても、彼をどこへも運んではいかないようだっ
> た。潮のように寄せる暗闇が彼を彼女の方に押し戻すかのように思われ、
> <u>彼が罪と悲しみの世界に入るときを刻一刻と遅らせるかのようだった</u>
> <u>(The tide of darkness seemed to sweep him back to her, postponing from moment</u>
> <u>to moment his entry into the world of guilt and sorrow.)</u>。（下線引用者）（420）

　ジュリアンが速く走れば走るほど、明かりが遠くへ漂っていく。ジュリア
ンにとって母の死は、現実生活および精神的側面における大切な支えを失っ
たことを意味している。彼の正義は「精神的なシャボン玉」の中で、自分の
安全を保つことで成り立った見せかけのものであり、それは母親の保護を前
提としたものであった。

「潮のように寄せる暗闇が、彼を彼女の方に押し戻す」。このことが、ジュリアンが心の底で憧れ、しかも母が愛したであろう過去の南部の価値観へ向かおうとする彼の心情を表現しているとすれば、彼を「罪と悲しみ」の世界に入ることを遅らせているのはその心情が原因していると言えるかもしれない。みじめな自分達の現在の状態をあるまじき姿として否定し、過去の状態をあるべき姿として肯定し続ければ、母を死へと追いやった責任の所在を歴史的、社会的変化へと特定することにより、欺瞞という悪を抱いた自己への直視を回避できるからだ。しかし、引き続き描写される「遅らせる」という表現に示唆されているように、母の死に打ちひしがれながらも、彼は、いずれその死の悲しみを乗り越え、より深く大きな「罪と悲しみ」の世界に入ることが予期されているのである。この悲劇的現象と精神世界における勝利という逆説的状況は何を意味するのだろうか。

　ジュリアンの母が死に至った直接の原因は、黒人女性から殴られたことにあるが、さらにこの原因をたどれば、黒人女性の息子に1セント玉をあげようとした彼の母の親切心が侮辱と受け取られ、その女性の怒りが爆発したからであった。つまりジュリアンの母の死は、彼女が無邪気に抱く子供への親切心が、カーバーの母親によって自分たちへの優越意識と受け取られたことで引き起こされた。結局、かつては弱者への保護意識と密接に結びつく善として受けとめられていた親切心が、時代の変化により、差別をもたらす優越意識という悪に変容したことが原因でその悲劇は引き起こされたのだ。この意味では、ジュリアンの母の死は、無垢であり続けた彼女が時代の変化に対応できなかったことにより引き起こされたと言ってよい（Feeley 103）[2]。

　しかしながら、まさにこの悲劇をもたらす原因にこそ重要な意味が込められているのではないだろうか。つまり、ジュリアンが母の死に直面して学んだものは、この悲劇をもたらす原因を引き起こした母の無垢な特質によって保持された意識、すなわち、時代が変わっても無垢なジュリアンの母が頑なに保持し続けた、かつてのチェストニー家の人々が抱いた自己犠牲の精神をも含む貴族的義務意識ではないのか。そして、母が息子に伝承するこの意識は、彼女の無垢な特質ゆえに保持された意識であるが、それはつまり、死と

いう悲劇をもたらす原因と表裏一体であるために、母の死という出来事が作品中で必然性を持つのではないか。

　母からジュリアンへの貴族的義務意識の伝承は、こうして母の死という出来事を介してなされたと考えられるが、特筆すべきは、この出来事が起きる以前の母から息子への言動にも、すでにその予兆が認められることである。ジュリアンに対する彼女の自己犠牲的行為はもちろんではあるが、それに加え、たとえば、彼女が減量クラスにいくたびに、「自分がどういう人間かわかっていればどこへでもいけるよ（中略）世の中のほとんどの人たちは私たちの類いの人間ではないわ。けれども、私は誰にでも情け深くしてやれるよ。私は自分がどういう人間かわかっているから」（487）とジュリアンに繰り返している。ここで述べられている「情け深い」（gracious）という表現は、ジュリアンから見て、自分より劣っている者に特別に示す母の侮蔑的態度を表したものであったが、ジュリアンの母とすれば、「世の中のほとんどの人たち」とは異なった立場にいる名家出身の自分とその息子が、ほとんどの人たちが示しえない気品と情け深い態度を示すことができると同時に、そうすべき義務を負っているという考えを「私たちの類いの人間」という言葉を用いることにより、ジュリアンに伝えることを意図したものと思われる[3]。

4　結び

　本来ジュリアンの自己欺瞞が、かつての名門ゴッドハイ家の子孫であることへの強い自負心に起因していることから見て、もとより彼自身も母親と同様の貴族的義務意識を抱く可能性を備えていると言えるだろう。人より優れているはずであるという彼の強い思いは、本来の自分が他の人々とは異なる高貴な立場にいるという意識によって生まれたものであるかぎり、「頭脳」（439）のみで事物を見る彼の習慣を脱して母の言う「心」で事物を見つめるとき、人より優れているからこそ、人にできないことが可能であり、かつそうする義務があるという思いに転化する可能性を秘めているからである。つまり、精神的幻想の世界から脱して現実の世界をたえず見つめるとき、自己

欺瞞という悪が、自己犠牲という善に転化する可能性を秘めているからである。

　もちろん、これまで「精神的なシャボン玉」の世界にとどまっていたジュリアンにとって、自己欺瞞を自己犠牲に転化し、「罪と悲しみ」の世界に入ることは容易であるはずはない。彼にとって、精神的幻想世界から脱して心で現実を直視し続けるということは、自己への誇りを抱きながらも自己を捨て去るという相反する感情、つまりは自己を引き裂くアンビヴァレントな感情をたえず抱く必要に迫られることを意味するからである。日頃彼の母はジュリアンに向かって、「ローマは一日にしてならずよ」（"Rome wasn't built in a day."）（406）（411）、「時間がかかることなのよ」（"It takes time."）（406）と繰り返し述べていたのは、いずれジュリアンが直面するこうした難事を予測し、その際の心構えを彼に象徴的に示唆するためであると考えられる[4]。

　だが、ジュリアンがそのような困難を乗り越え、母から継承した役割を新しい役割へと変えてそれを担っていくことは、やはり作品中の描写によって、受動的苦難からいわば能動的苦難への逆転の可能性を暗示した形で、象徴的に示唆されているように思われる。

　作品の冒頭部で母を待つジュリアンの姿が、「両手をうしろに組んで、ドアの枠の部分に釘づけになったようにして待ち、矢が体を貫き始めるのを待っている聖セバスチャン（Saint Sebastian）に似ていた」（405）と描かれ、彼の姿が聖セバスチャンと重ねられている。3世紀のローマの伝説的殉教者である聖セバスチャンは、幾度もの迫害にあい、自身の身を犠牲にしながらも、最後まで強い自己の信念を曲げずにキリスト教の信仰を捨てなかったという。この誇り高き聖セバスチャンの投影されたジュリアンの描写が、困難を乗り越えながらもやがて自己の身をささげ、「罪と悲しみ」の世界へと向かって進んでいくジュリアンの姿を暗示しているにちがいない[5]。

注
　1　テキストは O'Connor, Flannery. *The Complete Stories of Flannery O'Connor.* New York: Farrar, Straus and Giroux, 1971. を使用。以下引用の後、ページ数を示す。訳は、

須山静夫『オコナー短編集』（新潮文庫、1974 年）によるが、一部変更を加えた。

2　次のようにオコナーは、新しい風習（manners）は過去の最善の風習にもとづいて築かれなければならないと述べている。「南部は過去において、風習のおかげで困難を切り抜けることができました。たとえそうした風習が、偏った、あるいは適切でないものであったにしても、それは私たち南部の人間を結びつけ、独自性を与えてきたのです。今や、その古い風習はすたれてしまいました。けれども新しい風習は、過去の最善の古い風習を土台として、慈愛の心と新しい風習を実現する必要性に支えられた形で築き上げなければならないのです」（Magee 104）。ここで述べられるオコナーの風習に対する姿勢は、時代の変化にもかかわらず、かつての最善の風習を次の世代に伝えようとしたジュリアンの母の姿勢と通底すると考えられる。

3　ジュリアンの母が差別主義者ではないことは、意識を失った後でも乳母だったキャロラインを回想する言動や、キャロラインと自分が親しかった黒人への敬慕の念を表して、「世の中にあんないい人はいないよ。私はいつも黒人の友だちをおおいに尊敬してきたのよ。あの人たちのためなら私は何だってするよ」（409）と述べる発言に示されている。

4　このような決まり文句を用いる彼女を批判して、「チェストニー夫人は彼女の人生観を表現する際に、陳腐なきまり文句（cliché）に依存している」（Paulson 83）といった見解も示されている。しかし、この一見陳腐な表現を彼女が用いているのは、ジュリアンが直面する難事が、人間が古くから直面してきた種類のものであることを比喩的に暗示するためだと考えられる。さらに、そうした表現が、古くて新しいその難事を乗り越えるための心がけとして普遍的真理を表しているとすれば、陳腐に映る表現が新鮮な意味を備えた表現に逆転する可能性を秘めていると言える。

5　カトリック司祭であり、古生物学者であったピエール・テイヤール・ド・シャルダン（Pierre Teilhard de Chardin）は、『現象としての人間』（Le Phénom Humain, 1955）の中で、叡智圏という生物の新しいステージに上昇した人間はいまだ未熟な段階にはあるものの、進化の流れは叡智世界の確立へと向かって進んでいる、とのキリスト教的進化論を提唱した。オコナーはその論に鼓舞され創作を決意したが、作品のタイトルを決めるにあたって、論の中心である叡智の進化の究極点としてのオメガ点（Point Oméga）における人間の将来的統合の必然性と救済という考えにヒントを得たという（Gooch 331）。

　　彼女は、この作品を「南部の、ひいては全世界のある状況にあてはめて書いた」と述べている（Fitzgerald, Habit 438）。ここでジュリアンが「罪と悲しみ」の世界に進んでいく行為が、直接的にはオコナーの住む南部に存在する人種間の問題がもたらす状況を描きその解決策を模索したものであるかぎり、彼が進んでいくのはシャルダンが

キリスト教的進化論の中で提唱した進化した人間の世界、すなわち人種という違いす
ら存在しない叡智世界であると言えよう。オコナーは、主人公が自己犠牲という信念
の力で、この叡智世界の完成と救済の究極点であるオメガ点をめざして昇っていく姿
を「高く昇って一点へ」というタイトルに込めようとしたのにちがいない。

引用文献

Feeley, Kathleen. *Flannery O'Connor: Voice of the Peacock.* New Brunswick, NJ: Rutgers UP, 1972.

Fitzgerald, Sally, ed. *The Habit of Being.* New York: The Noonday Press, 1979.

Giannone, Richard. *Flannery O'Connor and The Mystery of Love.* New York: Fordham UP. 1999.

Gooch, Brad. *A Life of Flannery O'Connor.* New York: Back Bay Books. 2009.

Magee, Rosemary M., ed. *Conversations with Flannery O'Connor.* Jackson: UP of Mississippi, 1987.

Orvell, Miles. *Invisible Parade: The Fiction of Flannery O'Connor.* Philadelphia: Temple UP, 1972.

Paulson, Suzanne. *Flannery O'Connor: A Study of the Short Fiction.* New York: Twayne,1988.

Walters, Dorothy. *Flannery O'Connor.* New York: Twayne,1973.

Whitt, Margaret. *Understanding Flannery O'Connor.* Columbia: U of South Carolina P, 1995.

Wood, Ralph C. *The Comedy of Redemption: Christian Faith and Comic Vision in Four American Novelists.* Notre Dame: U of Notre Dame P, 1988.

「啓示」
──幻影を見たタービン夫人が理解したこと──

　フラナリー・オコナーは、グロテスクな人物描写を通して、人間の心に潜む悪を描いた作家である。39歳で亡くなる直前まで小説を書き続けたオコナーだが、中でも彼女の晩年の代表作である「啓示」（"Revelation"）は、高慢な気持ちという心の悪を鮮やかに浮かび上がらせた作品と言えるだろう。

　オコナーの小説では、たとえば「グリーンリーフ」（"Greenleaf"）におけるメイ夫人（Mrs. May）や「森の景色」におけるフォーチュン老人（Mr. Fortune）のように、欺瞞や高慢な気持ちを抱いた主人公が衝撃的な暴力を受け啓示を受けると同時に、死という不幸な結末で終わる場合が多く見られる。むろん、こうした結末はあくまで表象の描写レベルにおけるもので主人公の内面の不幸を表現したものではないにせよ、読者に悲劇的な印象を与えることは否めない。

　「啓示」においても衝撃的な暴力は起こる。しかし、その暴力に伴って起こるのは以後主人公が敬虔な気持ちで生きていく上で必要な啓示である点で、つまり表象レベルにおいても幸福な結末である点で、他の多くの作品とは様相を異にしている。「啓示」におけるこうした変化は、ラルフ C.ウッドが述べているように、オコナーの関心がそれまでとは異なり「福音」が明るい教えであることを示す積極的な方法で、啓示を受けることに伴う衝撃を表現しようとする方向に向かったことを示しているにちがいない（Wood 126）。

　「啓示」の主人公は、「上品で、よく働き、教会にいく女」（502）[1]であることを自認するタービン夫人である。日頃の勤勉な労働により、いろいろな物を少しずつ所有するに至った彼女は、自分と同じ生活姿勢を保持しない人間に軽蔑の念を抱く。ある日町の診療所で、彼女はおよそ上品で勤勉には見え

ない、いわゆるプアホワイトの女性に向かって心の中で侮蔑の言葉を投げか
けた後、自分が現在置かれた立場に対し神に感謝の言葉を発する。そのとき、
それまでタービン夫人を非難する態度を示していた女子学生のメアリー・グ
レイス（Mary Grace）が『人間の発展』（*Human Development*）と題する本を投
げつけ、「地獄から来たイボノイノシシ」（500）と彼女にささやきかけるの
である。

　タービン夫人がメアリー・グレイスによって非難される原因については、
タービン夫人の備える自尊心や良識といった美徳が、高慢な意識の作用によ
り悪徳へと変容することをメアリー・グレイスが認めたからであるという見
解が示されている（Shloss 112-13）（Wood 131）。本論ではそうした見解をさ
らに発展させて、タービン夫人が神に感謝するという行為が、どのような理
由で高慢な気持ちを抱いていることの表れとなるのか、その意識のやや複雑
な構造を解きほぐして考察してみることにしたい。そしてこの考察により、
次の疑問に対する答えが明らかになるであろう。なぜタービン夫人は結末近
く豚小屋で、メアリー・グレイスの仕打ちにあらためて腹を立てるとともに、
自分より劣っていると見なしていた人々と自分との立場が逆転する幻影を見
ることになるのか。さらにはその幻影の中で、タービン夫人があたかも自分
を祝福するようなハレルヤという歓呼の声を聞くのはなぜなのか。

1　「上品で、勤勉に働き、信心深い」人物であるとの自己像を抱くタービン夫人

　タービン夫人は、夫のクロード（Claud）が雌牛に蹴られて足が腫れたと
き、彼に付き添って、診療所にやって来る。狭い待合室の中央近くにタービ
ン夫人が立つと、「彼女の姿は、その部屋がばかばかしいほどに小さいこと
を示す生きた証拠になっている」（488）ように見える。タービン夫人の存在
によって、待合室がばかばかしいほどに狭く見えるというこの描写には、彼
女の巨体ぶりが示されているだけではなく、高慢な意識を持つ彼女の精神的
な尊大ぶりが一種コミカルな表現方法で示されていると言える。

　タービン夫人が高慢な意識を備えているのは、自分が「上品で、よく働き、教会にいく女」(502) であるという思いを強く抱いていることが原因している。言いかえれば、他人に対する配慮や勤勉な姿勢、及び神への厚い信仰心を備えている点で、他の多くの人々よりも優越しているという思いを彼女自身が抱いているためである。そのタービン夫人には、待合室はあまりにも狭く感じられ、「なぜ医者が少しの診察で5ドルの診療費を払わせてしこたま儲けているのに、車庫ほどの広さしかない待合室ではなく、ちゃんとした広さの待合室（a decent-sized waiting room）を作れないのだろう」(489) と思う。勤勉を美徳と考え、自ら勤勉であると自認する彼女にとって、きちんと整然としていないがために気品に欠けている観がある待合室は、診療所を運営する人間が職務を怠っていることの表れである。

　整然とした秩序を好むタービン夫人は、待合室の中でだらしなく座っているように見える人間の態度や服装にも不満を感じざるをえない。混雑した待合室の中には、ソファにぐったりと座りこみ、二人分の席を一人で使っている不潔な身なりをした5、6歳の男の子がいる。「こんなだらしない子供には体を脇へずらして婦人が座れる場所をあけるように言ってやるべきだ」(488) とタービン夫人は思う。男の子の祖母と母親も彼女には無神経で節度のない人間に映る。ぼんやりと座った祖母は「鳥の餌袋と同じ生地でできた服」を身につけており、母親の方は、「砂埃をまぶしたような」服を着て、「唇には噛みタバコのしみをつけ、汚ならしい黄色の髪は赤い紙のリボンで後ろに束ねていた」。この不潔な外見と服装を見たタービン夫人は、「どう見ても黒人よりひどい」と思う。つまり、多くの黒人より身だしなみに無頓着な点で、彼らより劣った人間であると思わざるをえない。

　それでも、「上品な白髪の婦人」(488) を見つけたとき、彼女は唯一安堵を覚える。その白髪の婦人とは価値観を共有できると感じたからである。婦人の隣には年は18、9歳ぐらいのメアリー・グレイスという名前の少女が座っていたが、「顔はにきびだらけで鉛色」(490) でとても醜く見えるその少女をタービン夫人はとても哀れに感じる。

　タービン夫人が雑然とした醜い状態を嫌い、清潔で秩序正しい状態、すな

わち品位ある状態を望むのは、神が定めたこの世の秩序を守る役割を担っているという自覚を抱いているからであろう（Giannone 213）。この世の秩序を守る使命を神から与えられていると考える彼女は、乱れて雑然とした状態を勤勉な努力によって、本来の整然とした品位ある状態に戻さなければならないと考えるのである。

このように、神によって特別な地位を与えられているとの思いがタービン夫人の高慢な意識を高めることになるが、その意識をいっそう高める要因として作用するのが、やはり、「上品で、よく働き、教会にいく女」であるという自己像を彼女自身が強く抱いていることである。タービン夫人は、「自分の属する文化の価値観を無批判に受け入れている」（Paulson 61）、つまり、上品で勤勉に働き、信心深い態度を保つことが最善の生活姿勢であるという考えを唯一絶対のものと受けとめている。そのタービン夫人が自分の属する文化の価値を体現しているという自己像を持つことは、自らが神によって特別な役割を与えられているという思いをいっそう強める効果を果たすことになる。言いかえれば、「タービン夫人は、自らが備える美徳によって彼女自身が正当化されるという間違った信念を抱いているように見える」（Giannone 217）とジャンノーネが述べているように、そうした自己像を持つことは、彼女自身及び彼女の行動が正当化されるという誤った考えを彼女に抱かせ、さらには助長させる原因として作用している。

2 「品位」の絶対化によって引き起こされるタービン夫人の心の混乱

人間を品位で序列化しようとするタービン夫人だが、この姿勢が階級という概念と結びつくと、彼女の心の中で混乱が起こることになる。夜寝つけないとき、タービン夫人は人間を階級分けするのに時々夢中になる。階層の一番下にはたいてい黒人がいる。彼女から見て彼らは、彼女がなってもよいと考えたような、少数の「きちんとして清潔で品のある黒人女性」（491）ではなく、不潔で品位に欠ける多数の黒人である。その黒人の上にではなく、少

し離れたところに「プアホワイトたち」(the white-trash) がいる。その上に家を持っている人がいて、その上に彼女とクロードのような家と土地を持っている人々がいて、さらにその上には、たくさんのお金と、ずっと大きな家とずっと広い土地を持った人たちがいる。

しかしここで、問題の複雑さがタービン夫人にのしかかり始める。たくさんのお金を持っている人たちの中には下品な人がいる一方で、家柄のいい人たちの中でも、資産をなくして借家に住まなければならない人がいるからである。つまり、人間の品位や格式と所有する財産の価値が比例すれば問題はないものの、それらは必ずしも比例しないことがタービン夫人の目にも明らかだからだ。このため、彼女が階級の区分について考えていると、たいてい夜眠る頃にはあらゆる階級の人々がごちゃまぜになって混乱してしまい、あげくのはて彼女は、「彼らがみないっしょに有蓋貨車に詰め込まれ、ガス室に送り出される夢を見るのであった」(492)。無分別な大量殺戮というこのタービン夫人の想像は、人間を階級という枠組みのみで位置づけようとする考えと結びつく全体主義的精神を連想させるだけではない (Wood 127)。それはまた、破壊という最終的な手段を用いても、自分の信じる秩序が侵された際に感じる心の不安や混乱から逃れようとする彼女の追い込まれた心境を表している。言いかえれば、品位という価値基準を絶対視するがゆえに、心の中でそれ以外の価値基準が併存することに伴う混乱には耐えられない彼女の心境を浮かび上がらせている。

3　上品な自己像そのものを否定されたタービン夫人の怒り

上品であることを願い、またそれに伴う責任を自覚しているタービン夫人は、誰であれたえず助けることを心がけている。上品な白髪の婦人がタービン夫人を指して、「あなたは気だてがいい」(490) と述べるのは、他者の目には、彼女の現実の振る舞いが上品で思いやりがあるように映ることを示している。対照的なのが唇に噛みタバコのしみをつけた女性である。彼女は他人に対して配慮しようとする気配が見えないばかりか、黒人について語る際

「軽蔑を込めて吠えるような声」(494) を出しているように、とりわけ自分と人種の異なる黒人に対する侮蔑的態度を隠さない。

　一見すると、メアリー・グレイスによって非難されるべきは、タービン夫人ではなく唇に嚙みタバコのしみをつけた女性であるように思える。だがそれにもかかわらず、タービン夫人が非難される原因の一つは、キャロル・シュロスが言うように、彼女の現実の振る舞いと意識の間に、あるいは実際の発言と心のつぶやきとの間に存在するずれが偽善を生み出し、それをメアリー・グレイスに見抜かれているからであろう (Shloss 72)。つまり、発言も含めた現実の振る舞いと彼女自身が抱く意識との間にずれが存在するため、彼女の発言そのものが偽善となってしまっていることをメアリー・グレイスが感じ取っているからであろう。しかし、このずれをもたらすより根源的な原因があるのではないか。そして、それはまさに、上品に振る舞い、人を助けようという心がけを自ら実践しているという彼女自身の思いの中にあるのではないか。

　唇に嚙みタバコのしみをつけた女性のように、品位に欠けて見える人間を軽蔑する夫人にとって、人間が備える品位の有無は物を所有していることと密接な関係がある。彼女から見て、何も所有していない人間は、何かを所有し維持することに伴う責任ある行動と他人への配慮が不必要なため、無責任で品のない行為をしがちである。

　メアリー・グレイスが再三にわたってタービン夫人を非難する態度を示したのは、夫人が唇に嚙みタバコのしみをつけた女性を心の中で侮蔑した時であったが、その非難は最後の手段として暴力という攻撃の形をとる。タービン夫人が、現在の自分の境遇にいかに満足しているかを示そうとして神に感謝の言葉を述べたとたん、彼女の左目に『人間の発展』と題する本がまともにぶつかってくる。メアリー・グレイスが彼女めがけて投げつけたのだ。さらに、メアリー・グレイスによって床に倒され、気持ちが動転したタービン夫人の目には、突然視線が逆転しすべての物が大きくなったように映る。騒ぎに驚いた医師や看護婦によって取り押さえられたメアリー・グレイスは、やがて目玉をぎょろつかせるのを止めると、「それまでよりずっと明るく青

い」、「はげしく光る目」（500）でタービン夫人を見つめた後、低いながらもはっきりした声で、「もといた地獄に帰りなさいよ、この老いぼれのイボノイノシシ」とささやく。

メアリー・グレイスが投げつけた本の題名が『人間の発展』であり、またこのとき彼女が「時間と場所と状況を越え、何か強烈で直接的な方法で自分を知っている」（500）ことをタービン夫人が確信したと描写されていることから見て、メアリー・グレイスは、奢り高ぶる姿勢を示すタービン夫人を強く批判する明確な役割を作者によって与えられていると考えられる。それでは、なぜ神に感謝する行為をしたタービン夫人を彼女はこのように痛烈に批判するのだろうか。

たしかに、タービン夫人が自分の置かれた立場に優位性を感じているかぎり、それを与えた神に対する感謝の行為は、聖書の中で述べられるパリサイ人の行為と同様、彼女が日頃感じる優越意識を表面に表したものだと解釈することもできるかもしれない[2]。だが、その行為に対してメアリー・グレイスがこれほど強い反応をするのは、その感謝の行為に、タービン夫人の抱く特有の意識が象徴的に反映されていると彼女が感じるからではないか。

失意のうちに自宅に戻ったタービン夫人は、寝室の窓のブラインドを下げて横になる。そして、「私はイボノイノシシではないわ。地獄にいたこともないわ」（502）と涙を浮かべながら言う。だが、この否定の言葉には力がこもらない。メアリー・グレイスの目と言葉や、自分に向けられた低いがはっきりとした声の調子は、拒否することを許さないように彼女には思えたからである。しかし、タービン夫人にどうしても釈然としないことは、「待合室には、まさにメアリー・グレイスの言葉があてはまるプアホワイトたちがいたのに、その対象として自分だけが選び出された」ことである。結局彼女から見て、メアリー・グレイスは、品位に欠け、自分の子供をないがしろにするプアホワイトの女にではなく、「上品で、勤勉で、信心深い女であるこのルービー・タービンに向かってあの言葉を投げつけた」のだ。この思いが、タービン夫人を打ちのめすと同時に怒りへとかりたてる。

4　神への感謝の気持ちによって、無意識のうちに強められる奢り高ぶる気持ち

　豚小屋へいったタービン夫人は、小屋の中にいる1匹の雌豚と7匹の子豚を見下ろす。体を横に向けて寝ころがった雌豚はぶうぶう鼻を鳴らし、子豚たちはえさをさがしながら「間の抜けた子どものように」(506)体をふるわせて走り回っていた。この姿を目にしたタービン夫人は、かつて読んだ豚に関する文章を回想し、自分が愚かな豚にたとえられたことに再び不満を感じる。

　　以前彼女が読んだ文章によると、豚は最も知的な動物だということになっていたが、彼女はそれを疑わしいと思った。犬よりも賢いと考えられていて、かつて豚の宇宙飛行士さえいたことがある。その豚は完璧に任務を果たしたが、その後で心臓発作で死んでしまったというのだ。電気服を着せられたまま、診察の間中ずっと直立の姿勢で座っていたからだ。豚なら当然四つ足で立っているべきだった。(506)

　タービン夫人が回想するこの話にはメアリー・グレイスが夫人を非難する原因が間接的な形で示唆されているように思われる。宇宙飛行士になった豚は、腹ばいの姿勢ではなく直立の姿勢で座っていたことが原因で心臓発作を起こして死んでしまう。豚が直立の姿勢で座っていたのは、知力はもちろん体の仕組みにおいても、直立の姿勢を保つ人間の方が、這いつくばったまま四つ足で立つ豚より高度に発達していると考える人間の意思が働いた結果であろう。その視点によると、宇宙飛行士の任務を遂行できるほど賢い動物は、たとえ豚であっても人間なみに直立の姿勢を維持するのが当然であり、その方が好都合とさえ思えるからだ。しかし、豚はあくまで腹ばいのまま四本の足で立つ方が、体の仕組み上自然で理にかなっており、それを無視したがために死に至ったのである。

　もちろん、豚に知性があることすら疑っているタービン夫人は豚が人間と

同様、直立の姿勢を保つべきだと考えてはいない。だが、自分にとって望ましい、あるいは都合がよいと考えられる論理や基準が他に当然あてはまると考える点では、この話の背景にある姿勢はタービン夫人の姿勢と共通している。つまり、人間並みに知的な動物なら直立の姿勢を保つのが当然と考える姿勢、人間から見ての自分本位の姿勢は、まともな人間なら勤勉に働き、何かを所有し、人のために何かを施すのが当然な善の行いと考えるタービン夫人の姿勢と共通している。

　勤勉に働き、何かを所有するのが当然とする考えは、その条件を満たさなければ自分より劣るという見解を導くであろう。自分の立場に優越を感じるこの見解は、勤勉に働いているように見えない人間や、何かを所有していない人間に対する軽蔑の感情をもたらすだけではない。ちょうど、人間中心の視点、すなわち人間が優越しているということが前提となった視点から見て善意にもとづく行為が宇宙飛行士の豚を死に至らせたように、自分が優越していることを前提とした見解は、彼女が意図した善意の行為を悪意にもとづく無用な行為に変えてしまう。

　自分が優越していることを前提とした見解は相手の意向や価値観を無視した行為を必然的に導く。そうした行為は、受ける側にとっての要望とは相容れない、むしろ迷惑なものとなるからである。そしてタービン夫人の場合、他人に対する自身の行為が善意にもとづく正しい行為であるという自覚があるからいっそう、その悪質性が強まると言える。

　先に述べたように、自分の置かれた立場に優越を感じるタービン夫人は、その立場が神によって与えられたという思いを抱くことにより、彼女自身の行動やそれに付随する事柄を正当化し、奢り高ぶる気持ちを助長していったように思われるが、メアリー・グレイスが、唇にタバコのしみをつけた女性よりもタービン夫人を非難するのも、この正当化という仮面のもと、奢り高ぶる気持ちを抱きやすい夫人の姿勢を見抜いているからであろう。

　こうしたタービン夫人による立場の正当化は、神に感謝するという行為を通して彼女の意識の中でより確かなものになっていったのではないか。もちろん、信心深い彼女は無心な気持ちで神に感謝しようとしたにちがいない。

しかし、この感謝するという行為が、まさに彼女が自身の美徳と見なす信心深さを表現した行為、すなわち神に賞賛されるべきものとして彼女が自認する行為であるかぎり、その行為を通して、自分の置かれた立場が正当化されたという思いが彼女の意識下において強められていったのではないか。

5　幻影を見たタービン夫人が理解したこと

　豚に水をかけながら、メアリー・グレイスの言葉を思い出した彼女は、「どうして私は私自身であるだけではなくイボノイノシシなの？どうして私は救われていると同時に地獄から来たことになるの？」(How am I saved and from hell too?)（506）と憤怒のこもった声でつぶやく。タービン夫人とすれば、不潔な身なりで一日中ぶらぶらしたり、道の真ん中に寝そべって車を止めたりする人々が非難されずに、常に勤勉に働き、信心深く教会にも通い、他の人々のために寄付さえしている自分が、なぜ非難の対象となったのかが納得できない。彼女は、「もう一度私を地獄から来たイノシシと呼んでごらん。何もかも上下にひっくり返してごらん。それでも上と下はあるんだよ」（507）と述べ、厳然たる秩序の存在を否定するかのような相手に挑みかかろうとする。怒りに震える彼女は、どなりかけるような声で、「いったいあなたは自分を何だと思っているの」と問いかける。この問いかけが森の彼方から「返答のように戻ってきた」（508）のに気づいた彼女は、ハイウェイの上にあらわれたクロードの小さなトラックを目にする。

　　クロードの小さなトラックがハイウェイの上に姿をあらわし、たちまち視界から消えていこうとしていた。かみあうギアのこすれる音がかすかに聞こえる。まるで子どものおもちゃみたいだ。大きなトラックが今にもぶつかってきて、粉々に押しつぶされ、クロードや黒人たちの脳みそを道路の上にまき散らすかもしれない。（508）

　小さなトラックが大きなトラックに押しつぶされ、それに乗った人間の脳

の中味が階級や人種の区別なくまき散らされる。タービン夫人にとってこの
光景は、人間の生命のはかなさを意識させると同時に、その生命が人種や
階級とは無関係に営まれていることを意識させる契機となったにちがいな
い。興味深いことは、この光景がタービン夫人の想像という一種主観的認識
によって生み出されたものであるために、それはまた、後に幻影の中で目に
する階級の逆転を受け入れる素地がこのとき彼女の心の中でできたことを示
唆していると解釈できることである。この場面の直前に、「畑も、くれない
に染まった空も、すべてのものが一瞬燃え上がるように見えた」と述べられ、
タービン夫人がいかにも神秘的体験をしているかのような描写がなされてい
るのも、ここでの出来事の重要性を裏づけているように思われる。

　やがてタービン夫人は、あたかも啓示を受ける態勢が整ったかのように、
「聖職者のような深遠な身振りで」（508）豚小屋の板囲いから両手を持ち上
げる。そして「幻視の光」が宿った目で、地上から空に向かって伸びる紫色
の光の縞にそって、さまざまな魂が騒がしい巨大な群れとなって昇っていく
光景を目にする。

　　そこには、生まれて初めて清潔になった貧乏白人の集団や、白い衣をま
　　とった黒人たち、叫んだり飛び跳ねたりしている心身に障害をもった人
　　たちがいたが、行列の最後には、自分と夫のクロードのような人たちがい
　　た。行列の最後を見ると、彼女はそれが彼女やクロードのような人々
　　だとすぐわかった。常にいろいろなものを少しずつ持ち、それを正しく
　　使うために神から知恵を授かっている人々だった。彼女はその人たちを
　　もっとよく見ようとして体を前に乗り出した。彼らは非常な威厳をもっ
　　てほかのものの後から進み、これまでと同じように、秩序と常識と上品
　　な振る舞いを保つ責任を負っていた。彼らだけが整然としていた。それ
　　にもかかわらず、驚愕のあまり変わり果てた彼らの顔を見て、彼らの美
　　徳さえも無となりつつある、と彼女にはわかった。（508）

　日頃、人間を序列化し階級分けすることを試みているタービン夫人だが、

彼女は、自分よりも下の階級に属していると考える「貧乏白人」や「黒人たち」、「身体に障害を持つ人たち」が彼女やクロードたちよりも先に天に昇っていく姿を目にする。「先の者が後になり、後の者が先になることが多い」[3]という描写を思わせるこのような光景をタービン夫人が目にしたことは、立場の優劣が常に逆転する可能性がありうることに彼女自身が気づいたことを示しているだろう（Giannone 219）。人間には神が定めた階級という秩序、変えることができない厳然たる序列があると信じて疑わなかった彼女の信念は、根底から覆されたのである。

　そしてこの後、行列の最後に彼女やクロードのような人々が、「非常な威厳をもって」進み、それまでと同じように、「秩序と常識と上品な振る舞いを保つ責任を負っている」姿を目にしていることから見て、タービン夫人は彼らの姿をクロードや自身のそれと重ねることにより、自分たちが本来備える「美徳」を認めたと考えられる。「常にいろいろなものを少しずつ持ち、それを正しく使うために神から知恵を授かっている人々」と述べられているように、彼らは常に勤勉な労働によって得た何かを所有しているだけではなく、それを「正しく使う知恵」、つまり自分のためだけではなく公共の目的をもった使用方法を知り、それを節度ある姿勢を保ちながら実践する能力を備えている。そして、彼らは「これまでと同じように、秩序と常識と上品な振る舞いを保つ責任を負っていた」（accountable as they had always been for good order and common sense and respectable behavior）（508）と述べられている通り、能力と同時に彼らが与えられているものはそれを正しく使う責任である。タービン夫人が彼らに備わる「美徳」を認めたのは、「秩序と常識と上品な振る舞い」を保つための能力を与えられただけではなく、この責任を彼らが負わされていることに気づいたからであろう。

　幻影の中で立場が逆転する光景を認めた後、タービン夫人がハレルヤを歓呼する声を聞いたのも、こうして責任を負わされた一人である彼女が抱くべき心の持ち方を直感したからにちがいない。つまり、与えられた能力に伴う責任を謙虚な気持ちで果たさなければ、本来自分たちの立場を高めるはずの美徳という善の資質が、自分たちの立場を低めてしまう悪の資質へと変転し

うることに彼女が気づいたからにちがいない。

　それだけではない。タービン夫人が幻影を見るに至ったそもそもの契機が神に感謝する行為をメアリー・グレイスに非難されたことであることに着目した場合、そのときタービン夫人は同時に、能力に伴う責任を謙虚な気持ちで果たす妨げとなる原因が、神に対する感謝の行為に象徴される彼女自身の姿勢であることを理解した、すなわち、優越した自分の立場が神に与えられたという思いを正当化し、その立場を安定化させようとする彼女自身の傲慢不遜な姿勢であることを理解したと考えられる。

6　結び

　これまで見たように、上品で、勤勉に働き、信心深い姿勢を保つことを唯一絶対のものと受けとめているタービン夫人は、そのような姿勢を自ら体現しているという自己像を抱くことにより、自分の立場を正当化し、奢り高ぶる気持ちを高めていった。メアリー・グレイスが、自分の現在の立場を与えた神に対して感謝の気持ちを表明するタービン夫人を攻撃したのも、夫人にとって信心深さの表明であるその行為を通して、神が彼女に特別な立場を与えたという思いを正当化することへの批判的な見解を示したものだと言える[4]。

　このようにタービン夫人が神に感謝する背景には、絶対的権威者である神による容認を通して秩序の安定化や立場の固定化をはかり、不安な気持ちから逃れようとする彼女の意識下における願望があったように思われる。しかし、与えられた美徳に安住しその他の価値観を排除しようとする思いが奢り高ぶる気持ちを引き起こし、立場の逆転をもたらした。つまり、不安から逃れるべく絶対的な権威を求めようとする彼女の思いが、自ら果たすべき美徳に伴う責任への回避姿勢を引き起こし、立場の逆転をもたらしたのである。

　オコナーは、タービン夫人にとって幻影が「煉獄のようなもの」（Fitzgerald, *Habit* 577）だと述べている。タービン夫人にとってこの煉獄が罪を浄化される場所を意味するとすれば、高慢な気持ちを捨て去り、心を無に

した彼女は、この立場の逆転をもたらしたプロセスと結果を啓示として受け止めたにちがいない。幻影を見たタービン夫人の耳に、こおろぎの鳴き声がハレルヤを歓呼する魂たちの声に聞こえてくるのもそれを裏づけているように思われる。星の輝く天に昇っていきながら発せられるその歓呼の声は、奢る気持ちを捨て啓示を受けとめた彼女に対する、魂たちの祝福を表したものと解釈することができるからである。

注

1　テキストは O'Connor, Flannery. *The Complete Stories of Flannery O'Connor*. New York: Farrar, Straus and Giroux, 1971. を使用。以下括弧内に引用ページ数を示す。訳は、須山静夫『オコナー短編集』(新潮文庫、1974 年)によるが、一部変更を加えた。

2　(Walters 110, 野口 115-116, Kilcourse 284, Paffenroth 119)

3　マタイによる福音書　第 20 章 1-16 節。

4　タービン夫人は自分の信じる価値観を絶対視しながらも、その一方で、メアリー・グレイスの攻撃を一種神からのメッセージとして受け止めようとする一面を備えていると言えるが、このことがタービン夫人の啓示を受ける要因となっているとの指摘については、McEntyre (47) を参照。

引用文献

Fitzgerald, Sally, ed. *The Habit of Being*. New York: The Noonday Press, 1999.

Giannone, Richard. *Flannery O'Connor and the Mystery of Love*. New York: Fordham UP, 1999.

Kilcourse, Jr. George A. *Flannery O'Connor's Religious Imagination*. New York: Paulist Press, 2001.

McEntyre, Marilyn Chandler. "O'Connor's Challenge to Her Readers.", Ed. Jennifer A. Hurley, *Reading on Flannery O'Connor*. San Diego: Greenhaven Press, 2001.

Paffenroth, Kim. *The Heart Set Here sin and redemption in the Gospels, Augustine, Dante, and Flannery O'Connor*. London: Continuum International Publishing, 2005.

Paulson, Suzanne Morrow. *Flannery O'Connor: A Study of the Short Fiction*. Boston: Twayne Publishers, 1988.

Shloss, Carol. "Epiphany", Ed. Harold Bloom, *Modern Critical Views: Flannery O'Connor*. Philadelphia: Chelsea House, 1981.

Walters, Dorothy. *Flannery O'Connor*. New York: Twayne Publishers, 1973.

Whitt, Margaret Earley. *Flannery O'Connor.* Columbia: U of South Carolina P, 1995.

Wood, Ralph C. *The Comedy of Redemption: Christian Faith and Comic Vision in Four American Novelists.* Indiana: U of Notre Dame P, 1998.

野口　肇『フラナリー・オコナー論考』文化書房博文社、1985。

あとがき

　初めて読んだアメリカ南部ルネサンスの小説は、キャサリン・アン・ポーターの「盗み」であった。結末が一種不可解な終わり方をするこの作品を読んだ後何か不思議な印象を受け、このような不思議な読後感をなぜ抱くのかについて解明できたらいいのにと思ったことを憶えている。その後しばらくして『響きと怒り』を読む機会を得た。評判通り、たしかにこの小説は難解であったが、よく理解できないながらもある感動のようなものをおぼえ、そこには何か深い内容が書かれているにちがいない、作品に書かれているいくつかの出来事を検討しそれが意味することを理解すれば、自分が受けた感動の原因が理解できるのではないか、などと考えたものである。

　文学の研究に興味を抱いてはいたものの、さらにつきつめて追究しようとは思っていなかった私は、大学を卒業後英語の教師として勤めることになった。だが、就職後 10 年近く経った頃、やはり文学の研究に関わってみたい、とりわけ『響きと怒り』を読んだ時に抱いた疑問を解明してみたいと思うようになり大学院で学ぶことを決めた。修士論文のテーマを『響きと怒り』の作品研究と設定し、まず思ったことは、これまで発表された代表的な論文を読めば作中の出来事の持つ意味が明らかになり、ひいては自分が知りたいと考えた感動の原因が解明するのではないかということである。そこで原作を再度読むことと並行して、国内外で出された批評をはじめ大学図書館にある資料や入手可能な書籍を読んでみた。もちろん、こうした先行研究の多くが解釈を深める上でおおいに有益であったことは疑いない。しかしそれでもなお、たとえば、第一セクションでは、なぜベンジーの回想においては、祖母の葬儀と禿鷹に肉を食べられ白い骨だけになった馬のナンシーと、さらには

溝から飛び去る禿鷹の姿が結びつくのか、第二セクションでは、なぜ自殺す
る日にもかかわらず、時計店でクエンティンは「今日は誕生日なんです」な
どと言うのか、第三セクションでは、なぜフォークナーはジェイソンを思い
つく限りの悪人として描いたと述べる一方で、彼を最後の正気なコンプソン
と言うのか、第四セクションでは、なぜ結末部分では、悲劇を暗示するかの
ようにベンジーがうめく場面が描かれるのか、といった疑問に関して自分な
りに納得できたわけではなかった。そこであらためて、同じ表現が使われて
いる箇所や気になる表現に加えて、それらの表現から考察したことなどを逐
一ノートに書き留めながらテキストを繰り返し読んでみた。このようにして
導きだした解釈が本書で論考した作品論の土台となっている。

　『響きと怒り』の解釈を試みた後フラナリー・オコナーの短編を読んでみ
ると、数回読んでもテーマに関して疑問が残るものが少なからず認められ、
それらについても自分なりの解釈を提示してみたいと思うようになった。解
釈を試みる中で気づいたことは、やはり『響きと怒り』と同様、テーマに関
わる鍵となる表現が一見些細で瑣末な表現で描かれていることが多いことと、
時としてそうした表現が心の葛藤を描くがゆえに曖昧で矛盾した、いわゆる
逆説の表現となっているということである。

　キャサリン・アン・ポーターの作品を論考するようになったのは、先の二
人の作家の作品に見られたと同様、鍵となる表現が一見瑣末で、時に逆説的
でありながらも、やはり何か大切なメッセージを伝えている作品が多いと感
じられたからである。奇しくも、学生時分に私自身が彼女の作品を初めて読
んだ時に感じた疑問にも取り組むようになったわけである。

　本書を出版する目的は、私自身が鑑賞し大切なメッセージを伝えていると
思える南部ルネサンスの三人の作家の作品について、テキストの表現に着目
し考察を加えた形での一解釈を提示することである。それらの作品は、人間
の心の奥深い感情や、矛盾さえする心の動きを言葉による表現を駆使して鮮
やかに描き出しているという意味で、興味深く面白い。私が感じたこうした
面白さを少しでも伝えることができれば幸いである。

　振り返れば、『響きと怒り』についての考察を始めた後、オコナーやポー

ター等の作品について論考しながら 30 年近くの年月が過ぎた。難解なこれらの作品の論考を試みることは思考の混乱の連続であったが、論考の根拠となるべき、一つの筋の通った可能性のある解釈を導きだせたと思えた時の喜びは大きかった。この喜びが、これまでの論考の原動力となってきたと言っても過言ではない。また、これまで研究を続ける動機を保つことができた理由は、多くの方々との出会いがあったおかげでもある。とりわけ、早稲田大学名誉教授野中涼先生には、大学院修了後も折につけ助言や励ましの言葉をいただいてきた。

　最後になったが、本書の出版を快く引き受けてくださった松柏社代表の森信久氏と、原稿を子細に検討し、適切な助言をしていただいた戸田浩平氏にはこの場をもって感謝申し上げたい。

初出一覧

（題名と内容に関しては、本書をまとめるにあたり一部修正を加えた。）

キャサリン・アン・ポーター

1 「マリア・コンセプシオン」——主人公の曖昧な立場
欧米言語文化学会 *Fortuna* 第 21 号（2010）

2 「盗み」——盗みを引き起こすもの
欧米言語文化学会 *Fortuna* 第 27 号（2016）

3 「昼酒」——主人公の悲劇が示唆するもの
欧米言語文化学会 *Fortuna* 第 23 号（2012）

4 「休日」——人生の愚か者とは何か
『英米文学を読み継ぐ——歴史・階級・ジェンンダー・エスニシティの視点から』
（新英米文学会編、開文社、2012）

5 「花咲くユダの木」——なぜ再び眠ることを恐れるのか
欧米言語文化学会 *Fortuna* 第 26 号（2015）

ウィリアム・フォークナー 『響きと怒り』

1 ベンジーの別離のモチーフ
早稲田大学英文学会『英文学』第 79 号（2000）

2 クエンティンの妹へのオブセッション
『早稲田大学大学院文学研究科紀要』第 46 号・第 2 分冊（2001）

3 クエンティンのカモメの姿への思い
新英米文学会 *New Perspective* 第 184 号（2007）

4 ジェイソンの屈折した意識の二重性
新生言語文化研究会『ふぉーちゅん』第 14 号（2003）

5 ジェイソンの「正気なコンプソン」の意味すること
『多次元のトピカ——英米の言語と文化』（欧米言語文化学会編、金星堂、2021）

6 ディルシーの否定を肯定に逆転させる結末
欧米言語文化学会 *Fortuna* 第 32 号（2021）

フラナリー・オコナー

1 「火の中の輪」——主人公の不安と恐怖
　新英米文学会 *New Perspective* 第 185 号（2007）

2 「つくりものの黒ん坊」——表象がもたらす二重性
　新英米文学会 *New Perspective* 第 179 号（2004）

3 「森の景色」——道徳劇としての寓意性
　早稲田大学英語英文学会『英語英文学叢誌』第 33 号（2004）

4 「高く昇って一点へ」——自己犠牲への収斂
　新英米文学会 *New Perspective* 第 178 号（2003）

5 「啓示」——幻影を見た主人公が理解したこと
　新英米文学会 *New Perspective* 第 189 号（2009）

索引

●著者略歴

加藤良浩（かとう・よしひろ）

1961 年生まれ、早稲田大学大学院文学研究科博士後期課程単位取得退学
専攻　現代英米文学
現在　北里大学ほか非常勤講師
著書　『階級社会の変貌──20 世紀イギリス文学に見る』（共著、金星堂、2006 年）、『英文学と
　　　他者』（共著、金星堂、2014 年）、『二十一世紀の英語文学』（共著、金星堂、2017 年）、『多次
　　　元のトピカ──英米の言語と文化』（共著、金星堂、2021 年）ほか。
論文　ウイリアム・フォークナー『征服されざる人々』（『ほらいずん』、第 31 号、1999 年）、アー
　　　サー・ミラー『セールスマンの死』（『英語英文学叢誌』、第 29 号、2000 年）、ミュリエル・
　　　スパーク「そよ風にゆれるカーテン」における比喩表現によって描かれる真実（『ふぉー
　　　ちゅん』、第 15 号、2004 年）、D. H. ロレンス「博労の娘」における愛と自由の相克（*New
　　　Perspective*、第 181 号、2006 年）、スーヴァンカム・タンマウォンサ『ナイフの発音の仕方』
　　　における主人公のラオス人としての思い（東京未来大学研究紀要、第 17 号、2023 年）ほか。

アメリカ南部ルネサンスの小説
──ポーター、フォークナー、オコナー──

2023 年 4 月 15 日　初版第 1 刷発行

著　者　加藤良浩
発行者　森 信久
発行所　株式会社 松柏社
　　　〒 102-0072　東京都千代田区飯田橋 1-6-1
　　　電話　03（3230）4813（代表）
　　　ファックス　03（3230）4857
　　　E メール　info@shohakusha.com
　　　https://www.shohakusha.com

装　幀　常松靖史［TUNE］
印刷・製本　精文堂印刷株式会社
ISBN978-4-7754-0285-6
Copyright ©2023 Yoshihiro Kato